KB071838

김상원 大河小說

야초 ③

野草

– 학원폭력

청어

野草(야초) ❸ 학원폭력

김상원 지음

발행처 · 도서출판 **청어**
발행인 · 이영철
영 업 · 이동호
홍 보 · 최윤영
기 획 · 천성래 | 이용희
편 집 · 방세화 | 이서윤
디자인 · 김바라 | 서경아
제작부장 · 공병한
인 쇄 · 두리터

등 록 · 1999년 5월 3일
(제321-3210000251001999000063호)

1판 1쇄 인쇄 · 2015년 3월 20일
1판 1쇄 발행 · 2015년 3월 30일

주소 · 서울특별시 서초구 효령로55길 45-8
대표전화 · 586-0477
팩시밀리 · 586-0478

홈페이지 · www.chungeobook.com
E-mail · ppi20@hanmail.net
ISBN · 979-11-85482-92-7(04810)
        979-11-85482-83-5(세트)

이 도서의 국립중앙도서관 출판시도서목록(CIP)은 서지정보유통지원시스템 홈페이지
(http://seoji.nl.go.kr)와 국가자료공동목록시스템(http://www.nl.go.kr/kolisnet)에서 이용하실 수
있습니다.(CIP제어번호: CIP2015007115)

野草

야초 ❸

— 학원폭력

작가의 말

　소설을 쓰기 전에 어떤 소재를 가지고 어떤 주제로 소설을 쓸까 고심하는 것이 대부분의 작가일 것이다. 필자가 문학도로서 소설가의 꿈을 키울 60년대엔 한국의 유명 소설가 중 이광수의 『무정』, 『사랑』, 『흙』, 정비석의 『자유부인』, 『성황당』, 김래성의 『인생화보』, 『청춘극장』, 방인권의 『벌레 먹은 장미』 등 소설들은 재미가 있어 밤을 새워 읽기도 했다.

　그러나 요즈음의 추세는 문학적인 면에 비중을 둔 소설을 많이 발간하고 있다. 그 결과 문학에 조예가 있는 소수의 독자들만 구독함으로 소설이 잘 팔리지 않아 전업 작가가 극소수다. 돈이 안 돼 생활이 어렵기 때문이다. 소설을 읽기보다 대부분 드라마나 영화를 본다. 소설이 독자에게 가까이 다가가기 위해서는 첫째로 재미가 있어야 한다는 작가들 대부분 자성의 소리가 높아지고 있다. 그래서 필자는 독자를 소설로 끌어들이는 대중소설을 쓰려고 했다.

　본 소설 『야초』 대하소설 5부작은 독자들에게 재미와 감동 그리고 긴장감과 박진감이 넘치는 무협소설에 순애보적인 애정을 접목한 소설이다.

　일제강점기 때 만주에서 독립운동을 하다 돌아가신 백야 김좌진 장군의 아들, 해방 전후 한국 건달세계의 거두 김두한이 남긴 주먹의 전설을 드라마로 엮은 〈야인시대〉가 2002년 방영되었다. 그때 야인시대는 대단한 인기가 있어 드라마가 방영되는 시간엔 거리에 사람이 한산하다고 뉴스에서 말할 정도였다. 그리고 1억 2천3백7십만 부의 경이적인 판매고를 기록한 일본의 작가 에이지 요시까와(吉川英治)의 무협소설 『미야모토 무사시(宮本武藏)』가 한국어로 번역되어 또한 많은 판매고를 올렸다. 필자는 드라마 〈야인시대〉를 즐겨 시청했고 『미야모토 무사시』 전권을 밤을 지새우며 탐독했다. 그 역작에 감동했다.

필자는 〈야인시대〉와 『미야모토 무사시』 같은 재미있는 소설을 쓰고 싶어 5부작을 계획하고 집필을 시작하여 12년 만에 탈고했다.

날치기에 의해 부모를 한꺼번에 잃은 12살의 소년 고인범은 아버지의 시신 앞에서 아버지의 원수를 갚겠다고 맹세했다. 어린 시절 추위와 배고픔으로 눈물겨운 처절한 굴곡진 삶을 살면서 오직 아버지의 원수 갚음만 생각했다.

필자는 주인공 고인범이 성인으로 성장하면서 범죄인들에게 짓밟히는 약자를 도우는 싸움꾼의 삶과 휴머니즘적인 삶을 엮었다.

김상원

野草(야초) ③
학원폭력

차례

민생치안의 부재

1

다음 날 오후 세 시경이었다. 여덟 명의 동네건달들이 당구장에 모였다. 밤톨머리는 이 동네에서 주먹깨나 쓰는 깡패들을 당구장에 동원했던 것이다.

독발은 거드름을 잔뜩 부리며 건달들에게 오늘의 결전에 작전지시를 하고 있었다. 깡패들은 나름대로 깡패의 모습을 갖추고 있었다. 삐딱하게 양손을 청바지 앞주머니에 찔러넣고 있는 놈, 껌을 질근질근 씹고 있는 놈, 담배를 피우고 있는 놈, 각양각색이었다.

"이 새끼야. 그래, 세 명이 한 놈에게 꼼짝 못하고 당했다고? 바보 같은 새끼."

"형, 놈은 보통 놈이 아닌 무술의 고수야. 나도 한주먹 있다면 있는 놈인데."

"이 새끼야, 이 동네에 어떤 주먹 센 놈이 있단 말인가? 밤톨머리 너 어쩌다 겁쟁이 다 돼 버렸어? 그리고 너 주먹 좀 단련해야겠어."

독발은 밤톨머리를 무시하며 빈정거렸다. 밤톨머리는 독발이 자신을 힐난하며 비아냥거리는 독발이의 조소를 듣고 구시렁거렸다.

'그래. 언제까지 큰소리칠 수 있는지, 너의 주먹이 센지 그놈의 주먹이

센지 한번 붙어보고 이야기하자.'

밤톨머리는 독발의 얼굴을 쳐다보며 냉소를 머금었다. 그러면서 만약 독발이 형마저 무너진다면……. 아, 생각만 해도 내장이 확 뒤집어지는 분노가 치밀었다. 안 돼, 기습을 하더라도 놈을 병신을 만들든지 죽여야 한단 말이야. 이를 앙다물고 주먹을 불끈 쥐고 눈을 부라렸다.

"독발이 형, 놈을 과소평가하다 개망신하면 어쩌려고 해."

"밤톨머리 너, 분명 그놈이 무술 형사는 아니지?"

"분명 형사는 아니야."

밤톨머리는 어제 같이 당했던 상기에게 확인을 했다. 상기는 아니라는 표시로 크게 고개를 끄덕이었다. 어제 인범에게 잘못했다고 하는 왜소한 단순 가담자인 병길이는 보이지 않았다.

깡패들도 어제의 병길이에겐 관심도 없었다. 아마 도움이 되지 않는 존재인 것 같았다.

"놈을 어디서 만났어?"

독발은 당장이라도 인범을 잡아 요절을 낼 태세였다. 두목 독발의 기세에 어제 인범의 싸움 실력을 모르는 깡패들은 전혀 두려움을 갖고 있지 않았다. 모두가 기세가 등등했다. 그들은 인범을 폭행하는 것만 생각하지 그들이 인범이에게 당할 것은 생각지도 않고 있기 때문이었다.

"형, 놈은 어젯밤 이 근처에 살고 있는 고3짜리 학생을 마중 나온 것 같아. 학교 앞에 기다리면 동생이라는 학생의 얼굴을 아니까 그놈을 잡으면 놈도 잡을 수 있어."

"자, 너희들 가자."

독발은 당구장 문을 힘차게 밀치고 계단을 내려갔다. 부하들도 우르르 따라나섰다. 갑자기 계단이 왁자지껄했다. 먼저 당구장을 내려온 독발이 부하들을 기다리고 있었다. 야구방망이, 쇠파이프, 몽둥이를 든 깡패들이 내려와 독발 주위에 둘러섰다. 독발은 쇠파이프, 몽둥이를 든 부하들을 어이가 없는 듯 바라보다 불만에 찬 얼굴로 말을 했다.

"어이, 밤톨머리. 너 별놈 아닌 한 놈 잡는데 아이들에게 이렇게 편싸움 하는 것 같이 무기를 들게 해야겠어? 나 참 창피해서. 야, 너희들 그것 당구장에 두고 와."

"형, 왜 그래? 그냥 가져가 손해 볼 것 없잖아. 야, 너희들 그냥 가져가."

밤톨머리는 그냥 가져가자는 시늉을 하며 손짓을 했다.

"참, 저 새끼 때문에 스타일 다 구겨놓네."

독발은 투덜거리며 앞장을 섰다. 깡패들도 그 뒤를 우르르 따랐다. 밤톨머리와 상기는 독발에게 좀 더 많은 패거리를 모으자고 했지만, 독발인 그까짓 한 놈 조지는 데 뭐 그리 크게 벌일 것 있느냐고 고집을 부려 더 이상 동원하지 못한 것에 불만을 토하며 시무룩한 표정으로 걸어가고 있었다. '어제 세 명이 놈을 한 대도 치지 못하고 아니, 손가락 하나 건드리지 못하고 오히려 놈에게 무릎을 꿇은 참담한 굴욕의 수모를 당하지 않았던가. 그보다 놈의 억센 손에 팔을 꺾이어 꼼짝 못한 자신이 아니었던가.'

놈은 나의 팔을 꺾은 상태에서도 나를 옆으로 젖히고 어둠 속에서도 상기의 공격을 앞차기로, 그것도 그 자리에서 가볍게 공격을 막으면서 명치를 정확히 찍어 버리는 그 놀라운 실력을 밤톨머리는 아직까지 보지 못했던 것이다. 그만큼 밤톨머리는 주먹세계의 안목이 좁았던 것이다. 밤톨머리는 계속 무언가 자신이 없는 어정쩡한 걸음으로 뒤를 따랐다. 건달들이 사라진 당구장은 조용했다.

한낮 깡패들은 우르르 몰려다니며 온 동네를 휩쓸고 다녔다. 깡패들로 인해 거리가 살벌해지고 있었다. 무슨 일이 일어날 것 같았다. 야구방망이, 쇠망치를 든 놈, 옷 입은 매무새와 머리 스타일, 건들거리는 행동들은 누가 보아도 깡패들임을 단박에 알 수 있었다. 이들이 떼를 지어 거리를 휩쓸며 공포 분위기로 몰아넣고 있는 것을 보고 동민들이 두려움과 호기심이 가득한 눈으로 보고 있었다. 동네의 거리는 긴장감이 감돌았다. 동민들은 깡패들의 편싸움이 있는 것을 예견했다. 깡패들이 어깻짓을 하며 온 동네 골목을 휩쓸며, 지나가는 학생이나 젊은 청년들을 보면 여러 명이 코밑까지 다가서서 한 명 한 명의 얼굴을 검사하듯 노려보았다. 겁을 먹은 청년들과 학생들이 슬슬 피하고 있었다.

"야, 이 새끼 아니야?"

깡패들이 어제의 인범을 보았던 밤톨머리와 상기에게 확인시키고 있었다. 삽시간에 깡패들의 시위가 동민들에게 알려졌다. 거리에는 살벌한 분위기에 휩싸였다. 곧 싸움이 벌어진다. 편싸움이 난단다. 어떤 상점은 가게 앞의 물건들을 안으로 들여놓으며 여차하면 문을 닫을 준비를 하고 있었다.

2

인범의 판잣집, 한낮의 이글거리는 태양의 열기가 슬레이트 지붕을 뜨겁게 달구고 있었다. 인범은 집 옆 소나무그늘 밑에 있는 긴 나무 의자에 앉아 시계를 보았다.

도영이의 수업이 마칠 시간이 가까워지고 있었다. '어제 깡패 밤톨머리가 내일 놈을 죽여 버리겠다고 하던 말, 놈이란 나를 두고 하는 말이다. 나를 찾기 위해 오늘 밤톨머리는 깡패들을 규합하여 도영이를 먼저 찾아 나의 소재가 어디냐고 난폭하게 닦달할 것이다. 그러나 도영은 내가 어디 사는지 전혀 모른다. 도영이가 모른다고 하면 그들은 가르쳐 주지 않으려고 그런다고 더욱 난폭하게 도영이를 다룰 것이다. 아! 그러면 안 된다. 도영이, 인철이 그리고 이 동네 학생들에게 피해가 없도록 해야 한다. 어차피 뛰어든 깡패와의 싸움은 나의 도전으로 확대된 것이다. 내가 시작한 싸움, 내가 해결해야 한다. 내가 나서지 않으면 지금 당장 도영이와 인철이, 그리고 이 동네 학생들이 수난을 당할 것이다.'

인범은 싸움에 대비해 신발 끈을 단단히 조여 매고 옷도 활동하기 편하게 청바지를 입었다. 주먹을 불끈 쥐었다. 온몸에서 격렬한 투지가 솟아올랐다. 인범은 도영이라는 잘 알지도 못하는 고3 학생을 위해 어쩌면 자신이 부서질지도 모를 위험한 싸움을 각오하고 집을 나섰다. 집을 나선 인범은 고개를 젖히고 하늘을 바라보았다. 파아란 하늘엔 뭉게구름이 떠 있고 태양이 이글거리고 있었다.

나무그늘 밑에서 평화롭게 낮잠을 즐기던 센이 부리나케 따라나섰다. 아이가 놀다 어머니를 따라나서는 것처럼, 센의 아빠 울프도 자다 말고 머리를 들고 이쪽을 쳐다보았다. 인범은 울프만이라도 데리고 갈까 생각하다 그만두었다. '그래, 난 이제 초등학생이 아니잖아.' 아직은 싸움에 울프를 끌어들이고 싶지 않았다. 유치할 것 같았다.

"센, 들어가."

인범이 센을 돌려보내었다. 센은 따라오다 말고 주인을 쳐다보았다. 인범이 가지 않고 눈을 부라리고 노려보고 있으니 슬며시 돌아섰다. 그러다 인범이 발걸음을 옮기니 다시 돌아서 인범을 바라보았다. 따라오고 싶은 모양이었다. 센은 인범이 보이지 않을 때까지 그 자리에 서서 인범을 노려보고 있었다. 센은 인범이가 자신을 데리고 가지 않을 것을 알았는지 돌아섰다.

인범은 빠르게 산길을 내려왔다. 더운 열기가 온몸을 덮었다. 길가의 들풀이 작열하는 햇볕에 생기를 잃고 시르죽해 있었다.

동네 중심에 들어서니 분위기가 심상치 않았다. 어느 슈퍼마켓을 지나자 여자들이 모여 이야기를 하고 있었다.

"이봐요, 오늘 깡패들이 편싸움을 한다고 해요. 조금 전 쇠파이프와 야구방망이를 든 깡패들이 몰려다니는 걸 봤어요. 가게 문을 닫아야겠어요. 그놈의 깡패들 때문에…… 무법천지야."

한 아낙네가 투덜거렸다. '아! 어제 그놈들 패거리들이 기어이 일을 벌이는구나! 어차피 부딪쳐야 한다. 어떠한 희생이 따르더라도 이 동네에서 깡패들을 소탕하고 학생들을 보호하여 마음 놓고 학업에 열중하도록 하여야 한다. 이 동네에서 불안을 조성하고 학원폭력을 일삼는 학원가의 암적 존재인 깡패들을 결코 용납도 방관도 해서는 안 된다.'

인범은 깡패들을 피해서 학교로 먼저 가기로 했다. 놈들이 학교 앞에서 도영이, 인철이, 그리고 다른 학생들에게 행패를 부린다면……, 걱정이 앞서 발걸음을 빨리했다.

인범이는 깡패들을 피해 골목길을 택해 학교로 향했다. 깡패 일부가 학교 앞에 가 있을지도 모른다고 생각했다. 빠른 걸음으로 정문 가까이 갔다. 다행히 깡패들이 보이지 않았다. 인범이는 교문이 보이는 으슥한 곳에 몸을 숨기고 도영이 나오기를 기다렸다. 수업이 끝날 시간이 거의 되어 가고 있었다. 교문 앞에 있는 굵은 느티나무에서 매미가 자지러지게 울고 있었다. 매미들이 요란하게 소리내기 시합을 하는지 다른 매미에 질세라 요란스럽게 울고 있는 것 같았다.

인범은 자신이 먼저 내려가 깡패들을 찾아 부딪쳐 볼까 생각해 보았다.

'아니야, 내가 먼저 부딪쳐서는 안 돼. 깡패들이 학생들과 도영이에게 위협과 폭행을 할 때 도영이를 구하여야 한다. 그렇지 않으면 학생들과 관계없는 그야말로 패거리들과의 싸움밖에 되지 않을 것이다. 동민들이 알아야 한다. 나와 깡패들과의 싸움이 아닌 학생을 괴롭히는 깡패들에게서 학생을 보호하려고 내가 나서게 된 싸움임을……. 그래야만 동민들이 자발적으로 나를 도와 학원폭력근절에 참여할 수 있을 것이다. 동민들과 학생들이 스스로 나서야 한시적이 아닌 항구적으로 깡패들을 물리칠 수 있을 것이다.'

맞은편 돌 축대 위에 잎이 무성하게 우거진 나무 뒤에 한 사람이 앉기 좋은 납작한 돌 하나가 눈에 보였다. 누가 일부러 가져다 놓은 것 같았다. 그곳에 몸을 숨기고 앉아 있으면 도영이가 교문을 나서는 것을 볼 수 있을 것 같았다. 웬만한 사람은 올라갈 수 없는 보통사람의 가슴 높이였다. 인범은 나뭇가지 하나를 잡고 가볍게 뛰어올라 그늘진 돌 위에 앉았다. 시원한 바람이 숨 가쁘게 올라온 인범의 땀을 씻어 주었다. 나무 사이를 통해 교문이 마주 보였다. 인범은 도영이 나오도록 기다릴 작정이었다. 깡패들이 몇 명이나 될까? 그리고 어떤 깡패들일까? 막연한 두려움이 막연히 들었다.

'나는 이 동네에서 깡패들을 반드시 없애 버리리라!'

왜, 이 사회에는 깡패들이 선량한 사람들을 물리적으로 억압하여 사회를 혼란하게 하고 약자들은 수모와 착취를 당해야 하는지? 법은 있어도 처벌은 없다. 법률은 엄하게 제정되어 있지만 체벌과 징벌은 미약하다. 지킬 수 있는 법을 제정하고 강력히 집행함으로써 범죄를 억제할 수 있으며 국제사회에서도 선진화가 될 수 있다.

한때 검찰이 살인공장을 차려놓고 사람을 죽이는 기업 살인 범죄조직을 검거한 사실을 언론 보도를 보고 온 국민이 경악한 대사건이 있었다. 흉악한 범죄를 저지르는 인명경시 풍조가 만연되는 사회의 불안이 극에 달했을 때, 대통령이 범죄와의 전쟁이란 국가적 대위기를 선포하고 범죄소탕에 사법권을 총동원했다. 그러나 거창한 전시 효과에만 그치고 실효를 거두지 못한 채 용두사미로 그쳤다. 한 나라의 통수권자가 구호로서 끝나고 위정자들이 안일에만 안주한다면 이 나라 법치국가의 백년대계는 전도요원한 가운데 암울하고 암담한 미래만이 있을 뿐이다. 국가가 선진화되려면 먼저 법이 존중되고 법을 다스리는 지속적인 실천이 있어야만 성과를 거둘 수 있을 것이다.

우리나라는 뛰어난 영도력과 통찰력을 가진 카리스마가 있는 강력한 민족지도자가 탄생하여 법을 존중하고 법률로 나라를 다스리는 사회가 돼야 한다. 기업을 망치는 불법 노조의 데모꾼을 척결하여 질 좋은 상품을 생산 수출하여 국제 시장에서 점유율을 높여 경제 부흥으로 풍요로운 삶을 누리게 해야 한다. 무엇보다 치안을 확보하여 국민들이 안심하고 생업에 종사할 수 있는 범죄 없는 밝은 사회를 만들어야 한다. 그리고 좁은 국토가 온갖 산업 쓰레기로 몸살을 앓고 있다. 자연보호를 국시로 제정하여 오염되지 않은 자연을 즐길 수 있는 휴식처가 마련되어야 한다. 온 국민이 자연의 혜택을 누리며 문화 수준이 높은 선진국이 돼야 한다. 지금의 암울한 이 국가의 난세를 극복하여 선진 국가로 바꿀 수 있는 훌륭한 대통령이 아쉽다. 우리 국민에게 영도력이 강력한 민족지도자가 있다면……. 우리는 모든 부문에서 국제 경쟁 대열에 진입할 수 있는 저력 있는 국민이다.

얼마 전에 여의도에서 백만 명 가까운 엄청난 수의 종교인의 대집회가 있었다. 몇 시간의 신앙 집회를 마친 백만 명의 대집단이 휴지조각 하나 남기지 않고 썰물이 빠져나간 듯 여의도 광장은 깨끗했다. 이것은, 대집단이 떠난 광장이 깨끗한 것을 보고 수십 명의 청소부들이 기적이 일어났다고 언론에 알려 크게 보도된 적이 있었다. 왜 청소부들이 기적이라는 표현을 했을까? 선진 외국인들이 들으면 기적이라는 단어를 남발한다고 비웃겠지만 우리나라의 현실로서는 분명 기적인 것이다. 유원지의 행락객들을 보라. 단 몇 명의 행락객이 놀다 간 자리에도 버려진 쓰레기를 쉽게 볼 수 있는 현실을……. 그런데 백만 명의 천문학적 숫자가 머물고 간 자리에 쓰레기 하나 남겨지지 않은 여의도 광장, 이 간단한 기적은 종교 집회를 개최하면서 쓰레기를 버리지 않게 하겠다는 지도자들의 의지의 결과였다.

그러나 작금의 이 사회는 어떠한가? 치안을 담당한 경찰이 시민의 안전을 지키지 못하고 있다. 치안을 책임진 이 나라 경찰은 무엇을 하는지? 경찰을 우롱하듯 강도들과 깡패들이 설쳐대는 이 사회, 많은 국민이 떼강도들의 잔악한 범죄에 시달리고 있다. 대낮에도 강도짓을 하고 주부들과 미성년자를 성폭행하고 살인까지 하는 등 민생치안이 전무한 상태다.

치안 부재의 불안한 이 사회. 누구 한 사람 경찰을 믿고 허술한 보안을 하는 사람은 없다. 대낮에도 문을 잠그고도 불안에 떨어야 하고 부자들은 도난 방지장치를 하고도 불안해한다.

수업을 마쳤는지 왁자지껄한 소리가 나면서 학생들이 한꺼번에 교문을 쏟아져 나왔다. 교문을 계속 응시하고 있던 인범의 시선에 도영과 인철이 나란히 나오고 있는 것이 보였다. 인범은 얼른 나무 뒤에 몸을 숨겼다. 도영과 인철은 교문에 서서 사방을 두리번거리고 있었다. 아마 인범을 찾는 모양이었다. 두리번거리던 도영과 인철은 인범이가 보이지 않자 불안해하는 표정이었다.

"인철아, 어제 그 형 보이지 않지?"

"응, 안 보이는데……."

실망의 표정이 역력했다. 불안한 시선으로 길을 걸었다. 걸어가면서 인철과 도영은 마주 오는 사람들을 유심히 보며 걸었다. 인범은 뒤에서 도영과 인철의 일거일동을 주시하며 적당한 거리를 유지하고 따라갔다. 먼저 깡패들이 도영과 인철에게 폭행을 하는 것을 지켜보아야 한다. 깡패들이 도영이와 인철이에게 폭행을 하지 않는데 내가 먼저 그들과 싸움을 해서는 안 된다고 생각했다.

3

어느 길모퉁이를 지나자 넓은 곳에 7, 8명의 깡패들이 지나가는 학생들을 불러세우고 있었고 몇 명의 학생들이 잡혀 있었다. 도영과 인철은 깡패들의 눈을 피하려고 고개를 푹 숙이고 길을 걸었다. 도영과 인철의 얼굴을 아는 밤톨머리가 눈을 까뒤집고 지나가는 학생들 한 명 한 명을 째려보다 고개를 푹 숙이고 가는 도영과 인철을 발견했다.

"앗, 저 새끼다. 저 새끼 잡아라."

밤톨머리가 도영과 인철을 가리켰다. 도영과 인철이 후닥닥 달아났다. 깡패들이 달아나는 도영과 인철을 추격했다. 20여 미터 정도 달아나던 도영과 인철은 난폭한 깡패들의 손아귀에 병아리 채이듯 멱살을 잡혔다.

"야 인마, 어디 달아나!"

벌써 한 명이 도영의 복부를 주먹으로 가격했다. 도영인 고통으로 얼굴을 찡그리며 배를 움켜잡았다.

"독발이 형, 이 새끼가 어제 그놈의 동생이야."

밤톨머리가 도영과 인철이를 독발이에게 끌고 갔다. 일시에 깡패들이 도영과 인철을 에워쌌다.

"야, 이 새끼. 네 형 어디 있어? 빨리 말해."

감사나운 인상과 험악한 눈매였다. 도영과 인철이 겁을 먹은 커다란 눈망울로 깡패들을 바라보고 있었다.

"말 못 하겠어?"

곧 주먹이 날아올 것 같았다.

"저⋯⋯."

도영이 머뭇거리며 망설였다.

"새끼, 말 못 하겠어."

독발은 눈을 부라리며 도영이의 멱살을 잡아 흔들었다.

"어제 그 형은 우리는 잘 몰라요. 그냥 그 형이 우릴 깡패들에게서 아니, 형씨들에게서 보호해 준다고 했어요. 정말이에요."

인철이 도영을 맞지 않게 하기 위해 대신 빠르게 말했다.

"뭐? 네 형이 아니라고."

밤톨머리는 당혹감을 감추지 못했다. 밤톨머리는 독발이 형에게 부탁해서 다른 동네의 패들까지 동원했는데, 놈이 이 학생들과 알지 못한다면 그리고 놈이 어디 사는지도 모른다면 놈을 찾을 수가 없다. 밤톨머리는 낭패한 얼굴로 변하면서 당황했다.

"그러면 어디 사는지도 모른단 말이야?"

"정말 몰라요. 진짜 몰라요. 우린 어제 처음 그 청년을 본 걸요."

지나가는 동네 사람들이 깡패 풍의 청년들이 모여 있는 것을 보고 발걸음을 멈추고 불안한 눈으로 구경들을 하고 있었다. 학생들이 계속 나오고 있었다. 특히 같은 배성고등학교 학생들이 많았다. 지나가는 사람들도 가다 말고 좋은 구경거리를 놓치지 않으려고 걸음을 멈추고 사태의 추이를 지켜보고 있었다. 인범은 구경꾼들 틈에서 고개를 조금 숙이고 미동도 하지 않고 팔짱을 낀 채 깡패들이 하는 짓을 바라보고 있었다. 깡패들은 수사관인 양 거들먹거리며 눈에 흰자위를 번뜩이며 이 사람 저 사람을 날카로운 눈으로 노려보았다. 깡패들의 눈과 마주친 구경꾼들이 얼른 고개를 돌려 깡패들의 시선을 피했다. 자기에게 불똥이 튈까 지레 겁을 먹는 것이다. 그러면서도 자리를 뜨지 않고 재미있는 구경거리를 놓치지 않으려고 그 자리에 서 있었다.

"야, 이 새끼들 이리 와."

독발은 도영이, 인철이와 비슷하게 생긴, 먼저 잡아 놓은 학생들을 앞에 불러세웠다. 잔뜩 겁을 먹은 다섯 명의 학생들이 어정쩡하게 앞으로 나왔다. 독발은 학생들 앞에 서서 무슨 지휘관처럼 거드름을 피우며 한 학생 한 학생을 째려보다 차례로 주먹으로 머리를 꾹꾹 쥐어박았다. 학생들은 아픈지 얼굴을 찡그렸다.

"야, 이 새끼들, 우리가 누구인지 알지."

독발은 눈을 부라리며 학생들을 노려보았다. 학생들은 독발의 시선을 피하여 고개를 푹 숙였다.

"이 새끼들, 내 말 안 들려."

독발이 고함을 꽥 질렀다.

"알겠습니다."

그 중 학생 몇 명이 기어드는 목소리로 말했다.

"이 새끼들, 앞으로 조심해 알겠어?"

독발의 격앙된 강압적 소리였다.

"…… 예."

역시 학생들의 기어드는 소리였다.

"야, 이 새끼들 크게 대답해!"

독발의 고함에 학생들이 깜짝 놀랐다.

"예, 조심하겠습니다."

이번엔 한 학생의 선창에 따라 모두 큰소리로 대답을 했다. 뭘 알고 뭘 조심하겠다는 것인지…….

"알았으면 빨리 꺼져."

학생들은 재빠르게 사람들 속으로 사라졌다. 얻어터지지 않고 어서 빨리 이 자리를 모면하고 싶은 것만 간절했던 것이다. 독발인 도영과 인철의 앞에 바짝 다가섰다.

"야. 이 새끼! 네 형이라 하는 어제 그 새끼 지금 당장 끌고 오지 않으면 너희들은 죽어. 알겠어?"

독발은 인철의 멱살을 우악스럽게 잡아끌어 자신의 코앞에 치켜들었다. 겁을 먹은 인철이의 얼굴이 사색이었다.

"난 그 사람을 모른단 말예요. 그 사람과는 상관없단 말예요. 진짜라니깐요, 정말 몰라요."

인철은 눈을 똑바로 뜨고 손을 가로저으며 아니라고 힘주어 말했다.

어제 인범이에게 혼이 난 밤톨머리가 도영이의 양어깨를 와락 움켜잡았다.

"야, 이 새끼, 정말 너도 어제 그 새낄 모른단 말인가?"

악에 찬 밤톨머리의 발광이 시작되었다. 밤톨머리는 도영의 어깨를 잡아 흔들다 말고 주먹을 불끈 쥐었다. 인범은 구경꾼들에 묻혀 도영이와 인철이가 깡패들에게 협박당하는 것을 미동도 하지 않고 팔짱을 낀 채 끓어오르는 분노를 자제하며 가만히 지켜보고 있었다. 밤톨머리의 주먹이 도영의 면상을 내리칠 순간이다.

"우리가 뭘 잘못했기에 돈 뺏고 주먹질이야? 칠 테면 쳐 봐."

갑자기 도영이가 발악을 하며 눈을 딱 부릅뜨고 주먹을 쥔 밤톨머리를 무섭게 노려봤다. 일순 갑작스런 도영이의 찢어지는 소리에 어안이 벙벙해진 밤톨머리가 무섭게 도영이를 노려보더니 주먹을 치켜들었다.

"이 새끼, 죽으려고 환장했나?"

"잠깐! 그 학생에게 손대지 마라. 너희가 찾는 사람 여기 있다."

밤톨머리의 주먹이 도영의 코앞에서 잠깐 하는 소리에 균형을 잃고 어정쩡하게 멈췄다. 갑자기 구경꾼들 속에서 차분히 가라앉은 소리이면서 서릿발 같은 차갑고 격앙된 소리가 긴장된 침묵을 깨뜨리고 터져 나왔다. 그 소리는 지독한 두려움에 떨려 나오는 목소리로 구경꾼들이 착각했다. 깜짝 놀란 구경꾼들의 시선이 소리가 난 쪽으로 집중되었다. 때리려는 깡패도, 얼굴이 박살나는 순간을 고스란히 받으려고 눈을 꼭 감았던 도영이도 소리가 난 쪽을 바라보았다. 그리고 모든 깡패들도 소리가 난 쪽으로 시선을 집중했다.

소리를 뱉은 주인공은 인범이었다. 인범은 팔짱을 풀고 주머니에서 얇고 질긴 검은 가죽장갑을 뒤 호주머니에서 꺼내어 끼면서 천천히 걸어 나오고 있었다. 깡패들이 키가 우뚝 크고 날렵한 몸매의 청년이 자기들과 싸울 준비를 하고 나타난 것을 보고 놀란 눈으로 바라보았다. 놀란 것은 깡패들뿐만 아니었다. 구경꾼들도 아연 놀랐다. 그러나 구경꾼들은 청년이 혼자임을 알고는 청년이 잘못하고 있다고 생각했다. 아무리 정의가 분노를 폭발시킨다 하더라도 여러 명의 패거리들을 혼자서 상대하려고 하는 것은 우매의 발로고 영웅심이라고 생각했다. 구경꾼들은 연민과 동정이 가득 찬 시선으로 청년의 행동을 안쓰럽게 바라보았다.

깡패들은 키가 크고 준마같이 날렵하게 생긴 청년 한 치의 허점도 보이지 않고 날카로운 눈으로 자기들을 노려보며 천천히 아주 천천히 걸어 나오는 당당한 청년에게 일시 압도되어 아무 말 없이 멍하니 볼 뿐이었다. 구경꾼들의 시선도 청년에게 집중되었다.

청년을 보고 도영과 인철은 놀랐다. 드디어 청년이 나타난 것이다.

얼마나 조마조마하게 기다리던, 유일하게 자기들을 구출해 줄 형이 아니었던가?

"아, 형!"

반가움과 걱정이 교차되었다. 깡패들 속으로 스스로 뛰어든 늠름하고 믿음직한, 잘 알지도 못하는 청년, 조금 전 인철이 저 형을 전혀 모르는 사람이라고 외면하지 않았던가?

인철은 당황했다. 저 형은 언제부터 이 자리를 지켜보고 있었는지, 비겁한 나의 말을 다 들었을는지도 몰랐다. 우리를 지키겠다는 약속을 저 형은 지키기 위해 몸을 던져 깡패 속으로, 그것도 무기를 든 살기를 띤 무리 속으로 맨주먹으로 뛰어들고 있지 않은가. 병신이 되든지 죽을지도 모르는 이 살벌한 싸움판에…….

아! 인철은 자신의 비열한 배신적인 말에 부끄러움을 금치 못했다.

'저 형의 행동과 목소리는 비장한 각오를 한 결연한 자세였고, 그리고 도영인 나와는 달랐다. 청년을 모른다고 하지 않았고 분연히 깡패들의 주먹에 의연하게 맞서지 않았는가?'

인철이는 순간을 모면하기 위해 조금 전에 자신이 한 비열한 언행에 자괴를 금할 수 없었다.

청년은 천천히 깡패들 쪽으로 걸어 나오며 서릿발 같은 차가운 눈으로 깡패들 한 명 한 명을 훑어보는 여유를 갖고 있었다. 사뿐히 걷는 걸음걸이는 한 치의 허점도 없었다.

일순 구경꾼들은 마른침을 삼키며 긴장감이 감도는 사태를 지켜보고 있었다. 조금 전 기세 좋게 설치던 깡패들이 오히려 당황하며 어쩔 줄 모르고 두목 독발을 멍하니 쳐다보고 있었다. 인범은 두목인 듯한 독발이 앞에 섰다. 독발은 밤톨머리가 놈의 손가락 하나 건드리지 못하고 당했다는 말이 헛말이 아님을 믿지 않을 수 없었다. 놈의 대담한 행동과 거침없는 말 아니, 놈의 한 치의 허점이 없는 도전적 자세를 보고는 독발은 두려움이 앞섰다. '보통 놈이 아니다.' 독발은 비로소 놈을 상대하기가 만만찮음을 알고 입술을 지그시 깨물었다. '밤톨머리 말이 맞구나! 세 명이 놈의 손가락 하나 건드리지 못했다고 한 말이…….'

"당신들이 찾는 그 새끼가 바로 이 사람이 아닌지?"

입가엔 냉소적인 조소마저 서려 있었다. 독발은 답을 못하고 갑자기 나타난, 자기들이 핏발선 눈으로 찾던 놈이 제 발로 나타난 믿어지지 않는 사실에 당황하고 있었다. 놈이 겁도 없이 오히려 스스로 찾아온 배짱에 약간의 두려움과 당혹감을 감추지 못했다. 인범은 조금 전의 냉소적인 조소는 어느덧 사라지고 칼날 같고 서릿발 같은 눈으로 독발의 눈을 후벼 팔 듯 노려보았다. 그 눈은 상대의 눈을 녹여 버릴 듯 이글이글 불타고 있었다. 구경꾼들은 처음 청년이 사람들 틈에서 소리친 것은 정의감과 영웅심으로 자신도 모르게 소리 질러진 실수라고 착각했는데, 분명 저 청년이 깡패들의 집단에 도전을 하고 있는 것을 알고 놀람과 기대감으로 사태의 추이를 지켜보고 있었다. 인범은 독발 앞에 다가갔다. 다시 한 번 깡패들을 노려보며 도영과 인철에게 조용히 말했다.

"도영아, 인철아, 너희들은 이리 와."

시선은 깡패들에게서 떼지 않은 채 경계에 한 치의 허점이 없었다.

"안 돼, 그 새끼들 보내지 마. 놈들을 인질로 잡아 둬. 저 새끼 도망 못 가게."

독발은 비로소 여유를 가지고 소리쳤다.

"보내주지 않는다고, 누구 맘대로 보내주고 안 보내주고 한단 말인가? 그리고 달아날 것 같으면 애초에 여기 오지도 않았을 것이다."

"보내주지 않는다면?"

"내가 데리고 간다. 그리고 묻겠다. 너도 어제 저놈들과 같이 학생들을 폭행하고 돈이나 뺏는 치졸한 짓이나 하는 깡패야?"

"……."

독발은 너도 깡패냐고 묻는 대담한 인범의 말에 답변을 못 하고 얼굴이 분노로 일그러지고 있었다. 독발인 대답 대신 상대를 무섭게 째려보았다. 여차하면 주먹을 날릴 태세였다. 조금 전 독발은 놈의 당당한 도전에 일시 주눅이 든 것에 자조하며 자기 부하들이 놈에게 맞았다는 것에 대한 분노가 일시에 증폭되었다. 감정대로라면 한주먹에 놈을 박살내고 싶었다. 그러나 놈에게는 조금의 허점이 보이지 않았다.

"다시 한 번 묻겠다. 네놈도 치졸한 짓이나 하는 깡패야?"

날카롭고 위압적인 목소리였다.

"뭐, 치졸한 짓?"

"그래, 치졸한 짓."

"그래, 나도 치졸한 짓을 하는 깡패라면 어쩔래!"

"깡패야? 아니야? 대답부터 해라."

"야, 그것 재미있다. 그래 나도 치졸한 짓을 한 깡패다. 어쩔래, 이 개새 끼야!"

"그렇다면 네놈도 좀 맞아야겠구나."

"뭐, 맞아! 이 새끼, 우리가 누군 줄 알고 큰소리야!"

"누군 누구야, 조금 전 네놈의 입으로 깡패라고 했잖아."

"이 개새끼가."

"말이 거칠구나! 경고한다. 앞으로 학생들에게 폭행도 하지 말고 돈을 빼앗는 강도짓을 하지 마라! 너희들은 인간쓰레기들이다. 왜 정당하게 살 지 못하고 남을 괴롭히고 돈이나 뺏는 강도짓을 해 너희들 스스로 인생을 망치려고 하느냐? 네놈이 두목 같은데 너희 부하에게도 못하게 하겠다고 약속해라!"

"약속 못 하겠다면? 그리고 강도짓이라니?"

"약속 못 하겠다면 내가 용서 않겠다. 그리고 선량한 학생들을 위협하고 폭행해 돈을 빼앗는 것이 강도짓이라는 것을 아직 몰랐나? 사람을 위협하 고 폭행해 남의 돈을 강제로 빼앗는 것이 강도짓이 아니고 무엇인가? 자기 가 어떤 죄를 짓고 있다는 정도는 알아야 죗값을 받지. 나는 네놈이 다시 는 주먹을 못 쓰게 네놈의 몸 일부를 부수어버릴 수도 있어. 그러나 나는 그렇게 잔인한 짓은 하고 싶지 않아."

독발은 인범의 싸늘한 경고의 말에 두려움과 분노를 함께 느꼈다.

"······?"

인범은 깡패들을 준열히 꾸짖으며 입가에 비소를 머금고 비아냥거리는 태도와 도전적인 언행을 스스럼없이 하였다. 그러면서 청년은 조금도 위축되지 않는 당당한 말과 행동으로 상대방을 격분시켜 싸움을 벌여 보자는 의도가 다분히 깔려 있는 것이라고 구경꾼들이 생각하기 시작하고부터 청년의 대담성과 당당함에 경악을 금치 못했다.

"저 청년은 보통 싸움꾼이 아니다."

구경꾼들 중 한 사람이 말했다. 그 소리를 들은 또 한 사람이 고개를 끄덕이며 말했다.

"그래, 저 청년은 대단한 싸움꾼이다."

"이 새끼, 말 다 뱉었나?"

"형, 뭐해요. 빨리 해치워버려요."

몽둥이와 쇠파이프를 든 깡패들이 일제히 인범을 에워쌌다.

인범은 자신을 철통같이 에워싸고 조금씩 압박해 오는 깡패들을 살기 띤 눈으로 노려보며 천천히 벽 쪽으로 물러서 벽을 등졌다. 이젠 등 뒤에는 적이 없음을 확인했다. 인범의 시야에 모든 깡패가 들어왔다. 인범은 싸울 준비를 끝내고 싸늘한 냉소를 머금고 깡패들에게 싸움을 재촉하고 있었다. 주위는 머리털까지 쭈뼛할 정도로 긴박감이 감돌았다. 깡패들은 쇠파이프와 몽둥이로 무차별 공격할 자세를 하고 한 발 한 발 다가서 인범을 에워쌌다. 깡패 두 명이 도영과 인철을 막아서고 있었다.

싸움이 벌어질 일촉즉발의 순간이었다. 도영과 인철은 불안한 시선으로 인범을 바라보았다. 청년이 이 싸움에서 무참히 깨어질까 두려웠다.

"나를 찾았으면 볼일이 있을 것 아니야?"

"야, 이 새끼야, 어제 네놈이 내 동생들에게 실수를 했다면서? 우리 신용사회에서 빚은 꼭 받아내야 하거든. 네놈이 어제 내 동생들에게 진 빚을

이자를 붙여 받아야겠어."

"말이 많다. 어떤 식으로 받는지 받아보시지."

인범은 놈들이 빨리 한바탕 싸움판을 벌여 주었으면 싶었다. 놈들에겐 서론보다 결과만이 그들이 하고 있는 깡패짓을 자제시키고 또 근절시킬 수 있을 것이다. 수많은 구경꾼들은 한 치의 경계에 허점이 없는 청년의 동작에 눈을 떼지 않고 도전적인 언행에 가슴 졸이며 사태를 지켜보고 있었다. 그것도 혼자서 무기를 든 평범한 사람이 아닌 깡패들을 상대로 의도적인 도전이었다. 과연 이 청년이 어떤 무술의 고수인지 저렇게 대담하고 당당할 수 있을까? 구경꾼들은 궁금했다.

"도영아, 인철아, 조심해!"

착 가라앉은 목소리였다. 일순 도영과 인범이 눈이 마주쳤다. 도영은 조심하라는 형의 말이 무엇을 의미하는지 알 수가 없었다. 벌어질 사태에 대처하리라 생각했다. 일촉즉발의 순간을 기다리며 구경꾼들은 입에 고인 침을 삼키며 숨소리마저 줄이고 긴장하고 있었다. 인범인 이 깡패들이 특별한 건달들이 아니고 다만 불량한 젊은이들이 집단의 힘만 믿고 학생들을 상대로 깡패짓을 하는 그 이상도 그 이하도 아님을 간파했다. 그러나 독발이라는 깡패 두목은 다부진 몸매와 행티 있는 눈동자가 건달 세계에서 약간의 이력이 있는 것 같았다. 이놈만 일격으로 쓰러뜨린다면 똘마니들은 쉽게 무너질 것이라고 생각했다.

인범은 할 테면 해보란 듯 독발과 깡패들을 노려보았다.

독발이가 어깻짓을 하고 인범이 앞으로 다가서며 거만한 태도로 짧은 목을 움츠리고 인범을 올려 째려보았다. 어차피 인범이와 키 차이가 나니 올려다보지 않을 수 없었다. 인범은 독발을 조소하듯 냉소적인 미소를 지었다. 무방비 상태의 놈을 단 일격에 무참한 꼴로 만들 수 있는 절호의 기회였지만 선제공격을 하지 않았다.

'놈은 싸움의 기본을 모르고 나를 무시하고 있구나.'

"형, 뭐해요. 해치우지 않고?"

부하들의 독촉이었다. 인범인 다시 한 번 도영이를 힐끗 보았다. 도영이도 인범의 일거일동을 놓치지 않고 주시하고 있었다.

"이 새끼."

동시에 독발의 체중을 실은 주먹이 공기를 가르고 인범의 면상에 무섭게 날아왔다.

아악! 구경꾼의 입에서 먼저 비명이 나왔다. 일순 눈을 찔끔 감는 여자도 있었다. 독발의 필살의 주먹이었다. 인범은 이미 예견한 공격이었다. 인범은 전광석화같이 공기를 가르고 날아오는 독발의 오른손 주먹을 왼팔 막기로 걷어 올렸다. 몸을 던져 공격하던 독발의 주먹이 대각선으로 하늘로 빗나가면서 몸이 중심을 잃고 인범의 앞으로 접근해 오는 순간 인범의 오른쪽 주먹이 정확히 턱을 가격했다.

툭 하는 소리와 동시에 악 하는 비명이 독발의 입에서 터져 나왔다. 그러면서 독발이의 몸이 기우뚱 인범의 앞으로 무너져 오는 것을 슬쩍 피하면서 인범은 팔꿈치로 옆구리의 쇄골을 정확히 찍었다. 놈은 이미 턱에 명중한 인범의 첫 주먹에 혼절한 것인데, 팔꿈치의 공격이 더욱 큰 충격을 준 것이다.

독발의 몸이 중심을 잃고 비틀거리다 그대로 고목 넘어지듯 쓰러졌다. 구경꾼들은 싸움이 시작되니 일시에 몇 걸음씩 양쪽으로 물러섰다. 인범은 독발이를 쓰러뜨리고 나머지 깡패들을 노려보았다. 꼬꾸라진 독발은 늑골이 부러졌는지 기절했는지 일어나지 못했다. 구경꾼들의 입에서 신음인지 감탄사인지 묘한 탄성이 여기저기서 흘러나왔다.

인범의 공격과 동시에 도영과 인철이 인범의 등 뒤에 와 있었다. 싸우기 전 인범의 '조심해' 하는 소리가 도영이를 불러들이는 신호로 알고 인범이 곁으로 왔다.

"빨리 학원으로 가, 빨리!"

인범이 도영과 인철에게 다급하게 재촉했다. 도영과 인철은 군중 속으로 사라졌다.

도로 상가건물 2, 3, 4층 창문에 한꺼번에 여러 명이 목을 내밀고 구경을 하고 있었다. 구경에 취한 듯 아무도 파출소에 신고하지 않았다.

밤톨머리는 독발이 쓰러지자 눈이 뒤집혀졌다.

"자, 저 새낄 죽여버려!"

일시에 쇠파이프와 각목이 난무했다. 벽을 등진 인범이 한꺼번에 달려드는 깡패들의 정면을 공격하는 척하더니 일순간에 옆으로 피했다. 깡패들의 쇠파이프 각목이 한꺼번에 위로 치솟았다. 그러나 인범은 이미 각목과 쇠파이프를 피하여 깡패들의 뒤쪽에 붙어 먹이를 잡아채려는 맹수처럼 뒤에서 깡패들 무리 속에 뛰어들었다.

너무나 빠른 동작에 깡패들은 공격 상대를 놓치고 쇠파이프와 각목이 허공에서 공격의 목표물을 잃고 우왕좌왕했다. 그사이 깡패들의 몸 가까이 바짝 붙은 인범은 양쪽 팔꿈치로 좌우에 있는 깡패들의 옆구리를 빠르고 정확히 찍고 빠져나갔다. 팔꿈치에 갈비뼈가 심하게 찍힌 깡패들은 그 자리에 주저앉았다. 그때다. 인범이가 옆구리를 찍고 빠져나오는 순간 몽둥이의 끝 부분이 인범의 오른쪽 어깨를 내려쳤다.

아악! 구경꾼의 입에서 비명이 터져 나오고 인범은 순간 어깨에 통증을 느꼈다. 중심 부분에 맞았다면 뼈가 부러졌을 것이다. 인범은 몽둥이를 내리친 깡패가 다음 동작을 취하기 전에 전광석화같이 접근했다. 몽둥이를 다시 내리칠 자세를 취하는 놈에게 인범의 발길질이 무서운 파괴력을 발휘했다. 발길에 복부를 채인 깡패는 아, 외마디 비명을 지르며 배를 안고 주저앉았다. 깡패의 몽둥이보다 인범의 발길이 빨랐던 것이다. 구경꾼들은 양쪽으로 갈라져 중앙에 넓은 공간이 만들어져 싸움의 무대가 되었다. 구경꾼들은 숨소리도 내지 않고 마치 자신이 싸움을 하는 것 같은 착각을 할 만큼 싸움에 빨려들었다. 그 기세 좋던 깡패들이 인범의 주먹과 발길 그리고 팔꿈치 공격에 절반 이상이 쓰러져 있었다. 인범이가 나머지 깡패들을 공격하자 겁을 먹고 뒤에서 엉거주춤하던 두 명의 깡패가 군중들 속으로 달아나자 군중들이 우르르 길을 비켜 주었다.

"야, 통쾌한 활극 한번 시원하게 구경했다. 그 청년 싸움 한번 잘하네."

"야, 보통 싸움은 여러 번 봤지만 혼자서 여러 명을 상대로, 그것도 깡패들을 순식간에 해치우는 이런 멋지고 통쾌한 싸움구경은 내 생전 처음 했다."

사람들이 흩어지면서 운동경기에서 자기편이 이긴 것같이 좋아하며 신나게 이야기를 나누는 소리가 여기저기에서 들렸다.

도영과 인철이 청년을 찾았지만 보이지 않았다. 쓰러진 깡패들과 떠나가지 않은 약간의 구경꾼들만 남아 있었다.

'와! 동작 빠르다. 무술의 고수는 물러설 때도 행동이 민첩하던가?

도영과 인철은 한동안 멍한 기분이었다. 형이 쇠파이프 각목을 든 여러 명의 깡패들에 포위되어 싸울 때 얼마나 가슴 졸이며 불안하고 초조했던가? 젊은 패기에 합세하고 싶었지만 청년의 침착한 태도와 학원에 가라는 거역할 수 없는 명령에 구경꾼들 속에 파묻혀 구경하고 있었던 것이다.

깡패 두목 독발을 일격에 쓰러뜨리고 깡패들 무리 속을 뛰어들어 좌충우돌하며 깡패들을 삽시간에 해치우는 싸움 실력은 무술의 고수가 아니면 해낼 수 없는 것이다. 저 형의 정체는 과연 무엇인지 의문스럽고 궁금했다. 예사 싸움꾼이 아니었다.

"야! 그 청년 정말 싸움 하나 잘한다. 머저리 같은 깡패 새끼들."

구경꾼들이 돌아가면서 하는 찬사와 환성은 조금의 가식도 허식도 아니었다.

4

　인범은 한바탕 싸움을 한 후 거친 숨을 몰아쉬며 어느 길모퉁이를 지나가고 있었다. 내가 강한 것이 아니고 상대들이 너무 약하다. 깡패들은 싸움을 모르는 겁 많고 순진한 학생들을 위협하여 돈이나 갈취하는 동네깡패들에 불과했다. 특별한 무술을 익힌 것도 전문 싸움꾼도 아니었다. 그들은 약간의 주먹과 집단만 있으면 깡패 행위를 하는 것이다. 그러나 학생들에게는 놈들이 무서운 존재인 것이다. 오늘 내가 혼내 준 것만으로 놈들이 학생들에게 앞으로 더 이상 깡패짓을 하지 않을까? 아니면 놈들은 오늘 당한 것을 학생들에게 심하게 보복을 하려고 할까? 그래, 놈들이 학생들에게 폭행을 한다면 이왕에 시작한 싸움 다음엔 신체에 치명적 타격을 가하여 깡패 행위를 하지 않도록 하여야겠다고 생각했다.

　한쪽 어깨가 뿌듯이 아파왔다. 몽둥이가 스쳐 갔기에 망정이지 정통으로 맞았다면 뼈가 부러졌을 것이다.

　'왜, 나는 그만한 계산을 하지 못했을까?' 방심한 실책을 자책했다. 다행히 뼈에는 이상이 없는 것 같았다.

　한낮의 이글거리던 태양이 긴 그림자를 만들고 서산에 기울고 있었다. 동네 중심을 벗어나 한적한 논밭을 지나 산길을 따라 올라가면 외떨어진 산자락에 일부러 사람의 눈을 피해 지은 듯한 곳에 두 채의 판잣집이 있었다. 그 중에 뒤쪽 산막 같은 초라한 판잣집이 인범의 집이었다. 인범은 무거운 몸과 마음으로 집에 도착했다. 언제나 센은 주인의 귀가를 먼저 알고 집 앞까지 나와 인범의 발 사이를 부딪치며 재롱을 부렸다. 인범이 센의 머리를 쓰다듬으니 꼬리를 흔들며 인범의 손을 혓바닥으로 핥았다. 센의 아빠 울프도 어슬렁어슬렁 꼬리를 흔들고 다가왔다.

순희가 집 앞에서 미소를 지으며 이쪽을 바라보다 인범이와 시선이 마주치자 얼굴을 붉히며 다가왔다. 순희는 사춘기의 나이가 될 무렵부터 인범이에게 가족 이상의 관심을 갖고 마중을 나왔다. 그것은 인범을 향한 아련한 사모의 표현인 것이다. 순희가 인범의 품을 파고든 지난번 밤 이후부터 둘 사이는 다소 소원하고 서먹해져 있었다.

인범은 싸움의 긴장과 피로로 몸이 무거웠다. 몽둥이에 맞은 어깨가 부어오르고 통증으로 얼굴을 찡그리게 했다. 소나무 아래, 나무로 만든 걸상에 앉으니 센이 인범이의 다리 사이에 파고들었다. 울프도 인범이 가까이서 기대듯 누웠다. 울프와 센의 몸이 더러웠다.

"울프, 몸이 더러워, 자 씻고 와!"

울프는 가기 싫은지 머리를 흔들며 슬슬 피했다.

"울프, 빨리 씻고 와."

인범은 어릴 때부터 자주 울프의 몸을 깨끗이 씻어 주었다. 그러다 울프의 새끼 센이 생기면서 계곡의 웅덩이에 데리고 가 몸을 씻는 훈련을 시켰다. 이제 인범이가 울프와 센에게 명령만 하면 계곡에 달려가 물속에서 온몸을 흔들어 먼지와 털을 씻고 물 밖에 나와 물기를 털어 버리고 와 인범이에게 보인다. 때론 센과 울프는 가기 싫어한다든지 적당히 씻고 올 때도 있었다. 그러면 인범은 호되게 나무라고 다시 보내었다.

인범이 화난 표정으로 울프를 노려보니 겁을 먹고 부리나케 계곡으로 달려갔다. 센도 따라갔다. 순희가 하얀 이를 드러내고 해맑게 소리 없이 웃으며 집 안으로 들어갔다.

인범은 긴 나무 의자에 누워 하늘을 쳐다보았다. 하얀 구름이 점점이 떠 있는 파아란 하늘에 낮에 뜬 희미한 달과 구름이 빠르게 경주를 하고 있었다. 구름이 훨씬 빨리 달리는 것 같았다. 저 먼 남쪽 고향 하늘이 보였다.

까마득한 망각의 저편에 있던 10여 년 전 처절히도 가난하고 배고팠던 어린 시절이 떠올랐다. 토굴과 동굴에 살면서 그늘진 외로움과 배고픔의 나날들, 보리쌀 한 톨이라도 아끼며 배고픔과 외로움에 울어야 했던, 기억하고 싶지 않은 그때를 회상하니 눈물이 머금어졌다. 두고 온 산과 들 그리고 질펀히 뻗은 마을 앞 논과 밭, 또 언제나 마르지 않는 가재 잡던 계곡, 고기 잡고 멱 감던 못, 달리고 소먹이고 꼴 베던 들판, 가고 싶은 그리운 고향 산천이 시야에 아물거렸다.

울프와 센이 계곡에서 목욕을 하고 온몸에 물을 묻혀 돌아왔다.

"힘껏 털어!"

울프와 센은 온몸을 힘껏 털어 물기를 없앴다.

"다시 한 번 털어."

주인의 말에 울프와 센이 부르르 온몸을 털었다. 미세한 물방울의 입자가 뽀얀 물보라처럼 떨어져 나갔다. 인범이 요리조리 조사를 했다.

"울프, 센, 눕지 마."

털의 물이 마를 때까지 맨땅에 눕지 말라면 눕지 않았다.

센은 주인만 보면 재롱을 부리지만, 울프는 언제나 소극적이었다. 센은 아직 어리지만 울프는 늙었기 때문이었다. 애견 아니, 충견 센의 아빠 울프는 언제나 조용한 가운데 주인의 마음을 읽는 영리한 개였다. 그건 나이가 많아져 그런 것일 것이다.

아, 울프와 함께한 세월, 10여 년이 흘렀구나!

요즈음은 보신탕 음식점이 성업하고 있다. 아저씨는 개를 전문으로 사육하여 보신탕집에 팔아 10여 년 전보다 훨씬 여유 있는 생활을 하고 있었다. 상우 아저씬 언제나 부모 없이 혼자 살아가는 인범이에게 자상했다.

이제 어엿한 청년이 된 인범은 토굴에서 생활하며 배고프게 살아갈 때 먹을 것을 나누어주던 고마운 아저씨와 아주머니를 부모님같이 생각하고 존경했다.

그때로부터 벌써 10여 년의 세월이 흘렀다. 10년이면 강산이 변한다고 했는데 울프도 이제 늙어가고 있었다. 인범이가 리비아에 가 있던 2년 반 동안, 아저씨가 우수한 혈통인 진돗개의 종자를 찾는 암캐의 주인에서 종자 개량으로 새끼 한 마리를 얻어다 준 것이 자라 성견이 된 센이다. 아저씨는 센을 훈련시켜 인범이가 귀국하자 인범에게 주어 울프와 그 새끼 센 두 마리가 인범의 유일한 가족이었다.

인범은 어린 시절을 회상해 보았다. 배고픔과 고독과 멸시와 냉대, 눈물로 점철된 질곡 같은 회한의 지난 세월이 아련한 아픔이 되어 밀려들어 왔다.

어느덧 긴 여름의 해도 기울고 나무 그림자가 길어질 무렵 짙은 산 그림자가 질펀한 들판을 서서히 덮고 있었다. 마주 보이는 검단산 멧부리에 장엄한 붉은 노을이 현란하게 빛나는 낙조를 하염없이 바라보는 인범의 시야에 언제나 가슴속에 머물고 있는 고향 산천이 떠올랐다. 어머니 품처럼 아늑한 고향이 아쉽도록 그리웠다. 인범은 멧부리에 붉게 물든 노을이 서서히 거두어지고도 한참이나 망연히 서산을 바라보다 시선을 거두고 오늘 깡패들과의 싸움을 정리해 보았다. 그들은 너무 나약했다.

무술의 기술도 없으면서 놈들은 수적으로만 이루어진 집단의 힘만 믿고 위세를 부렸다. 그 위세는 약자에겐 강하지만 싸움의 고단자에겐 아무런 힘을 발휘하지 못했다. 자신감도 무술의 능력도 없는 그야말로 무리에 지나지 않았다.

'그렇지만 밤톨머리와 그가 데리고 온 두목이란 놈은 이대로 물러서지 않을 것이다. 또 다른 아니 더 강한 주먹꾼을 대동하고 복수를 하러 올 것이 자명하다. 과연 나 혼자서 그놈들을 깰 수 있을까? 동민들이 나를 도와주어 깡패들을 퇴치하는 데 한몫을 하여 주어야 하고 동민과 학교와 경찰의 유기적인 연관 속에 항구적인 대책이 있어야 깡패들을 물리칠 수 있을 것이다.'

5

두목 독발은 똘마니들 앞에서 오늘 겨우 한 놈에게 주먹 한 번 써 보지 못하고 놈의 주먹과 옆구리 찍기에 정신을 잃고 말았다. 주먹을 무기로 하는 우리 깡패들이 놈에게 당한 참담한 패배에 수치와 울분을 금할 수 없었다. 밤톨머리가 놈을 두려워할 때 밤톨머리를 겁쟁이라고 얼마나 비아냥거리고 비웃었던가. 그러나 결과는 밤톨머리와 똑같이 놈에게 당하는 치욕적인 참패로 끝났다. 부하들은 흉기를 가지고도 놈의 주먹과 발길질에 어느 누구도 제대로 일격을 가하지 못했다. 여덟 명이 한 놈을 당하지 못하고 그 많은 동민들이 지켜보는 앞에서 무참히 깨어진 수치와 모멸감, 놈은 우리가 상대하지 못할 무술의 고수였던가? 놈이 혼자서 우리 무리를 상대하겠다고 나타났다면 놈은 보통 놈이 아닐 것이다. 내가 놈을 너무 과소평가한 것이다. 놈은 자신이 상대하지 못할 대단한 싸움꾼임을 인정하지 않을 수 없었다.

독발은 이 동네에서 주먹이라면 자신을 당할 자가 없다고 자부해 왔는데 놈에게 허망하게 깨어진 것에 통분을 참을 수 없었다. 그러면 이대로 물러서야 한단 말인가? 결코 이대로 순순히 물러설 수 없다. 독발은 두 주먹을 불끈 쥐며 복수를 결심했다. 놈을 결코 그대로 둘 수 없다고 생각했다. 독발은 이를 악물었다. 놈을 생각하면 가슴이 터질 듯 답답했다. 그 많은 사람들 앞에서 깡패 세계의 체면을 다 구겨 놓았다. 부하들도 모두 놈에게 당했다. 허술하면서 한 치의 허점을 보이지 않는 대담한 놈을 생각하면 두려움이 앞섬을 어쩌랴!

다시 한 번 이를 악물고 독발은 두 주먹을 불끈 쥐고 손가락 관절을 우두둑 소리가 나도록 꺾으며 비장한 각오를 하고 불쑥 일어섰다.

"야, 번개야, 너 나하고 서초동에 좀 가자. 형님들을 좀 만나봐야겠다."

"형, 한 놈에게 당했다면 뭐라고 하지 않을까?"

"그럼 이대로 가만있으란 말인가?"

온 동네에 깡패들과 인범의 싸움이 화제가 되고 있었다. 깡패 7, 8명이 청년 한 명에게 주먹 한 번 써 보지 못하고 주먹질, 발길질, 팔꿈치 가격에 뻗어 버리고 달아난 꼴이 보는 이로 하여금 속이 시원했다는 둥, 청년은 유명한 싸움꾼으로 이 동네 고3 학생들이 깡패들에게 시달리는 것을 알고 보호하다 깡패들과 싸움하게 되었다는 둥……

소문이 무성하게 퍼졌다. 동네 사람들은 깡패들을 이대로는 방치해서는 안 된다고 분개하고 있었다. 몇 놈 안 되는 깡패들에게 당할 수만 없었다. 이번 기회에 아예 깡패들의 뿌리를 뽑아 버리자고 야단이었다. 경찰을 믿을 수 없다. 운동부 학생들과 동네 청년들이 함께 나서야 한다. 오죽하면 낯선 청년 혼자서 위험을 무릅쓰고 깡패들과 맞서겠는가.

요즈음 청년들과 학생들이 모이면 인범이가 깡패들과 싸운 것이 화제가 되고, 그 청년 혼자서 싸우도록 할 것이 아니라 우리들도 무슨 대책을 세워야 한다며, 청년들이나 패기 있는 건장한 고등학생들과 대학생들이 분노를 토하고 있었다.

통반장들은 파출소에서 미진한 단속을 하니 경찰에 진정서를 넣자고 했다. 그리고 결론적인 핵심은 청년의 싸움 기술이 기가 막히게 고수라는 것, 이 동네 청년 같은데 처음 보았다는 등…….

인범이의 싸움 이야기가 과장되어 화제가 되고 있었다.

그날 저녁이었다. 도영이 엄마는 깡패들의 싸움 소식을 듣자 도영이가 걱정이 되어 자정이 가까운 시간인데도 도영이 아버지와 함께 도영이가 오는 길목에서 기다리고 있었다. 한여름 열대야의 텁텁한 열기가 온몸을 짜증스럽게 휘감고 있었다. 거리는 인적이 드물고 상점들도 대부분 문을 닫았다. 저만치에서 도영이와 인철이가 이야길 나누며 걸어오다 길목에서 기다리고 있는 아버지와 어머니를 보았다.

집으로 들어온 도영은 밥 먹을 생각도 없이 오늘 있었던 청년과 깡패들의 싸움을 영화와 TV에서 나오는 활극같이 이야기를 하였다.

"그런데 도영아, 그 청년 그러다 깡패들에게 크게 당하지 않겠니?"

"아빠, 현재로서는 깡패들이 그 형의 상대는 못 돼요. 그 형 무슨 무술의 고단자인 것은 틀림없습니다. 그리고 체력이 대단해요. 지칠 줄 몰라요. 깡패들과 싸우는 걸 보면 어떻게나 빠르고 발길질, 주먹질이 얼마나 센지 한 방 맞으면 놈들이 그대로 저만치 나가떨어지는 걸 보면 통쾌해요. 그 형에게는 쨉도 안 돼요. 꼭 무슨 무술 영화나 TV의 한 장면 같아요. 그 형이 싸움꾼은 아닌 것 같고 정체가 무언지 나도 궁금해요. 왜, 나에게 호감을 갖고 도와주는지 아버지가 언젠가 한번 만나 물어보세요. 나는 어쩐지 그 형이 좋아요. 그 형은 싸움을 하기 위해 태어난 것 같아요. 엷고 단단한 싸움할 때만 끼는 가죽장갑을 아예 몸에 소지하고 다녀요."

도영이 아빠와 엄마는 우선 도영이가 다치지 않았다니 안심은 되었다. 그러나 인범이란 청년에 대해선 궁금증이 풀어지지 않았다. 요즈음 세상에 할 일 없이 깡패들과의 싸움에 끼어드는 청년이 있다면 싸움을 즐기는 싸움꾼일 것이다. 그렇지 않으면 깡패들과 원한관계가 있다든지 무슨 깊은 사연이 있으리라.

일부 교직원들도 학생들을 보호하고 그 청년이 더 큰 싸움을 벌이지 않는 차원에서 무슨 대책이 있어야겠다고 걱정을 하고 있었다.

학생들은 싸움현장을 과장하여 신나게 떠벌리고 다니고 있었다. 어느 학생은 또 싸움이 벌어지면 우리도 그 청년과 합세해서 깡패들과 싸우자며 열을 올리는 학생들도 있었다. 또 어떤 학생들은 운동부를 주축으로 하여 깡패들을 없애자고 흥분을 하는 학생들도 있었다. 학생 간부 몇 명이 도영이와 인철이를 찾아와 사건의 발단과 내용을 묻고 갔다.

간부는 도영이를 도와 준 청년을 만나볼 수 없는지 물었지만 도영은 청년의 집을 모르고 있었다. 그러나 그 청년은 깡패들의 도전을 기다리고 있을 것이고, 학교와 동네 주위를 맴돌며 깡패들의 동태를 살피고 있을 것이라고 말했다. 왜냐하면 도영이와는 모르는 사이였는데 도와주는 것을 보면 나 개인을 도와주는 것보다는 깡패들을 증오하는 것이 아닌가 하는 생각이 든다고 했다. 여하간 사연이 있는 특별한 청년이라고 단정하는 것이 학생들과 동민들, 선생님들의 공통된 생각이었다. 그러면서 그 청년과 깡패들의 싸움이 언제까지, 그리고 누구의 승리로 종결될지 궁금해 하고 있었다.

학생 간부는 어찌 됐든 혼자서 깡패들과 계속 싸우게 해서는 안 된다고 하면서, 학교 당국과 회의를 하자고 하였다.

6

인범은 우리나라 치안에 의문을 가졌다. 학원폭력, 강도, 날치기, 강간,

살인 등이 신문이나 라디오, TV 등에 뉴스로 알려지면서 온 국민들이 불안과 공포에 떨고 있는데, 이 나라 치안을 책임진 검찰이나 경찰은 무엇을 하는지 갈수록 범죄는 흉악해지고 있었다. 이제 대낮에도 강도들이 가정주부를 강간하고 강도짓을 하는 것은 평범한 범죄에 지나지 않았다. 대낮에도 대로나 은행 주변에서 또는 뒷골목에서 부녀자를 상대로 금품을 날치기하는 사건을 신문이나 방송을 통해 예사로 보고 듣는 범죄 만연이 지금의 현실이었다.

지하철이나 버스 안에서 소매치기들은 주위의 시선도 아랑곳하지 않고 소매치기나 날치기를 예사로 하는 것이다. 소매치기를 당한 것을 발견한 여자들이 내 돈, 내 목걸이 하며 발을 동동 구를 뿐 소매치기에 맞서지 못했다. 소매치기를 당한 사람이 돌려 달라고 하면 면도칼로 위협하고 주먹과 발길질로 무참하게 때렸다. 시민들이 소매치기 현장을 보아도, 그리고 소매치기당한 사람이 무참히 맞고 있어도, 시민들은 소매치기들의 날카로운 눈과 면도칼의 위협에 겁을 먹고 누구 한 사람 도우려고 선동하지도 나서지도 않았다. 철저히 방관자가 되고 구경꾼으로 안전하게 남기를 주저하지 않았다. 그러니 소매치기, 날치기는 더욱 날뛰는 것이다.

심지어 경찰이 면도칼을 든 소매치기를 검거하기 위해 싸우고 있어도, 혈기왕성하고 패기 있는 청년들은 경찰을 도와 싸우려고 하지 않았다. 비겁자로 남기를 서슴지 않는 안타까운 오늘의 이 현실을 언제까지 개탄만 하고 있을 것인지? 그리고 사법권의 모순도 있다. 흉기를 든 범죄자에 맞서는 시민들이 범죄인들과 싸우다 상처를 입혔을 때 법적 처리가 가해지고, 또 범죄인에 의해서 중상을 입어도 국가에서 치료를 하여 주는 법적 근거가 없었다. 자기 부담으로 치료를 해야 하는 한심한 국가이고 법이었다. 그러니 더더욱 가세를 하지 않았다. 선량한 피해자가 강도나 소매치기를 당하는 현장을 보아도 그리고 폭행을 당해도 외면하고 방관만 하는 것이다.

그리고 간단하게 사건 목격을 증언 받을 수 있는 것을 경찰서에 출두시켜 죄인 취급받을 때도 있고, 직장이나 생업에 지장을 주는 불이익을 주기도 했다. 경찰은 현장에서나 출장 와서 증인조서를 작성하는 수사 관행을 개선하여야 했다. 앞서서 증인을 불러들이는 고자세적인 관료주의 고정관념이 종식되고 국민의 지팡이가 된다는 근원적인 수사 방법이 고착되어야 한다. 정부도 그렇다. 거리엔 데모대를 진압하는 전경들을 수십 명 또는 수백 명씩 완전 무장을 하고 학교 요소요소에 배치시켜 정권의 존속에만 모든 공권력을 동원하지 말고, 그 일부를 사회 치안 사범의 예방과 근절, 그리고 거리 질서 준수와 지도 계몽에 또는 봉사에 동원할 수 없는지.

국민들은 대낮에도 문을 꼭꼭 잠그고도 불안한 생활을 하고 있고, 언제 어디서 내가 내 가족이 희생자가 될지 모르는 범죄가 만연된 치안 실종, 치안 부재에 살고 있다. 힘없는 오늘의 국민들은 오직 이 나라 위정자들에게 침묵으로 항거하고 있다. 그러나 대통령, 국회의원, 지자제 선거 때 무성한 선거 공약 중에서 어느 한 후보라도 민생치안 부재를 우려하고 국민들이 안심하고 생업에 종사할 수 있도록 범죄 예방과 퇴치에 앞장서겠다고 목소리를 높이고 선거에 공약하는 후보가 없음이 안타까운 것이다. 어떠한 범죄인에게도 한 표라도 잃을까 봐 걱정이 되는지? 또는 범죄자의 표를 의식해서 범죄 없는 사회를 만들겠다고 공약을 하지 않는지? 그러지 않으면 범죄로 인한 사회 불안을 정치인으로서 망각하고 있는지? '이 보 전진을 위한 일 보 후퇴'라는 말이 있다. 사회에서 근절되어야 하는 아니, 격리되어야 하는 범죄꾼의 소수의 표를 상실하더라도 범죄 없는 사회를 만들겠다고 공약하는 과감한 도전을 한다면 대다수의 국민과 시민들의 절대적 호응이 있다는 공식을 계산하지 못하는 똑똑한 바보 정치인들인가.

조폭들은 조직에서 서열을 정할 때 전과의 별의 숫자에 따라 정하고, 범죄자의 능력과 경력을 인정받게 되고 그에 상응하는 예우와 대우를 받는 우열의 척도가 된다고 한다. 그것이 범죄근절에 장애의 요소인 것이다.

사법당국에서는 재범을 방지하기 위해 누범 가중처벌을 적용하여 중형을 선고하는데 범죄 예방과 억제에는 실효를 거두지 못하는 것 같다고 했다. 결과적으로 감옥에 자주 드나들어 별을 더 달게 되면 범죄조직에서는 진급을 시켜 주어 우대를 받게 해 주는 결과만 초래하였다. 그리고 사법권을 가진 공무원과 조직을 가진 범죄자 간에 유기적으로 관련되어 범죄를 소탕해야 하는 수사관이 범죄를 묵인하고 범죄인에게 뇌물을 받고 비호하다가 구속되는 경우도 있어 범죄소탕이나 수사에 어려움이 있다는 사실이 종종 언론에 보도됨은 범죄 예방과 수사에 암울함을 갖게 했다. 또한 정치 기강이 서지 않아 지방 행정이나 사법부, 그리고 검찰 경찰의 근무 자세가 해이되고 통제력이 상실되어 사회 치안이 문란하고 범죄가 급증하고 있는 것이다. 그보다 법치국가 입법부의 의회정치 본산인 국회가 정파 이익의 정쟁으로 국력만 소모할 때 사회질서는 더욱 암울해지는 것이다.

이는 상의하달과 감독체계가 둔화되어 질책이 미약하기 때문인 것이다. 우리나라 의회정치도 여야의 정파 이윤만 추구하지 말고 국익이 되는 좋은 정치 대안은 여야를 초월해서 상생하는 의회가 되었으면 하는 것이 대다수의 국민의 염원인 것이다. 그리고 국민 수에 비해 국회의원 수가 너무 많다. 국회의원 수가 많음으로써 입법과 정치와 국가에 도움이 된다는 뚜렷한 이유가 없다. 오히려 국회의원 수가 많으므로 막대한 국비와 국력만 소모되고 정당 간의 정책 대안의 결집에 혼란만 가중되고 국민의 혈세를 정치인들이 나눠먹기식 정당 운영을 하고 있어 세 불리기를 위해 자꾸만 선거구를 늘리고 있다. 인범은 아직 젊어 정치 구조를 잘 모르지만, 언론을 통해 얻어지는 정치 지식으로써는 그렇다.

7

다음 날은 조용했다. 그 이튿날도 깡패들이 보이지 않았지. 도영이도 인철이도 불안 속에서 수업을 마치고 학원에 가다 마중 나온 인범을 교문 앞에서 만났다.

"형, 매일 이렇게 마중 오면 미안해서 어쩌지, 형은 직장에는 안 가?"

도영이 인범의 팔을 끼고 인철과 함께 거리를 걸었다.

"걱정 마, 굶어 죽지 않고 살아갈 테니."

거리는 조용했다. 며칠 전 깡패들과 싸웠던 거리가 가까워지자 도영과 인철은 두려움과 긴장된 눈빛으로 사방을 두리번거리며 주위를 경계했다. 다행히 깡패들은 보이지 않았다.

"형, 아직 시간이 조금 있는데 우리 빵 먹으러 가요. 내가 형에게 빵 사줄게."

도영이 먼저 빵집에 들어가고 인범이 멀쑥이 서 있었다.

"형, 들어가요."

인철이 인범의 팔을 잡고 빵집 문을 열고 들어가 구석진 곳에 자리를 잡고 앉았다. 빵집은 제법 넓었다. 이곳저곳에 손님들이 앉아 있었다. 빈자리가 별로 없었다. 적당한 거리를 두고 화분들이 놓여 있고 아담하게 장식된 실내는 아늑하고 깨끗했다. 중앙에 앉은 학생들이 신나게 이야기꽃을 피우고 있었다.

"형, 무슨 빵 먹을래요?"

"도영아, 나는 빵 이름도 잘 몰라. 네가 먹고 싶은 것 시켜. 나는 아무것이나 잘 먹어."

인범은 가난하게 살아왔기 때문에 이런 사치스런 양과자와 어울리지 않았다.

중앙에 앉은 학생들이 이야기를 계속하고 있었다.

"그 청년이 멈추어라! 너희들이 찾는 사람이 여기 있다고, 소리치며 구경꾼들 속에서 키가 우뚝 큰 한 청년이 나오잖아. 그때 사람들은 저 청년은 오늘 깡패집단에게 몰매를 맞게 되겠구나. 구경꾼들이 다들 이렇게 생각하면서 모두들 동정과 안타까운 시선으로 바라보고 있는데, 그 청년은 오히려 10여 명의 깡패들을 상대로 준열하게 꾸짖으며 큰소리치고 싸움을 걸고 있지 않겠나. 와, 답답한 청년을 보니 답답한 것 있지."

"그래, 그 청년 많이 맞았나?"

이야기를 듣던 옆의 친구가 조급한지 묻고 있었다.

"아니야. 존나게 맞은 것은 청년이 아니고 깡패들이었어."

"……."

학생들은 이야기의 방향이 빗나가니 고개를 갸우뚱하며 다음 말을 기다리고 있었다.

"처음에 당당하게 큰소리치던 깡패 두목이 청년에게 주먹을 들어 이렇게 한 방 먹였는데 그 청년이 이렇게 방어를 하며 주먹으로 한 방 먹이니 두목이 맥없이 저만치 나가떨어지잖아. 그리고 기절했는지 졸도했는지 조용히 땅바닥에 뻗어 버리데. 우리도 놀랐어. 와! 그 청년 주먹 하나 빠르고 세더라고. 부하들은 두목이 청년의 단 한 주먹에 쓰러지는 것을 보고 정신이 나갔는지 겁을 먹고 얼떨떨하게 서 있잖아."

학생은 자리에서 일어나 흉내를 내느라고 권투 모션을 취하고 손과 발, 머리까지 이리저리 움직이며 자신이 직접 싸움을 한 것같이 떠벌리고 있었다. 이야기를 듣는 학생들은 그 학생의 입과 몸을 쳐다보며 자기들이 싸움을 구경하고 있다는 착각을 하며 이야기에 도취해 있었다. 인범과 도영이 인철이는 학생들의 이야기 소리가 너무 크고 홀이 좁아 자연 듣게 되었다.

"형, 저 이야긴 형이 며칠 전 깡패들과 싸운 무용담이잖아. 이야기를 들으니 우리가 실제 본 것보다 더 신나는데."

그러나 막상 본인인 인범은 듣기가 민망했다.

학생의 이야기는 계속되고 있었다.

"그리고 깡패 무리에 뛰어들어 일순간에 해치우는데 쇠파이프 몽둥이를 든 놈들이 힘 한번 못 쓰고 무참하게 두들겨 맞는 꼴이 비참하더군. 어른과 아이들의 싸움이야."

이때다. 한쪽 구석에 앉아 이야기를 듣고 있던 깡패 풍의 두 청년이 홀 안 가득히 떠드는 학생들의 좌석에 신경을 쓰며 얼굴이 붉으락푸르락해지더니 더는 못 참겠는지 자리에서 벌떡 일어나 학생들의 좌석으로 가서 신나게 이야기를 하는 학생의 등 뒤에 섰다. 맞은편 좌석에 앉은 학생이 두려움에 떨며 두 청년을 멀거니 쳐다보지만, 이야기하는 학생은 등 뒤에 있는 청년을 보지 못하고 이야기를 계속하고 있었다.

"깡패 새끼들이 쇠파이프 몽둥이까지 들고도 힘 한번 제대로 못 쓰고 두들겨 맞는 꼴이 불쌍하더군. 병신 새끼들, 그 주먹으로 무슨 깡패짓을 한다고."

이야기를 계속하던 학생이 앞자리에 앉은 친구가 놀란 눈으로 계속 시선을 뒤쪽으로 보다가 또 자기에게 멈추고 이상한 눈짓을 하자 그때서야 예감이 이상한지 뒤를 돌아다보았다.

도영이 먼저 학생과 건달 풍의 대치 상태를 보며 인범에게 눈짓을 했다. 인범이도 뒤를 돌아보며 사태의 추이를 지켜보고 있었다.

홀 안의 다른 손님도 학생들의 자리에 눈길을 모으고 있었다. 두 명의 깡패 풍의 청년을 보자 한참 떠벌리던 학생이 입을 갑자기 멈추고 공포에 질린 눈으로 멍하게 입을 벌리고 두 청년을 바라보고 있었다.

"야 인마, 더 까발려 봐. 이 새끼 주둥이가 갑자기 고장이 났나."

"……."

홀 안의 분위기가 살벌해지자 손님들도 주인도 긴장을 하였다.

특히 빵집 주인은 깡패들이 홀 안에서 싸움을 하여 기물을 부수고 손님들을 쫓아낼까 봐 잔뜩 걱정스러운 얼굴로 안절부절못하고 있었다.

"야, 인마. 깡패 놈이 어쨌단 거야?"

건달은 우악스럽게 학생의 멱살을 잡아 일으켜 세웠다. 목이 졸린 학생은 얼굴이 사색이 되어 건달 풍의 힘에 목이 딸려 올라가고 있었다.

"손님, 싸우려면 밖에 나가 싸우십시오."

주인이 얼른 와서 깡패들에게 사정을 했다. 학생의 멱살을 쥔 깡패가 주인을 노려보며 고함을 질렀다.

"당신은 꺼져."

깡패는 학생을 개 끌듯 자리에서 끌어내고 있었다. 학생의 목을 얼마나 세게 조였는지 목이 졸린 학생의 얼굴이 붉게 상기되었다. 그냥 두면 흥분한 깡패에게 학생이 심하게 구타당할 것 같았다. 더 이상 외면할 수 없는 상황이 되었다. 인범이 자리에서 벌떡 일어났다.

"이봐, 형씨 그 손 놓으시지."

인범은 한 건달의 어깨를 잡아 밀치고 학생의 멱살을 잡은 건달의 어깨를 두드렸다. 그러면서 옆의 깡패를 무섭게 노려보았다. 옆의 깡패는 인범의 얼굴을 보다 기겁을 하며 한 걸음 물러섰다.

"웬 놈이야?"

학생의 목을 쥔 깡패가 자기 어깨를 두드리는 인범에게 얼굴을 돌려보다 갑자기 석고처럼 얼굴이 굳어지며 학생의 멱살을 놓았다. 커다란 주먹이 눈앞에 다가와 보였다.

"아!"

인범을 알아본 깡패가 후닥닥 밖으로 달아났다. 옆의 깡패도 뒤따라 달아났다. 홀 안의 손님들이 지켜보고 있었지만 영문을 몰라 어리둥절하며 사태를 알려고 머리를 굴리고 있었다.

"안녕하세요, 고맙습니다."

조금 전 깡패에게 혼이 난 학생이 인범의 얼굴을 알아보고 안도와 멋쩍은 표정이 교차된 얼굴로 인범에게 인사를 했다.

"학생, 아무 곳에서나 남의 이야기를 막 하는 것은 좋지 않은 습관인데……."

인범은 돌아와 자리에 앉았다. 빵집 주인은 안도의 한숨을 쉬었다.

"저분 누구야?"

친구 세 명이, 돌아가는 키가 우뚝하게 크고 당당한 체격의 인범을 바라보며 물었다.

"내가 이야기한 깡패들과 싸웠던 청년이 바로 저 청년이야."

속삭이듯 조용히 말을 했다. 세 학생은 경이로움과 존경의 시선으로 인범을 바라보며 벌린 입을 다물지 못했다. 빵집 안의 손님들이 영문을 몰라 고개를 갸웃거리고 있었다. 그들은 인범이의 존재를 모르고 자기들을 비방하는 학생을 혼내려는 건달만 알고 있었던 것이다.

"형, 참 잘했어. 고마워. 인철아, 저 학생들이 우리 학교 하급생들이지?"

"그래. 그런 것 같네."

"형, 형 집이 어디야? 형 집에 놀러 가고 싶다. 그리고 형 전화번호 가르쳐 줘."

"난 산속에 살아. 그리고 전화가 없어."

"산속에 무슨 집이 있어? 여기서 멀어. 형, 그렇게 가난해? 형, 내 전화번호 적어 줄게, 전화해 줘. 나 밤늦게 오는 것 알지."

조금 전 깡패에게 혼났던 학생이 인범의 탁자로 왔다.

"형님, 저 2학년 김태식입니다. 오늘 고맙습니다. 빵값 제가 내고 가겠습니다."

도영이와 인철에게 하는 인사인지, 인범에게 하는 인사인지 절을 꾸벅하고 카운터로 갔다. 나머지 세 명도 인사를 하고 나갔다.

　"아니, 그러지 않아도 되는데 고마워."

　"형, 저 학생들이 깡패들과 마주치면 안 될 텐데……."

　밖으로 나가는 학생들을 바라보며 도영이 걱정을 하였다.

　"형, 형의 집 약도 좀 그려줘요."

　"산속이야, 다음에 알려줄게."

　"꼭 알려주어야 해요. 방학 때 놀러 가게요."

　그들은 어깨를 나란히 하고 빵집을 나왔다. 거리는 조용했다.

　도영과 인철은 이야기를 나누며 걸어가다 도영이가 뒤돌아보니 인철이도 돌아보았다. 인범이가 가지 않고 그 자리에 서서 도영과 인철이가 가는 것을 보고 있었다. 도영은 멀리서 히죽이 미소를 지었다. 인범이도 히죽이 미소를 지었다. 그들은 약속이나 한 듯 미소를 교환하고 돌아섰다.

조직폭력배

1

깡패들과 싸움이 있고 5일째 되는 날이었다. 동네거리의 분위기가 또다시 살벌해지고 있었다. 더운 여름에 때아닌 회오리바람이 몰아칠 태풍 전야의 긴장감이 감도는 무겁고 칙칙한 분위기가 골목을 휘감고 있었다.

갑자기 이삼 명씩 짝을 이룬 근육질의 건달들이 어깻짓을 하며 거리를 휩쓸고 있었다. 그들은 하나같이 깃이 없는 검은 라운드 셔츠를 입고 있었고 소매가 터질 듯 팔뚝이 굵었다. 덩치들이 거리를 꽉 메우고 있었다. 무언가 일어날 것 같은 건달들의 공포 분위기 조장에 동민들이 또다시 아연 긴장하고 있었다. 지난번 동네깡패들과는 나이와 덩치부터 달랐다. 그 중 동네깡패들도 있었다. 그들 중엔 쇠파이프와 야구방망이를 든 청년도 있었다.

상점 주인들은 험악한 인상의 청년들이 근육질을 과시하며 잔뜩 폼을 잡고 골목을 꽉 메우고 휩쓸고 다니는 모습을 보고 며칠 전 깡패들의 싸움을 연상했다. 동민들은 험상궂은 건달들의 움직임을 불안스럽고 두려운 시선으로 주시하기 시작했다.

밤톨머리와 독발이는 며칠 전 인범에게 참패를 당하고 서초동에 가서 이번엔 조직폭력배 두목급에게 사정사정하여 인범에게 당한 복수를 하기 위해 조폭들을 동원했던 것이다.

독발은 두목 옆에 바짝 붙어 다니며 두목에게 뭐라고 이야기하고 있었다. 그러나 독발인 인범에게 그날 맞은 상처가 아직 낫지 않아 움직이기 힘이 드는지 걸음걸이가 부자연스럽게 보였다.

수업을 마친 학생들이 교문 밖으로 쏟아져 나오고 있었다. 도영이 교문을 나서 학원으로 가고 있는 반대쪽에서 학원으로 간다고 먼저 나간 인철이가 숨이 턱에 찬 채 사색이 된 얼굴로 학교로 돌아오고 있었다. 도영은 인철이가 깡패들의 출현을 알리러 오고 있다고 직감하고 인철이에게 빠르게 다가갔다. 도영이와 마주친 인철이는 숨을 몰아쉬며 깡패들의 출현을 알리고 있었다.

"야, 도영아! 깡패들이 무더기로 골목을 지키고 있어. 이 길로 나가면 안 돼. 골목길로 달아나자. 이번엔 지난번 깡패들과는 나이와 덩치부터 달라. 무시무시한 조폭들이야. 이번엔 그 형도 당할 수 없을 거야."

"……."

인철의 얼굴색이 창백하게 변해 있었다. 며칠 전 인범을 모른다고 하여 폭행을 당한 것이 상기되는지, 또 폭행을 당할까 봐 그런지 공포의 얼굴이 역력했다. 도영은 어찌해야 할지 일순간 망설였다. '인철이 말대로 골목길로 피해 버릴까' 하는 생각이 순간 뇌리를 스치고 지나갔다. 그러나 도영은 머리를 흔들었다. 청년은 오늘도 나를 깡패들에게서 보호해 주기 위해 나타날 것이다. 잘 알지도 못하는 청년이 나를 깡패들에게서 보호해 주기 위해 학교 주위를 맴도는, 청년의 의연하고 당당한 얼굴이 시야에 떠올랐다. 이번엔 더 많은 수와 강한 전문 주먹꾼일 것이라고 단정했다. 인철이도 무시무시한 깡패들이라고 하지 않았는가. 단 혼자인 그 형이 과연 이길 수 있을까? 지난번에는 다행히 운이 좋아 약한 깡패를 상대했기 때문에 이

길 수 있었는데, 그러나 이번엔 전번 싸움 상대와는 분명히 다를 것이라고 생각했다. 깡패들은 이미 그 형의 싸움 실력을 알고 있기 때문이었다. 두려움과 공포가 도영이의 가슴을 짓눌렀다. 방정맞게 그 형이 조폭들에게 무참하게 맞아 피투성이가 된 모습이 상상되었다.

'아, 안 돼!'

"도영아, 빨리 달아나자."

"안 돼, 우리가 그 형을 구해주어야 해."

"우리가 어떻게……?"

도영은 지난번 학생회장이 형을 도와주자고 하던 말이 생각났다.

"인철아, 그 형은 우리를 위해서 위험을 무릅쓰고 수많은 깡패들과 맞서고 있지 않니. 이번엔 심하게 당할 것이다. 지금까지는 운이 좋았지만 어쩌면 이번 싸움에 그 형이 죽을지도 몰라. 그런 의로운 청년을 배신하는 비겁자가 될 수 없고 되어서도 안 돼."

도영은 무언가 결연한 결의가 굳어 있었다. 무언가 단호한 각오를 한 것 같았다.

"……."

인철은 무서운 조폭들 앞에 감히 나설 용기가 나지 않아 공포의 얼굴을 하고 도영이를 망연히 바라보고 있었다.

"인철아, 우리 학생회장 장재성을 찾아가 보자. 자, 같이 가자."

도영은 학교로 도로 올라가고 있었다. 인철은 내키지 않는 기분이라 어정쩡한 걸음으로 도영의 뒤를 따랐다.

2

폭력배들이 험상궂은 얼굴과 험악한 눈길로 골목 어귀마다 지키고 지나가는 학생들을 일일이 노려보며 무서운 눈초리로 조사하고 있었다.

인범이는 오늘도 도영이가 수업을 마칠 시간이 되어 신발과 옷을 단단히 하고 집을 나섰다. 그들은 이미 나를 겪어보았기 때문에 이번엔 더 강한 주먹꾼들일 것이다. 센이 쪼르르 따라 나오고 울프도 어슬렁거리고 따라오고 있었다. 인범은 오늘은 울프와 센을 데리고 가고 싶었다. 초등학교 때 달수와 그리고 중학생들과 싸울 때 울프가 얼마나 자신을 위해 싸워주었던가. 인범은 잠깐 생각을 했다. 데리고 가고 싶었다. 그러나 지금은 나는 어린아이가 아니다. 당당한 청년이다. 상대가 두렵다고 개와 합세하여 싸울 수는 없다. 그리고 상대는 흉기를 서슴지 않고 사용할 것이다. 흉기로 울프와 센을 무참하게 죽일 것이다. 울프와 센이 위험하다. 울프는 늙었고 센은 아직 어리다. 인범은 고개를 저었다. 인범은 표창이 꽂힌 혁대를 찼다.

"울프! 센, 들어가."

인범은 울프와 센을 집으로 돌려보내고 산길을 내려왔다.

정말 무더운 여름이었다. 구름 한 점 없는 벌겋게 달구어진 불볕더위가 며칠째 계속되고 있었다. 이제 얼마 있지 않으면 학생들도 방학을 할 것이고 본격적인 여름이 시작될 것이다.

인범은 동네 어귀에 들어서자 깡패들이 자신의 오체를 노리며 시시각각 조여 오고 있는 불길한 공기를 예감했다. 텁텁한 열기에 무거운 기운이 감돌고 있었다. 인범은 긴장을 하고 사방을 살피며 학교 쪽으로 빠르게 걸었다. 지난번 깡패들이라면 잠복한 놈들에게 기습을 당할 수 있을 것이다. 인범은 곡각지점을 경계했다. 인범은 엎드려 신발 끈과 허리띠를 다시 한 번 단단히 조여 매고 주먹을 불끈 쥐어 보았다.

멀리서부터 퇴교하는 학생들을 주시하고 교문을 향하여 빠르게 걸어 올라가며 마주 오는 학생들 속에서 도영이를 찾고 있었다. 도영이를 만나 피하게 하고 자신도 피하고 싶었다. 사람에게 가장 소중한 것은 생명의 유지이다. 10여 년 전, 생명은 귀한 것이고 하나밖에 없다던 소장님의 말이 떠올랐다. 달아나고 싶었다. 생명을 보호하기 위해서는 얼마든지 비겁할 수도 비굴할 수도 있지 않은가? 막연한 두려움과 불안이 가슴을 옥죄였다.

파도처럼 밀려드는 불안이 인범의 가슴을 압박하며 인범을 초조하게 하였다. 깡패들과 싸울수록 감정이 더 상승작용을 하여 깡패의 숫자는 비례적으로 많아지고 있었다. 보복에 보복의 악순환이 계속된다면 서울의 전 건달들을 상대로 싸움을 해야 할 것 같았다. 아니, 전쟁을 해야 할지도 몰랐다. 이제 이기느냐 지느냐가 아닌, 죽느냐 사느냐의 양자택일을 해야 했다. 아마도 이 싸움에서 나의 생명이 제물이 될 비중이 훨씬 클 것이다. 깡패들의 생명은 여러 개이지만 나와 함께 해 줄 생명은 아무도 없다. 다만 내 생명이 부서지면서 몇 명을 죽이고 또 몇 명을 중상으로 만들 수 있느냐가 이 싸움에서 최선의 목적이라고 생각하니 더욱 이 싸움을 피하고 싶었다. 그러나 인범은 강하게 머리를 흔들었다.

'안 된다. 나는 아버지의 원수를 갚기 전에는 불구자가 되어서도 죽어서도 안 된다. 이제 나는 지금까지와는 달리 싸움이 아닌 살인을 해야 할지 모른다. 내가 살기 위해서는 상대를 죽여야 한다. 이제 놈들도 나를 죽이려고 할 것이다.'

뺨 한 번 때리고 끝날 것이 이제 죽음까지 가야 하는 극한 상황에 이르렀다. 아! 어쩌다 이렇게 되었는지. 인범은 고3 학생을 도와주기 위해 경솔하게 뛰어든 것이 새삼스럽게 후회가 되었다. 놈들도 이번엔 전과는 다르리라. 더 강하고 더 많은 수의 주먹쟁이들을 대동했을 것이다. 이제 와서 깡패가 두렵고 이길 자신이 없다고 달아날 수도 피할 수도 없다. 싸움으로 결판을 가려야 한다. 내 한 몸이 부스러지더라도 학생들을 다치게 할 수 없다. 인생의 중요 기로에 선 고3 학생을 깡패들의 시달림에서 구하겠다고 나선 것이 내가 먼저 시작한 것이 아니었던가? 두렵다고 피한다면 깡패들은 더욱 악질화 될 것이다. 그 보복은 학생들이 고스란히 받을 것이고, 그러면 싸움 시작을 아니한 것보다 더 나쁜 결과가 초래될 것이다. 인범은 이 싸움을 피하여야 한다는 생각과, 온몸이 부서질지라도 아니, 죽을지라도 비겁하게 달아나서는 안 된다는 두 생각으로 머리가 혼란했다.

교문 앞에 도착하니 많은 학생들이 교문을 나서고 있었다.

"고3 학생이 언제 마치지?"

지나가는 학생에게 물었다.

"벌써 마쳤는데요."

'아, 내가 늦었구나! 아, 실수.' 시계를 보고 부리나케 돌아섰다. 불안이 눈앞에 덮쳐왔다. 놈들은 이번에는 학생들을 무차별 상하게 할 것이다. 깡패들에게 얻어맞아 피투성이가 된 도영이 인철이의 얼굴이 떠올랐다. 지난번 깡패들이 도영이에게 주먹을 내리칠 순간에 내가 멈추게 하지 않았나. 만약 그때 조금만 늦었더라면 도영이의 얼굴이 박살이 났을 것이다. 인범의 발걸음이 빨라졌다.

그 시간 도영과 인철은 오히려 인범이를 걱정하여 학생회장을 만나러 간 사실을 인범이는 알지 못했다.

저만치 앞쪽 넓은 곳에 많은 사람이 모여 있는 것이 보였다. 지난번 깡패들과 싸운 그 자리인 것 같았다. '저곳에 놈들이 있구나!' 인범은 잠시 멈칫했다. 또다시 갈등이 생겼다. 달아나고 싶었다. 살고 싶었다. 그러나 나는 비겁할 수 없다. 내가 언제부터 이렇게 겁쟁이가 되었단 말인가? 인범은 자신과 타협이 되지 않아 갈등을 하고 있었다. 그때였다. 옆 골목에서 한 청년이 고함을 지르며 후닥닥 앞으로 뛰어갔다.

"놈이 나타났다. 그놈이다!"

뒤를 돌아보면서 뛰어가고 있었다. 인범이가 나타나기를 망을 보고 있었던 동네깡패의 한 놈이었다. 인범이는 잠시 멍하니 서서 어정쩡한 자세로 뛰어가는 깡패를 망연한 눈길로 바라보다 무엇에 홀린 듯, 스스로 죽음의 늪으로 한 걸음 한 걸음 다가가고 있었다.

3

넓은 곳이다. 수많은 사람들이 웅성거리며 일시에 인범에게 시선이 집중되었다. 말은 안 해도 오늘 깡패들에게 무차별 두들겨 맞을 희생 제물이 나타난 것을 사람들이 알고 있는 것일까?

사람들의 앞쪽에 저승사자 같은 건장하고 당당한 체구의 전형적인 싸움꾼으로 보이는 검정색 라운드 셔츠를 입은 깡패들 10여 명이 도열해 있었다. 검정 색깔은 깡패들을 하나같이 강하고 감사납고 험악하게 보이게 했다. 건달 세 명이 몇 발짝 앞으로 걸어 나와 인범을 무섭게 노려보았다. 순간 구경꾼들 속에서 한 사람이 소리를 질렀다.

"아! 그 사람이다. 싸움을 기막히게 잘하던 그 청년이다."

일순 모든 사람들의 시선이 인범이에게 쏠렸다.

"맞다. 그 청년이다."

이곳저곳에서 여러 명의 소리가 나면서 사람들이 웅성거렸다.

"시끄러워! 어느 놈이 개소리를 지껄이고 있어?"

한 깡패가 고함을 지르며 처음 싸움을 기막히게 잘한다고 한 사람의 얼굴을 무섭게 노려보았다. 그 사람은 깡패의 시선이 자기에게 머물자 얼굴을 돌리고 얼른 피하며 잔뜩 겁을 먹고 슬그머니 구경꾼 속으로 파묻혔다.

인범이는 깡패 세 명과 일정한 간격을 두고 마주 섰다. 벌써 약속이나 한 듯 사람들이 양쪽으로 지난번처럼 거리를 두고 갈라져 싸움 자리를 만들어 주었다. 인범이는 아무 말 없이 깡패들을 노려보며 그들의 수와 주먹의 수준을 탐색하였다. 지난번과는 달리 만만찮음을 간파했다. 특히 중앙에 서 있는 두목인 듯한 놈은 피 냄새를 풍기고 있었다. 놈도 서릿발 같은 매서운 눈초리로 인범을 무섭게 노려보며 탐색하고 있었다. 뒤에 있던 독발이 앞으로 나섰다.

"야 이 새끼, 오늘 네놈의 제삿날이라는 걸 잊지 마라. 저승사자나 만나볼 각오나 해라."

인범은 지난번에 자신에게 맞아 몸을 제대로 가누지 못하는 독발의 발악을 듣고 빙긋이 미소를 지으며 바라보았다.

독발은 인범이에게 맞은 곳이 아직 완치되지 않아 겨우 몸을 움직이며, 눈을 까뒤집고 발악을 하는 입가에는 하얀 거품이 묻어나고 있었다.

깡패들은 그들이 찾던 놈이 자신들의 앞에 나타나자 감정 폭발 직전이었다. 증폭된 분노를 발산할 구체적 대상이 나타났기 때문이었다. 특히 두목은 며칠 전에 독발이가 무참히 맞은 분풀이로 보복의 증오를 행동으로 표출하는 데 조금도 주저하지 않을 태세였다.

천천히 앞으로 나온 두목은 핏대를 올리며 게걸거리는 독발의 가슴을 왼손으로 제지하고 앞으로 한 발 나섰다. 누가 보아도 주먹쟁이 풍의 어깨가 넓고 건장하고 험상궂게 생긴 한 삼십 대 중반의 유달리 얼굴이 큰 사나이였다. 인범과 사이가 한 발 가까워졌다. 인범과 폭력배 두목의 거센 눈길이 허공에서 무섭게 부딪쳤다. 인범은 이 싸움은 피할 수 없음을 확인하고 주머니에서 검은 가죽장갑을 꺼내어 천천히 끼면서 눈은 적을 노려보는 것을 잊지 않았다. 지금까지 만난 여느 주먹꾼과는 달랐다. 참으로 험상궂게 생긴 상대하기 힘든 선이 굵은 주먹꾼이었다.

'겁먹지 말자. 이놈을 이겨야 한다. 이놈을 두려워한다면 아니, 이기지 못한다면 결코 아버지의 원수를 갚지 못할 것이다.' 인범은 자신을 달래듯 떨리는 가슴과는 달리 입에는 미소를 머금고 눈은 상대를 녹여버릴 듯 노려보았다. 두목은 조금의 망설임도 두려움도 없는 당당한 인범의 도전의 행동을 보고 놀라는 얼굴이었다.

"네놈이 우리 동생들을 상하게 했나? 그 이유를 말해 봐라."

말은 조용했지만 싸움 동작을 한 완벽한 놈의 태도엔 바위 같은 느낌이 들었다.

인범은 두목과 무리들을 노려보는 것을 잊지 않았다. 그 태도는 당당했다.

청년의 여유 있고 도전적인 행동을 본 수많은 군중들은 입에 고인 침을 꿀꺽 삼키고 두 사람에게 시선을 집중시킨 채 긴장하고 있었다.

"내 말이 안 들리나?"

조금 신경질적인 격앙된 목소리였다. 두목의 싸늘한 목소리에서 피 같은 살기가 서려있었다. 그리고 냉기 띤 얼굴에 눈이 인범을 매섭게 노려보고 있었다. 인범도 상대를 노려보며 꼿꼿이 선 채 비아냥거리며 대답했다.

"그건 먼저 싸움을 건 당신 부하들에게 물어봐라."

사람들은 아연 놀랐다. 나이로 보나 서슬이 퍼런 폭력배의 분위기로 보나 저 청년은 상대를 자극해서는 안 될 것인데……

사람들은 키와 골격이 돋보이는 인범의 도전적인 당당한 태도와 말에 놀랐다.

"나는 네놈에게 묻고 있다."

깡패 두목의 인상이 험악하게 일그러졌다.

"나이깨나 먹은 양반이 말이 거칠구나. 당신 부하가 대답할 수 있는 말을 왜 내가 당신에게 대답을 한단 말인가?"

두목의 얼굴에 핏기가 싹 가시고 한쪽 볼이 실룩거리더니 분노로 얼굴이 더욱 험상궂게 일그러졌다.

"네놈이 주먹을 좀 쓴다는 말을 들었다. 오늘 다시는 주먹을 못 쓰게 해 주겠다."

제 주먹만 믿고 설치는 것을 보아 인범을 죽이든지 병신을 만들 것 같았다.

"……."

두목은 주먹을 치기 전에 엄포와 협박을 하기 시작했다.

냉기 서린 싸늘한 말속에 살의가 묻혀 있었다. 그러나 아, 어쩌랴! 삼십 대 중반까지 주먹으로 암흑가를 지배해 온 이 사나이는 조금 후 자기 앞에 맞선 인범에 의해서 평생을 정신이 실성한 불구자로 살아야 하는 운명의 먹구름이 덮일 줄 알지 못하고 있었다. 주먹이 무기인 주먹꾼의 마지막 운명의 시간이 시시각각으로 다가오고 있었다. 폭력이 직업인 이들에게 깡패짓을 지적한다고 해서 그만둔다든지 순순히 폭력을 않겠다고 물러갈 이들이 아니었다. 폭력배들에게는 공권력이나 그들보다 더 강한 물리적인 힘 이외로는 이들을 제압할 수 없다. 그들 앞에 무릎을 꿇든지, 주먹으로 굴복시키든지 오직 주먹의 대결만이 유일한 해결의 방법이었다. 둘 다 주먹에는 자신이 있는 것이다. 시비를 말씨름으로 가리려고 한들 아무런 결론이 나지 않을 것이다.

"그럼, 네놈이 나의 부하들을 내쫓고 이 지역을 차지하겠다는 목적이군."

"나는 당신 부하들이 학생들을 폭행하고 돈을 뺏는 노상 강도짓을 못 하게 할 따름이다. 당신은 당신 부하들에게 깡패짓이나 강도짓을 시켰나? 깡패짓 강도짓 못 하게 했다고 억울한가? 당신도 노상 강도짓이나 하는 깡패인가?"

인범의 폭언은 폭력배 두목을 격분시켰다.

"뭐 깡패? 이 자식이."

두목은 주먹을 불끈 쥐고 요절을 낼 듯 다가섰다. 그러나 두목은 선뜻 주먹을 쓰지 못했다. 살기가 서려 있는 이글이글 불타는 인범의 눈이 자신의 움직임 하나하나를 읽으며 조금도 빈틈이 없는 자세로 바위처럼 버티고 선 놈의 태도가 자신을 망설이게 했으며, 무모하게 공격할 수 없는 상대임을 온몸으로 느꼈기 때문이었다.

냉소적인 인범의 도전적 말에 두목의 얼굴이 더욱 험악하게 일그러졌다. 놈은 사과의 말이나 화해의 말이 아니고 분명 도전의 의도를 가지고 빈정거리고 있는 것이다. 오히려 나를 격분시켜 빨리 싸움을 벌여보자는 계산이 깔려 있다는 것을 간파했다.

구경꾼들도 청년의 당당함에 놀라고 있었다. 저 청년은 며칠 전 깡패들과의 싸움에서도 도전적인 말과 당당한 태도이었지 않았던가.

순간 두목은 그대로 주먹을 날려 놈을 부수어버리고 싶은 충동이 간절했지만 놈에게 한 치의 허점을 발견할 수 없어 망설였다. 놈이 오히려 눈에 살기를 띠고 내가 먼저 공격을 해 오기를 유도하고 바위처럼 버티고 서 있었다. 그리고 군살 하나 없는 준마 같은 몸매, 유난히 긴 다리, 날렵하게 보이는 몸과 날카롭게 노려보는 시선이 온몸을 노리고 나의 동작 하나하나를 읽고 있는 것을 다시 한 번 느끼며 주저하지 않을 수 없었다. 놈의 눈과 몸놀림, 수없는 실전에 몸에 밴 격투기의 자세에 막연한 두려움이 앞섬을 또한 어쩌랴.

또 놈이 대담하게도 단신으로 우리들의 무리 속에 뛰어든 것이 증명하고 있지 않는가? 주먹쟁인 주먹쟁이를 알아본다. 놈은 싸움의 고수다. 이 놈은 싸움을 즐기는 놈이다. 저놈이 가죽장갑을 아예 소지하고 다니는 것이 또한 증명되지 않은가. 가죽장갑을 끼고 있는 유달리 큰 망치 같은 주먹에 정통으로 맞으면 그 위력이 대단할 것 같았다. 무엇보다도 호랑이의 앞발 같은 굵은 팔뚝이 꿈틀거리고 있는 것이 더욱 자신을 두렵게 했고 망설이게 했다.

두목은 모처럼 만만찮은 적수를 만났다는 것을 실감하며 놈에게 재삼 두려움을 느꼈다. 독발이의 똘마니들이 한 말, 놈의 손가락 하나 건드려 보지 못했다고, 그리고 조금 전 구경꾼들에게서 기가 막히게 싸움 잘하는 사람이라고 극찬 받던 놈이 아닌가? 그리고 겁을 모르는 왕성한 이십 대 초반의 전성기의 나이 아닌가. 땅벌은 자기가 이 청년의 나이 때를 회상해 보았다. 겁을 모르던 나이 때 물불 가리지 않고 싸웠지.

구경꾼들도 가슴을 졸이고 사태의 추이를 지켜보고 있었다. 숨소리 하나 없었다. 싸움을 구경하고 싶지만 두목이 화해의 말이 나올 때 좋게 답하고 타협을 하였으면 하는 동정을 했는데……. 구경꾼들은 조금도 굴하지 않는 청년의 대담하고 당당한 태도에 놀라지 않을 수 없었다. 그러나 땅벌은 놈의 시비조의 말과 태도에 분노가 치밀어 도저히 참을 수가 없었다. 웬만한 놈이면 일대일이라도 주눅이 들어 겁부터 낼 것인데, 10여 명 넘는 패거리들, 그것도 주먹을 직업으로 한 집단에게 맞선다는 것은 무모한 짓이라는 것을 알지 못하고 있었다. 이건 놈이 바보 아니면 무술의 달인일 것이다.

'이 장안에 무술의 고수라면 내가 모르는 고수도 있었던가? 놈과 말싸움만 할 수만 없다. 오고 가는 사람들이 싸움구경을 하기 위해 길을 겹겹으로 메우고 상가 건물 각층 창문마다 사람들이 목을 내밀고 이 싸움을 구경하고 있다. 파출소나 경찰서에서 알면 불리한 건 우리 건달들뿐이다.'

"이봐 망치, 놈의 버릇을 좀 고쳐 주어야겠다. 건방진 놈."

두목은 먼저 부하에게 맡겨 놈의 무술을 시험해 보고 또 놈의 힘도 빼도록 할 심산이었다.

"예."

망치가 뒤를 돌아보며 두 깡패에게 손가락을 까닥까닥 거렸다. 명령을 받은 두 깡패가 기계처럼 앞으로 나와 인범이와 맞섰다. 두 놈 중 한 놈이 손에 쇠파이프를 들고 있었다.

인범이 물러서서 벽을 등지고는 미동도 하지 않은 채 조폭들의 일거일동을 노려보면서 일전을 각오했다. '나는 반드시 이 싸움을 이겨 살아남아야 한다'는 생각에 이르자 투지가 넘치면서 적개심이 불타올랐다. 상대가 조폭이고 수적으로 다수인 폭력배라는 것을 잊은 인범에게 어느덧 두려움은 사라지고 온몸을 감도는 혈관 속의 피가 용솟음치며 뜨겁게 사지의 근육에 고루 퍼져 투지가 솟구쳤다.

'죽음을 각오하고 싸우자. 오늘 이 싸움에서 나는 죽을지도 모른다.' 왠지 모를 두려움이 인범이를 공포로 몰아넣었다. 인범은 공포를 떨쳐버리려고 두 주먹을 불끈 쥐며 각오를 다졌다. '나는 지지 않는다. 이긴다. 이겨야 한다. 그래 싸우자. 싸워 이겨야 한다. 죽음을 각오하고 싸울 때 오히려 강하고, 죽음을 겁내고 싸울 때 약해진다고 하지 않는가. 그리고 죽음을 두려워하고 싸울 때 죽임을 당하고, 죽음을 두려워하지 않고 싸울 때 죽지 않는다고 하지 않는가.'

주먹을 무기로 인범은 죽음을 각오하고 이 나라 이 사회를 어지럽히는 범죄꾼에 맞섰다. 공명심도 명리도 아니다. 그리고 영웅심도 영달을 위한 객기 또한 아니다. 그건 지워도 지워도 지워지지 않고 되살아나는 날치기에 맞아 죽은 아버지에 대한 복수의 원한인 것이다.

아버지가 날치기에 맞아 돌아가신 그때, 나는 이미 죽은 목숨과 같았다. 짐승도 어미를 잃어버리면 살 수가 없는데. 그때 아버지가 돌아가시자 열두 살짜리 어린 인범은 황야에 알몸으로 던져져 잡초처럼 질긴 생명을 이

어오며 신체를 피나는 담금질로 무술을 연마하며 복수를 불태우지 않았는가?

인범은 서기가 서린 예리한 눈으로 적을 노려보았다. 놈들은 지난번 조무래기 깡패들과는 달랐다. 행동에 절도가 있고 섬세했다. 다만 독발이가 동원한 깡패들만이 오합지졸이었다.

폭력배들이 살기 띤 무서운 눈으로 노려보며 한 발 한 발 조여 왔다. 인범은 놈들의 수를 세어 보았다. 10여 명 조금 넘었다. 평범한 깡패도 있었고 싸움으로 단련된 놈도 있었다. 한꺼번에 싸우긴 어려운 상대라고 생각했다. 분리하여 싸워야 한다고 작전을 계획했다. 적이 아무리 많더라도 내가 적보다 강하면 적의 수에 구애될 것 없다. 그건 인범의 체력이 강해 지구전에 강하고 몸이 빠르기 때문이었다. 이는 중학생 열 명이라도 건장한 청년 한 명이 이길 수 있는 것과 같은 원리이다.

그러나 지금 나의 앞에 바위처럼 압박해 오는 두목과 그 패거리들이 하나같이 주먹세계에서 주먹으로 살아가는 조폭들이다. 나는 한 번의 실수 없이 나의 사지의 기능에 맡기고 최선을 다하여 싸우자. 그것만이 나의 몸의 안전과 하나밖에 없는 생명을 보존하는 최선의 방법이다. 결과는 나도 모른다. 그러나 나 혼자서 이 많은, 평범한 건달이 아닌 직업이 싸움꾼인 이들과 싸운다는 것은 우매한 짓이고 객기다. 나는 때론 이 객기를 고집부려 바보짓을 하는 나 자신이 마음이 들지 않고 미울 때도 있다. 인범의 주먹은 불끈 쥐어지고 만신의 털구멍에서 피가 배어 나오는 격렬한 투지가 꿈틀거렸다.

구경꾼들이 일시에 뒤로 물러서고 조폭들이 시시각각 조여왔다. 인범은 그 자리에서 움직이지 않고 다가서는 적을 노려만 보고 있었다. 그 뒤엔 다른 조폭들과 동네깡패들이 조여들고 있었다.

두 조폭의 몸놀림이 공격 자세를 취하고 망치가 앞으로 갑자기 다가섰다.

"이 새끼."

그 순간이다. 망치가 공격 자세를 취하기 전에 인범의 몸이 먼저 땅을 박차고 용수철처럼 뛰어올라 체중을 실은 발로 망치의 턱을 강타했다. 전광석화 같은 찰나의 공격이었다.

"아악!"

망치의 단말마의 비명과 퍽, 하는 둔탁한 소리가 동시에 났다. 망치는 단 일격에 그 자리에 조용히 뻗었다. 너무나 빠른 인범의 선제공격이었다. 인범은 싸울 때 먼저 공격하지 않았다. 그러나 적이 강하고 숫자가 많을 땐 단 한 명이라도 탈락시키기 위해 선제공격으로 적에게 치명타를 날리는 것이다.

폭력배들이 놀라 멈칫하는 사이 인범이 후닥닥 달아났다. 단 혼자와 다수와의 처절한 혈투가 시작되었다.

지난번 인범에게 혼이 난 동네깡패들이 쇠파이프와 몽둥이를 들고 한 덩어리가 되어 뒤따르고 있었다. 놈들은 지난번에 당한 복수를 하겠다는 집념에 눈에 살기를 띠고 인범을 노리고 조폭들과 합세하고 있었다.

"잡아라!"

깡패들이 일시에 인범을 뒤쫓았다.

"비겁한 놈! 어디 달아나?"

인범은 구경꾼 사이로 몸을 숨겼다. 구경꾼 중 여자 몇 명이 비명을 지르며 남자 속을 파고들었다. 대열이 흩어진 조폭들과 깡패들이 인범을 뒤쫓고 있었다. 갑자기 중심을 잃은 구경꾼 두 명이 넘어졌다. 그때다. 작전상 달아나 구경꾼 속에 파묻혔던 인범이가 넘어진 구경꾼 사이에서 불쑥 나타나 인범이를 잡으려고 따라가는 맨 뒤쪽의 조폭 한 명의 얼굴에 주먹을 날렸다.

"아이쿠!"

비명과 동시에 퍽 하는 둔탁한 소리가 나면서 한 놈이 코피를 쏟고 쓰러졌다.

"아악!"

구경꾼 중 여자들이 피를 보고 비명을 질렀다. 인범은 한 명에게 치명타를 날리고 벌써 저만큼 달아나고 있었다.

"놈을 잡아라!"

조폭들이 우르르 인범의 뒤를 쫓았다. 달아나던 인범이 갑자기 멈춤과 동시에 맨 앞에 오는 놈의 복부를 발길로 강타했다. 전광석화 같은 찰나의 순간이었다. 인범이가 개발한, 상대방이 수비와 공격 자세를 취하기 전에 변칙적인 기습공격을 한 것이다.

"억!"

또 한 놈이 비명을 내며 가슴을 움켜잡고 고꾸라졌다. 조금 넓은 곳에서 인범과 깡패들의 난투극이 벌어지고 있었다. 폭력배와 깡패들이 숫자는 많아도 인범이와 싸우는 상대는 한두 명이었다. 주력이 빠른 인범이가 피하면서 상대를 골라 분리해서 공격하기 때문이었다. 깡패 10여 명이 인범을 에워싸려고 했지만, 인범은 좀처럼 포위되지 않고 요리조리 피하며 주먹과 발길질로 싸우고 깡패들은 인범을 따라다니는 우왕좌왕하는 꼴이 되었다.

"그쪽을 막아라. 놈에게 가까이 붙어라. 놓치지 마라. 떨어지지 마라."

자기편끼리 서로를 격려하고 주의시키고 작전을 지시하지만 상상을 초월한 빠른 몸놀림에 폭력배들이 인범이를 잡으려고 이리 몰리고 저리 몰리다 대열이 흩어져 있었다. 한꺼번에 달려들 수 없었다. 그것은 인범이 신체 단련을 열심히 한, 스피드에 역점을 둔 피나는 노력의 결과였다. 인범은 매일 아침 체력 등산에서 실전을 위한 몸 관리의 극기 훈련을 하지만, 조폭들은 폭력을 두려워하는 나약한 겁쟁이들만 상대하기 때문에 인범처럼 몸 관리를 하지 않아 몸이 비대하고 움직임이 둔하였다. 무더운 여름이고 격렬한 싸움으로 체력을 소모한 조폭들의 얼굴은 온통 땀으로 범벅이 되어 있었다. 거친 호흡을 어깨로 몰아쉬며 제대로 걷지 못하는 놈도 있었다.

인범은 빠른 몸놀림과 투지로 깡패들 중 그들 무리에서 벗어난 몸이 둔한 놈을 골라 공격하였다. 맹수가 무리에서 벗어난 약한 먹이를 골라 공격하듯이……. 그야말로 참렬한 혈전이었다. 인범의 온몸도 땀으로 적셔지고 이마엔 땀이 비 오듯 흘러내렸다. 인범은 재빠르게 호주머니에서 손수건을 꺼내어 이마에 흐르는 땀을 훔쳐내고 그 수건을 이마에 질끈 동여매었다. 수건을 동여맨 인범의 모습은 더욱 야성적이고 강인하게 보였다. 가만히 있어도 땀이 흐르는 한여름, 운동을 게을리 한 몸이 비대한 깡패들은 온몸이 땀으로 젖어있고 또 체력도 소진하여 빠르게 움직이는 인범을 잡지 못하였다. 두목과 깡패들이 선두에서 인범과 맞서지만 치고 빠지는 인범의 작전에 번번이 인범의 주먹에 맞았다. 악에 받쳐 그런지 놈들의 맷집도 대단했다.

인범이 피하면서 공격하기 때문에 펀치가 강하지 못한 원인도 있었다. 그건 너무 덥고 체중이 실린 주먹이 아니기 때문이었다.

10대 1의 싸움, 보는 이로 하여금 주먹을 불끈 쥐게 하는 격렬한 싸움이었다. 인범은 자기의 온몸을 사지의 기능에 맡기고 생사의 망념까지 잊은 채 무아지경에서 최선의 싸움을 하고 있었다.

치고 빠지기를 여러 차례, 때론 돌아서서 치고 때론 달아나고 깡패 4명이 혼신의 힘을 다하여 가한 인범의 발길과 주먹을 맞고 쓰러졌다.

이리저리 빠르게 몸을 움직이며 싸움의 중심권에서 벗어난 건달을 선별해서 주먹으로 치고 발로 차고 피하며, 숨 돌릴 사이도 없이 건달들을 몰아붙이며 마른 피가 끓는 싸움을 하고 있는 것이다. 건달들이 지쳤는지 행동이 확연히 둔해져 있었다. 인범이도 처음보다 동작이 기민하지 못했다. 구경꾼들은 손에 땀이 나는 혈투를 두 손을 모으고 불안한 얼굴로 구경하고 있었다. 너무나 처절한 싸움에 눈살을 찌푸리는 사람, 두 손을 꼭 쥐고 발을 동동 구르는 여인도 있었다. 인범의 주먹에 맞은 건달들의 얼굴이 온통 피투성이였다. 어느새 두목이 싸움에 합류해 있었다. 맨손으로 왔던 폭력배 두목이 동네깡패들에게서 쇠파이프를 받아 쥐고 인범을 압박하고 있었다. 인범은 맨손도 아닌 쇠파이프를 들고 자신을 노리는 두목의 집요한 공격을 막아내기에 급급했다. 인범은 저 쇠파이프에 정통으로 맞으면 죽지 않으면 중상이 될 것이라고 생각하니 두려움이 앞섰다. 인범은 표창을 사용할 수 없었다. 표창 사용은 바로 살인이기 때문이었다.

두목 땅벌도 인범의 빠른 동작과 주먹에 감히 접근을 못 하고 거리를 두고 쇠파이프로 위협을 하며 인범의 허점을 노리고 있었다. 인범 역시 리듬을 타듯 자신을 몰아붙이며 절도있게 공격하는 두목의 쇠파이프를 피하면서 허점을 찾았다. 그러나 바위와 같이 단단한 몸에 근육을 꿈틀거리며 쇠파이프를 휘두르고 다가서는 두목에게서 허점을 발견하기가 쉽지 않았다. 쇠파이프로 공격하는 두목이 무작한 공격을 하면 허점을 찾아 일단 쇠파이프를 피하고 파고들어 주먹이나 팔꿈치로 공격할 것인데 절도있게 거리를 유지하고 옆에서도 폭력배들이 에워싸듯 공격하며 압박하니 인범은 밀리며 피할 수밖에 없었다. 절체절명의 순간이었다. 보는 이로 하여금 피를 말리는 싸움이었다. 인범이 점점 수세에 몰리고 있었다. 합세에 인색한 군중들이지만 안타까움에 발을 동동 구르며 두 손을 꼭 모으고 자신도 모르게 소리를 지르는 사람이 있었다.

"힘내라. 힘내라."

그 소리에 따라 여기저기서 힘내라는 고함이 산발적으로 터져 나왔다. 다수의 적에 포위되어 악전고투하는 인범을 보고 가슴 졸이며 애태우던 구경꾼들의 입에서 자연발생적으로 터져 나오는 응원의 고함이었다. 이때다. 저쪽에서 한 무리의 학생들이 야구방망이, 몽둥이를 들고 몰려오고 있었다.

"저기 있다. 죽여 버리자."

운동복을 입은 20여 명이 넘는 야구부와 축구부 학생들이었다. 순간 깡패들은 동작을 멈추고 고함을 지르며 노도같이 달려오는 학생들의 무리를 보고 아연 놀라고 있었다. 이 순간, 잠시 인범을 에워싼 폭력배가 동작을 중지한 사이 두목과 단둘만 대치한 인범은 두목이 자신을 공격하기 위해 쇠파이프를 치켜드는 짧은 순간을 놓치지 않고 무서운 기세로 두목의 코앞에 파고들었다. 두목이 쇠파이프를 내려쳤지만 인범은 이미 두목의 가슴과 밀착되듯 붙어 있어 쇠파이프는 허공을 가르고 인범의 등에 힘없이 내리쳐졌고 두목은 몸의 중심을 잃었다. 그때 인범의 억센 손아귀가 두목의 양어깨를 잡아당기면서 두목의 이마와 코 사이에 혼신의 힘을 실은 필살의 박치기를 했다.

"퍽!"

"악!"

퍽 하며 수박 깨어지는 기분 나쁜 둔탁한 소리가 나면서 동시에 두목의 입에서 비명이 터져 나왔다.

"아악!"

두목의 코에서 피가 터져 나오고 두목은 단말마를 지르며 고목 둥치가 쓰러지듯 앞으로 푹 고꾸라졌다. 무섭게 공격해 오던 두목이 이제 눈앞에서 없어졌다. 두목 땅벌은 이 박치기 한 방으로 주먹세계에서 영원히 떠나야 했고 평생을 실성한 불구자로 반죽음의 비참한 생애를 마감해야 하는 운명이 결정되었다. 인범의 위기를 맘 졸이며 지켜보던 사람들이 폭력배두목이 인범의 박치기에 쓰러지자,

"와, 잘한다!"

"청년이 이겼다!"

여기저기서 탄성이 터져 나왔다. 두목이 쓰러지고 학생 무리가 몰려오자 폭력배들이 학생 무리를 피해 달아나려고 돌아서고 있었다. 이때다.

"우리도 합세하자."

누군가 선창하자 그동안 구경만 하던 학생과 젊은 청년들과 구경꾼들이 일시에 학생들에게 가세하기 시작했다.

"깡패 놈들을 모두 죽여라!"

분노한 구경꾼들이 상점 앞에 있는 빈 콜라병, 사이다병, 빈 맥주병을 들고 나와 깡패들의 퇴로를 막고 깡패들과 맞섰다. 누가 시킨 것도 아닌데 자연발생적으로 파생한 감정으로 이루어진 정의로운 의협심이 발로한 행동이었다. 학생들과 젊은 구경꾼들은 눈에 살기마저 띠고 깡패들에게 달려들었다. 깡패들은 앞뒤 적을 맞은 것이다. 달아날 곳을 잃고 우왕좌왕 당황하는 사이 성난 학생들과 구경꾼들이 휘두르는 야구방망이, 콜라병에 무참하게 두들겨 맞고 쓰러지고 한편 달아나고 있었다.

코에서 피를 낭자하게 쏟은 폭력배 두목은 얼굴이 피범벅이 되어 쓰러진 채 죽었는지 일어나지 못했다. 야구방망이를 든 학생들은 조폭과 동네 깡패들을 무차별 때리고 있었다. 몽둥이를 가지지 않은 학생들은 쓰러진 깡패들을 발길질로 마구 걷어차고 짓밟았다. 학생들 틈에 연약한 도영이도 몽둥이로 무섭게 깡패들을 난타하고 있었다. 동시에 빈 병을 든 구경꾼들도 합세하여 깡패들에게 달려들었다.

"죽여라. 깡패 놈들을."

구경꾼들이 이성을 잃은 폭도로 변했다. 깡패들은 달아나다 몽둥이 발길질 또는 주먹과 빈 병에 온몸이 난타를 당하고 쓰러지고 있었다.

"형, 괜찮아요?"

평소 약질의 모습과는 달리 손에 몽둥이를 든 얼굴에 땀투성이의 늠름한 모습의 도영이가 가쁜 숨을 몰아쉬며 인범이 앞에 섰다. 인범이도 격렬한 싸움으로 날숨을 몰아쉬며 도영의 어깨를 두드려 주었다. 도영은 무너지듯 인범의 가슴에 안겼다. 인범은 비로소 학생들의 출현을 알았다.

"형! 나는 이번엔 형이 죽는 줄만 알았어."

도영이 울먹였다. 도영이의 눈에서 하염없이 흐르는 눈물이 인범의 앞가슴을 적시고 있었다. 인범과 도영의 온몸이 땀으로 젖어있었다.

거리는 구경하던 사람들이 싸움에 개입하여 난장판이 되었다. 이때, 사이렌 소리를 요란히 울리며 경찰 트럭 두 대가 급정거를 하면서 총과 방망이를 든 많은 경찰들이 차에서 뛰어내렸다. 도로엔 사람들로 인산인해를 이루었다. 주먹세계의 비정함을 적나라하게 보여 주는 생명을 건 끔찍한 싸움의 현장이었다. 쓰러진 깡패들도 학생들도 싸움에 가세한 청년들도 경찰서로 연행됐다. 심하게 다친 깡패와 폭력배는 병원으로 실려갔다. 폭력배 두목은 죽었는지 기절했는지(?) 쓰러져 있어 경찰이 앰뷸런스를 불렀다.

인범이도 주먹에 맞았는지 몽둥이가 스치어 갔는지, 몸에 통증이 왔다. 며칠 전에 쇠파이프에 맞은 운혈이 통증으로 나타나는 것인지 알 수 없었다.

인범은 생사를 건 통렬한 싸움에 다행히 다치지 않았다.

학생들은 야구부, 축구부 선수들이 대부분이었다. 도영이 학생회장과 의논하여 운동선수를 대동하여 싸움현장으로 달려온 것이었다. 학교와 동네 그리고 경찰에 비상이 걸렸다.

경찰 조사

1

교장도 경찰서로 오고 동장과 청년회장도 왔다. 교장과 학생회장, 동장, 청년회장, 동민 대표가 경찰서장실로 올라갔다. 경찰서장은 형사과장과 계장을 불러올렸다. 사건의 상황을 도영이와 학생회장이 먼저 설명하게 했다. 교장과 동장, 청년회장은 한 청년이 학생들이 깡패들에게 괴롭힘을 당하는 것을 보다 못해 깡패들과 싸워야 되기까지 경찰은 깡패들의 행패를 왜 사전 단속하지 못했느냐고 따지고 있었다. 경찰은 사과를 하고 앞으로 학원폭력근절에 최선을 다할 것을 약속했다. 그러면서 경찰은 깡패들이 너무 심하게 다쳤다고 우려를 하며 일단 학생과 동네 청년들은 교장과 동장이 신원 보증을 하면 방면하겠으니 돌아가고, 인범이는 본 사건의 핵심 인물이므로 조사를 하여 잘못이 있으면 벌을 받아야 하고 죄가 없으면 방면하겠다며 집에 돌려보내지 않았다.

교장과 동장, 청년들, 그리고 학생회장이 차례로 인범이에게 감사의 인사를 하고 우리가 진정하고 증인을 확보할 터이니 걱정 말고 조사를 받으라고 격려를 하고 모두 돌아갔다. 인범이만 남은 곳에 도영이와 학생회장이 가지 않고 기다리며 걱정을 했다. 인범은 아무 걱정하지 말고 학원에 가라고 억지로 돌려보냈다.

인범은 조사를 받기 위해 형사와 마주 앉았다. 형사는 인범에게 사건에 대해 여러 가지 심문을 했다.

"왜 당신은 혼자서 더구나 깡패들을 상대해서 어떻게 하려고 싸움판을 벌였소?"

이 질문은 답변하기 곤란했다. 잠시 생각을 정리한 인범은 조용한 목소리로 말했다.

"혼자라고 해서 학생들이 아무 잘못도 없이 깡패들에게 구타당하고 돈을 빼앗기는 것을 보고도 외면해야 합니까? 깡패로부터 학생들을 보호한 제가 잘못한 것입니까?"

"깡패라면 일단 말로써 학생들을 보호하기 힘들 것인데……. 싸움을 하여 학생을 보호하려는 것은 혹시 당신이 싸움을 스스로 즐기든지 공명심에서 한 것이 아닙니까? 그리고 당신은 대단한 무술 고단자인 것 같은데 그렇지 않습니까?"

"……."

인범은 대답을 못 하고 멀거니 수사관을 쳐다보았다.

"싸움 전문가요? 체육관의 무술가요?"

"왜 경찰은 깡패들을 검거하지 않는 것입니까? 못 하는 것입니까? 학부모들이 경찰에 여러 번 신고를 했던 것으로 알고 있는데요. 경찰은 깡패들이 학생들을 위협하여 돈을 빼앗는 강도짓을 하는 것을 몰랐습니까? 사람을 폭행하고 위협하여 돈을 빼앗는 것은 강도 행위라고 저는 생각합니다. 깡패들에게서 학생들을 보호하지 못할 어려움이 있습니까? 저는 싸우지 않으면 학생을 보호할 수 없어 싸우게 되었습니다."

"경찰의 수사를 지적하는 것입니까?"

경찰은 인범이의 조리 정연한 지적에 정확한 답변을 못했다. 담당 형사는 나이가 삼십이 조금 넘은 인상이 날카롭고 얼굴이 흰, 눈매가 이지적이고 영민하게 생긴 미남형의 젊은이였다. 인범은 경찰이 깡패들을 검거하지도 않고 깡패들로부터 학생을 보호한 자신에게 치안에 벗어난 심문을 하는 것에 저항감이 들었다.

"문제는 깡패들이 저렇게 많이 다치고 도로가 마비되고 상가가 일시 철시하는 사태가 생겼지 않았소?"

"그것이 저 책임입니까?"

"그럼 당신에 의해서 발단된 싸움이 아닌가요?"

"그럼 학생들이 폭행당하고 금품을 갈취당하는 걸 방관해야 합니까? 외면해야 합니까? 저는 학생을 보호하기 위해 깡패들과 싸우게 되었습니다. 싸우다 보면 상처도 날 수 있지 않겠습니까? 그럼 제가 맞아야 합니까? 깡패들은 무기를 가지고 저를 죽이려고 했습니다."

"…… 어쨌든 중상자가 나오고 상가가 일시 철시되었잖아?"

형사의 신경질적인 말이었다. 경찰관의 목소리도 말도 거칠어지기 시작했다. 피의자를 심문하던 옆자리의 형사들이 조리 정연하게 답변하는 인범이에게 잠시 고개를 돌려 힐끗힐끗 보고 있었다. 그보다 바로 앞쪽의 수사계장 박정웅이 인범과 직원의 대화를 처음부터 유심히 듣고 있었다.

어느 용감한 청년이 자기 가족도 아닌 남의 학생을 보호코자, 무기를 휘두르며 인명을 아무렇게나 살상하는 조직폭력배에게 겁도 없이 싸움을 한, 요즈음 보기 드문 의로운 청년에게 형사 간부로서 관심이 있어 듣고 있었던 것이다. 청년의 답변은 조금의 위축도 없이 자기 정당성과 치안 행정의 잘못을 우회적으로 지적하고 있지 않는가?

인범의 조리 정연한 질문에 경찰은 답할 말을 찾지 못하고 인범을 쳐다보았다. 이 젊은이는 여느 젊은이와 다르다. 공연히 말 잘못 했다가는 오히려 말려들 것이다. 경찰관은 자세를 고치고 있었다.

"그렇다고 당신은 무슨 권한으로 상대가 아무리 깡패라지만 중상이 되도록 폭행을 합니까?"

"저는 제가 어떻게 싸웠는지 잘 기억이 나지 않습니다. 상대는 쇠파이프, 몽둥이를 가졌고, 그리고 열 명이 넘는 주먹꾼들입니다. 내가 당하지 않으려면 아니, 맞아 병신이 되거나 죽지 않으려면 최선의 힘으로 싸워야 한다는 일념뿐이었습니다."

"정당방위를 주장하는 겁니까?"

"……."

"그럼 당신은 맨손으로 싸웠습니까?

"맨손이었습니다."

"음……."

경찰관의 입에서 나직한 신음이 새어 나왔다. 그 많은 장안의 폭력배를 상대해서, 그것도 무기를 든 조폭들을 상대로 맨손으로 싸웠다는 것은 도저히 상식적으로 납득이 되지 않았다. 청년은 예사 싸움꾼이 아니었다. 그런데 외형으로 봐서 주먹꾼으로 보이지 않음이 이상했다.

"학생들과 동민들에게 깡패들과 싸우도록 종용하지 않았소?"

"그러고 싶었지만 그렇게 하지 못했습니다."

"왜 선동하고 싶었고, 왜 그러지 못했소?"

수사관은 인범의 말에 조금의 여유를 주지 않고 날카로운 질문을 했다.

"깡패들은 학생들을 상대로 돈을 뺏는 강도짓과 폭행을 백주대로에서도 합니다. 은밀히 하는 것도 아닙니다. 길 가는 동민이나 상점주들이 쉽게 볼 수 있습니다. 그들이 힘을 합해 싸워서 격퇴하고 파출소에 신고도 하여 몇 명 안 되는 깡패들을 설득하고 그 부모들을 찾아 깡패짓을 못 하게 해야 된다고 생각했습니다. 그러고도 안 되면 힘으로라도 근절시켜야 한다고 생각했습니다. 그러지 않으면 학생들이 계속적으로 피해와 괴로움을 당해야 합니다. 그래서 많은 동민들에게 우리 힘을 합쳐 깡패가 이 동리에서 깡패짓을 못 하게 하여 우리 자녀들이 안심하고 학교에 다닐 수 있도록 하자고 선동하고 싶었습니다. 그러나…… 학원폭력에 시달리는 학생들과 그 부모들의 안쓰러운 심정이 신문이나 TV에서 수없이 보도되는데도 경찰은 활개 치는 깡패들을 방치하고 있었습니다."

인범은 학생들에게 돈을 빼앗고 폭행을 하는 깡패들을 방치하는 것을 지적했다. 경찰이 고개를 끄덕이며 수긍을 하면서도 학생들과 동민들이 합세하여 조폭들이 중상을 입은 것에 대해 조사를 하고 있었다.

"그런데 왜 선동하지 않았습니까?"

한참을 허탈한 모습으로 고개를 떨어뜨리고 있던 인범은 자괴적인 표정과 처연히 가라앉은 목소리로 말했다.

"쇠파이프와 몽둥이를 든 조직폭력배들과 싸우다 행여 동민 한 사람이라도 다치는 것이 두려웠습니다."

"학생들에게도 깡패들과 싸우도록 협조를 부탁하지 않았소?"

"그러지 않았습니다."

"학생회장 인솔 하에 야구선수들과 축구선수들이 깡패들과 무력충돌한 것은 어떻게 생각합니까?"

인범은 창의 유리를 녹일 듯 작열하는 뜨겁게 내리쏟는 태양을 응시하며 답변을 했다.

"그건 평소에 깡패들이 학생들을 폭행하고 돈을 빼앗는 것에 대한 분노의 표출이며 학생들을 보호하기 위한 집단행동이라 생각합니다. 그리고 상대적인 폭력에는 폭력으로 맞설 수밖에 없는 물리적 최후 수단의 자구책의 한 방법이 아니겠습니까?"

인범은 경찰이 사전에 깡패들을 근절시키지 못한 것을 지적하고 힐난하고 있었다. 경찰은 치안 상태를 지적하는 청년의 정연한 조리를 탓할 수 없었다. 이 싸움의 사건을 조사하던 형사는, 정연한 자세로 앉아 창밖에 초점을 맞추고 초연히 독백처럼 말하는 청년의 담담한 모습을 바라보며, 이 청년이 싸움을 즐겨서 또는 영웅심에서 이 싸움에 개입한 것이 아니라는 것을 알 수 있었다. 젊은 혈기와 정의로운 의협심에 이 싸움에 뛰어든 것이라고 생각했다. 전문 싸움꾼이 아닌 진실한 이 청년에게서 무언가 순진한 내면을 발견했다.

"그래도 당신은 동민이나 학생들이 당신과 합세하여 싸워주기를 원한 것은 사실이잖소?"

인범은 아직도 시선을 창밖, 먼 허공에 두고 아이들같이 손가락으로 한쪽 손등을 긁고 있었다. 언제부터 긁고 있는지 그 자리가 발갛게 변해 있었다.

"손등을 다쳤어요?"

"아닙니다."

인범도 멋쩍은지 아이가 나쁜 짓을 하다 들킨 것같이 얼른 손가락을 허벅지 밑에 감추며 해맑게 미소를 지으며 이일성 형사를 바라보았다. 큰 덩치에 어울리지 않는 청년에게서 순진한 인간의 이면을 본 것이다.

"인범 씨, 솔직한 말을 해 보시오."

"그럴지도 모르죠. 아니, 그래야만 내가 바라던 깡패를 소탕을 할 수 있을 것이니까요."

"당신은 동네 청년들이나 학생들을 선동할 생각을 처음부터 가진 것이군요."

경찰은 인범을 이해하면서도 집요하게 법에 저촉되는 혐의를 밝히려 했다. 이것은 수사관의 본분으로서 범죄 혐의자의 범죄를 밝히려는 본능인 것이다. 인범은 잠시 생각에 잠기다 결연한 어조로 말했다.

"협조를 받을 생각은 있었습니다."

"협조를 받는 것이 아니고 당신이 앞장을 서고 동네 청년이나 학생들이 당신과 합세하여 깡패들과 싸우려고 한 것 아니오?"

"그렇게 되었으면 하는 희망 사항이었습니다."

"희망 사항이 아니라 그렇게 하려고 시작한 것이 아니요?"

형사는 자기 생각대로 인범을 유도하고 있었다.

"그렇소."

인범의 단호한 답변이었다. 드디어 형사는 승리의 미소를 띠었다.

"그런데 당신은 아무리 깡패와 싸우다 그랬다고 하지만 깡패들에게 중상을 입힌 데 대해서 아무 책임감을 갖고 있지 않소?"

형사는 인범이 인도적인 입장에서 답변하기 곤란한 심문을 했다. 인범은 얼른 답변을 못 했다.

"얼마나 다쳤습니까?"

"두목이란 자는 코뼈가 완전히 내려앉아 납작코가 되었고 한 사람은 창자가 터진 것 같다는 진단이오. 나머지는 빈 병에 머리가 터졌고 야구방망이 몽둥이에 맞은 사람도 상처가 깊다고 하오."

인범은 두목을 생각해 보았다. 깡패 두목은 보통 싸움꾼이 아니었다. 좀처럼 허점이 없어 공격하기 힘든 상대였다. 싸움으로 다듬어진 몸매, 나의 약점을 찾는 예리한 눈과 단단한 몸으로 절도 있게 공격하는 전문 싸움꾼, 그리고 두목을 도와 나를 공격하던 옆의 부하들도 싸움에는 이력이 있는 주먹꾼들이었다.

세 사람 이상이 에워싼 싸움은 건곤일척의 두 번 다시 만나기 힘든 싸움꾼이었다. 나의 생명을 노린 적이지만 칭찬을 해주고 싶었다. 싸우고 피하고, 피하고 싸우고, 인범의 빠른 몸이 아니었다면 먼저 뭇매를 맞고 쓰러졌을 것이다. 그래도 한 놈이라도 싸움에 탈락시키기 위해 필살의 공격을 해야 했다. 필살의 공격으로 상대를 무력화시키려고 한 것이었다. 특히 두목을 공격할 때는 필살의 공격이었다. 두목의 얼굴에 박치기를 할 때는 혼신의 힘을 코에 집중한 박치기였다. 그런 필살의 박치기에 코뼈만 내려앉았다고 하니 다행이라고 생각했다. '아, 나의 박치기가 그렇게 약해졌단 말인가. 그것도 상대를 제거하지 않으면 안 될 필살의 박치기를 했는데……'

형사는 두목의 뇌가 심하게 손상되어 정상인으로 완치되기 어려운 중상이라는 걸 모르고 있었다. 물론 인범도 몰랐다. 인범은 형사에게 아무 말을 할 수 없었다. 그 후에 알았지만 인범의 박치기에 두목은 뇌를 다쳐 정상인으로 구실을 못 하고 일생을 부실한 정신으로 살아야 하는 엄청난 결과를 초래해, 주먹 사회에 일화를 남기는 싸움이었다. 그러나 이 사실은 경찰과 검찰에선 은폐되었다. 이는 주먹 조직사회의 체면과 사건의 확대를 축소하기 위해 주먹 보스들이 자체적으로 해결하려고 했던 것이다.

인범은 어릴 적부터 수많은 싸움을 통해서 실전을 익혔고 싸움의 철학을 알게 되어 집단의 싸움꾼 속에서도 불사조처럼 몸을 다치지 않고 살아남을 수 있었다.

인범이의 박치기에 불구자가 된 땅벌은 소조직의 행동파 두목이지 경영 보스 서열엔 들지 못했다.

"고인범 씨, 상해 진단이 나오고 고소 사건이 진행되면 사건이 조금 복잡해질 수도 있소. 상대가 폭력배라고 하지만……."

"……."

"특별히 할 말이 있습니까?"

"경찰이 깡패들로부터 학원폭력근절과 민생치안에 최선을 다해주십시오."

시민의 한 사람으로서 당연한 요구였다.

"자, 따라오시오."

형사는 심문을 마치고 타이프를 밀어 넣고 일어섰다. 인범이도 일어나 형사를 따랐다.

"어, 이 형사. 잠깐 이리와 봐."

아까부터 인범과 형사와의 조사과정을 관심을 가지고 지켜보던 박정웅 계장이 인범이를 유치장에 수감하려고 데리고 가려는 담당 형사를 불렀다.

"예, 계장님 불렀습니까?"

"이 형사, 꼭 유치장에 구금시키지 않으면 안 될까?"

걱정스러운 얼굴이었다.

"그럼 어찌합니까? 상대가 아무리 폭력배라지만 중상을 입은 사람이 몇 명 됩니다. 만약 저 친구가 도주한다면 문제가 시끄러울 것인데요."

박 계장은 곤혹스러운 표정을 하고 있었다.

"그런데 동민이나 동장 학교장들이 서장에게 항의할 것인데, 경찰도 못 잡은 깡패를 잡은 사람을 구속한다고 말일세."

"그래도 돌려보낼 수는 없습니다. 나중 문제가 생기면 누가 책임질 것입니까? 일단 구금시키고 제가 폭력배들과 타협해 보겠습니다."

"음, 어쩔 수 없지."

박 계장은 안타까웠지만 법적인 묘안이 없었다. 그러나 청년에게 호감이 갔다. 자기 몸을 아끼지 않는 요즈음 세태에 보기 드문 의협심이 강한 정의로운 청년이었다. 그런 청년을 구금하는 것이 안타까웠다. 어떻게 하든 도와주고 싶었다.

이 형사는 멀거니 서 있는 인범에게 다가가 인범의 어깨에 손을 얹고 유치장 쪽으로 밀어 넣었다. 인범은 아무런 동요도 표정도 없이 미는 대로 밀리어 유치장 쪽으로 가고 있었다.

표정없는 당직자는 의례적으로 창살문을 열어 주었다. 인범은 잠깐 서서 유치장 안을 물끄러미 바라보았다.

유치장

1

인범은 경찰의 실수로 오늘 낮에 싸운 폭력배들과 묘하게도 같은 유치장에 구금됐다. 동일 사건의 폭력 당사자들을 같은 유치장에 수감한 것은 경찰의 실수였다.

먼저 수감된 건달들이 유치장에 들어오는 인범을 알아보고 악의의 눈초리로 노려보았다. 그들은 오늘 인범과 싸웠던 조폭들이었다. 인범은 그들의 시선을 무시하고 보호실 안으로 들어갔다. 조폭들 외에 10여 명의 일반 구금자들이 유달리 키가 큰 인범이를 힐끔 쳐다보았다.

좁은 보호실의 음습하고 후덥지근한 열기가 일시에 인범의 온몸에 스며들었지만 인범은 보호실의 분위기에 무관심했고 조금의 불편함도 어색함도 없었다. 그것은 유치장에 여러 번 드나든 경험이 있었기 때문이었다.

인범은 수없는 싸움에서 폭력 사범으로 연루돼 보호실에 일시 구금된 적이 많았다. 그러나 언제나 인범의 싸움의 동기와 시작은 정당했고 수사관도 혐의점을 찾지 못해 결국 정당방위로 방면하지 않을 수 없었다.

인범은 빈자리를 찾아 앉았다. 조폭들의 사나운 눈초리가 일시에 인범이에게 집중되었다.

"어이, 깡패!"

그 중 인상이 험악하게 생긴 조폭 통뼈가 시비를 걸어왔다. 오늘 인범이가 달아나는 것만 본 통뼈가 인범의 주먹을 인정하지 않고 인범을 동네의 한 깡패로만 알고 있었다.

조직폭력배들은 한패인 자기들의 무리를 믿고 남의 주먹은 인정하지 않는 우물 안 개구리였다. 상대를 과소평가하는 소인의 안목이 그들 동료가 조금 후 무참하게 당하는 묘혈을 파게 될 줄도 모르고……

인범은 들었는지 못 들었는지 그대로 눈을 감고 조금 전의 자세 그대로 미동도 하지 않았다.

"어이, 깡패. 귀 먹었나?"

"……"

인범은 상대를 하지 않았다.

오늘 싸움을 보지 못한 일반 구금자들이 인범과 조폭들의 시비를 궁금해 하며 바라보고 있었다. 그래도 인범은 표정의 변화가 없었다. 구금자들은 인범이가 겁을 먹고 있다고 생각하고 있었다.

"면도, 저 새끼 눈에 번갯불 좀 붙여!"

통뼈가 부하에게 명령을 했다. 얼굴에 주먹을 날리라는 그들만의 은어였다. 보호실의 분위기는 순간 긴장되고 험악해졌다.

이때다. 옆에 있는 한 사람이 인범의 어깨를 두드렸다. 행여 인범이가 조폭의 주먹에 맞을까 동정해서 한 것일 것이다. 이따금 실눈을 뜨고 놈의 발 움직임을 읽고 있던 인범은 자신의 어깨를 두드린 사람을 멀거니 바라보았다.

그 사람은 손가락으로 인상이 험악한 조폭을 가리켰다. 인범은 가리키는 쪽을 물끄러미 바라보았다.

"어이, 깡패. 넓은 곳에서는 요리조리 잘도 피하고 달아났지만 여긴 피하고 달아날 곳이 없어."

인범은 놈의 말에 대답을 않고 눈을 감았다.

조폭은 무시당한 것이 분한지 험악한 인상이 더욱 일그러졌다. 인범은 눈을 감고 있지만 육감과 온 신경은 놈들의 일거일동을 읽고 있었다. 놈은 천천히 일어섰다. 인범은 잠깐 눈을 뜨고 놈의 하는 양을 지켜보고 있었다. 놈이 발길질을 한다면 앉은 자세에서 팔로 방어할 자세를 취하고 있었다. 유치장 안의 사람들의 시선이 조폭 면도에게 집중했다. 면도는 인범이 앞에 섰다.

유치장은 조금 외진 곳이라 쇠창살 정면에서 보지 않으면 유치장 안에서 일어나는 사건은 소리만 내지 않으면 경찰들이 알 수 없었다. 밤이라 그런지 유치장을 지키던 경찰관이 보이지 않았다. 면도는 오른쪽 구둣발로 인범의 왼쪽 어깨를 밟고 지그시 눌렀다. 유치장 안의 사람들이 모두가 긴장한 얼굴로 지켜보고 있었다. 그래도 인범은 가만히 있었다. 면도는 지그시 발에 힘을 가했다.

인범의 왼쪽 어깨가 삐딱해진다고 생각할 때다. 인범은 솥뚜껑만 한 큰 두 손으로 면도의 신발을 꽉 잡고 일어서면서 한패인 조폭들을 무섭게 노려보았다. 여차하면 주먹으로 박살을 낼 태세였다. 조금 전 눈을 지그시 감고 있던 조용한 눈이 아닌 부릅뜬 눈에서 불길이 쏟아져 나오는 무섭게 빛나는 살기 띤 눈이었다. 조폭들이 엉거주춤 일어났지만 무섭게 빛나는 인범의 이글거리는 안광에 압도되어 감히 덤벼들지 못하고 어정쩡하게 서서 망설이고 있었다. 면도의 몸이 중심을 잃고 기울어졌고 넘어지지 않으려고 안간힘을 쓰지만 인범이가 두 손으로 발을 꽉 잡고 일어나니 면도의 몸은 완전히 기우뚱해졌고 간신히 한 발로 지탱하고 넘어지지 않으려고 버둥거리고 있는 면도는 당황하는 기색이 역력했고 얼굴은 사색이 되어 있었다. 면도는 동료들에게 구원의 눈길을 보냈지만 겁을 먹은 동료들은 움직이지 않았다.

인범은 면도의 발을 오래 잡고 있지 않았다.

인범은 넘어지지 않으려고 겨우 중심을 잡고 버티고 있는 면도의 사타구니의 급소를 사정없이 걷어찼다. 순간적이었다.

"아악!"

넘어진 면도는 두 손으로 사타구니를 움켜쥐고 눈을 까뒤집고 뻗었다. 기절했는지 일어나지 못했다. 인범이는 한패인 조폭들을 노려보며 너희들도 덤벼들려면 덤비라는 듯 무서운 눈초리로 노려보고 있었다. 잔뜩 인범을 노리던 조폭들이 인범의 기세에 겁을 먹고 슬며시 도로 자리에 앉았다. 통뼈가 넘어진 면도에게 다가가 근심스러운 얼굴로 살펴보았다. 기절했는지 혼절했는지 일어날 줄 몰랐다.

"어이, 면도 일어나. 어떻게 됐어?"

"……."

통뼈가 면도의 몸을 주무르자 조폭 한 명이 얼른 다가와 함께 주물렀다.

유치장 안의 사람들은 인범이가 조폭을 단 한 번의 발길질로 기절시키는 것에 놀라 멍하니 인범을 바라보고 있었다.

인범이는 사타구니 밑 부자지를 가격했으니 놈은 일시 기절한 것을 알았다. 유치장 안은 다시 무덥고 습한 적막으로 돌아갔다. 텁텁한 열기와 삶에 찌든 사람의 땀과 냄새가 햇볕 한번 쪼여 보지 못한 음침한 보호실의 오랜 세월을 두고 벽의 틈과 구석구석에 저리고 배여, 온갖 역겨운 냄새가 사람의 후각을 고통스럽게 했다.

대부분 이곳에 드나드는 사람들은 후미진 삶의 뒤안길에서 인생의 목적도 목표도 없이 밤을 지새우며 술이나 노름으로 싸움질을 하다가 이곳에 드나들었다. 대부분 삼류 인간이 애용하는 이곳은 최소한의 환경 개선의 배려마저 무시되고 외면된 곳이었다.

인간은 누구나 행복할 권리가 있다. 행복은 진실하고 성실한 삶에서 얻어진다. 남의 행복을 짓밟고, 사회질서를 파괴하면서 자기만족을 취하려는 것은 범죄이다. 범죄인은 그 범죄에 상응하는 법의 징벌을 받는다. 그런데 인범이가 구금된 것은 정당한가. 사회악의 하나인 깡패들을 근절하기 위해 정의에 뛰어든 내가 왜 범죄자가 되어 유치장에 구금되는 몸이 되어야 하나? 그렇다면 범죄를 보고도 방관하고 외면해야 했던가? 담당 형사는 깡패들이 상처를 입었기에 법의 심판을 받아야 한다고 유치장에 구금시켰다. 그러면 깡패들과 싸워서 맞아야 하는가? 그렇지 않으면 때리지도 맞지도 않고 학생들을 보호하고 깡패들을 물리치는 묘한 싸움을 해야 했는가? 그런 싸움 방법이 있을까? 그러면 아예 시민이나 학생들이 폭력배에게 폭행당하는 현장을 보고도 방관 또는 외면해야 하나?

인범은 사회악의 한 부분으로서 폭력 사범인 깡패들을 근절시키지 못하는 치안 당국과 이를 관리하는 사법부의 징벌이 잘못되었다고 생각되었다.

어느덧 여름의 긴 해도 서산에 빠지고 보호실에도 어둠이 깔리고 낮엔 보잘것없던 형광등이 존재 가치를 발휘하며 밝아지면서 보호실을 희미하게 밝혀 주고 있었다. 인범은 건달들의 밤중 기습 테러에 신경을 쓰며 이따금 눈을 떠 그들을 노려보았다.

조폭들도 인범에게 무지막지하게 당한 것에 두려운지 그 의기양양하던 기세가 꺾여 잠자코 있었다. 조금 전에 쓰러진 면도는 기절에서 깨어나 침통한 얼굴로 유치장 바닥에 누워 멀거니 천장을 멍하니 바라보고 있었다. 그 얼굴은 아직도 고통으로 일그러져 있었다. 급소를 심하게 맞았기 때문이었다.

인범은 아직도 정연한 자세를 흩트리지 않고 두 팔로 무릎을 깍지하고 무릎 위에 머리를 얹어 잠을 자는지 미동도 하지 않았다.

'정말 저놈은 보통 놈이 아니다. 오늘 낮에 우리 조폭들을 상대로 혼자서 싸울 때는 어쩔 수 없이 싸운 것으로 알았는데 무서운 놈이다.' 잠잘 때 테러를 가할 수는 있어도 병신을 만들든지 죽이지 않으면 보복을 할 놈이라고 생각했다. 보호실 안에서 테러를 눈 하나 꿈쩍하지 않고 침착하게 계산하면서 일순간에 역공하는 대담하고 무서운 무술, 또다시 건드렸다간 오히려 놈에게 맞아 병신이 될지 모른다는 두려움으로 누운 상태로 얼굴을 돌려 놈을 쳐다보았다. 놈에게 차인 부자지가 아직도 통증으로 아렸다. 놈이 더 심하게 가격했다면 나의 부자지가 치명상을 당했을 것이라고 생각하니 놈이 두려웠다.

'오늘 서초동의 땅벌이 앰뷸런스에 실려갔다는데, 그건 학생들에게 몰매를 맞은 것이 아니고 이놈에게 당한 중상인지도 모른다. 단 일격으로 나의 부자지의 급소를 정확히 발길질로 기절시키지 않았는가? 무서운 놈이다, 무서운 놈이다. 저 골격 저 체격, 침착한 저 태도, 살인적인 저 주먹, 군살 하나 없는 날렵한 저 몸, 주먹세계에서 내로라하는 자신들의 조직에 겁도 없이 단신으로 뛰어들어 한바탕 싸움을 벌이는 저놈은 과연 어떤 놈일까?'

조금 전 저놈을 과소평가한 자신의 경솔을 후회했다. 보호실은 촉수 낮은 희미한 형광등 빛만이 잠을 자지 않고 범죄인을 지키는 여름의 짧은 밤은 깊어만 가고 있었다.

새벽녘엔 각 파출소에서 검거한 또 다른 범죄 혐의자들이 쇠창살문을 밀고 들어오는 왁자지껄한 소리에 인범은 선잠을 깨었다.

왁자지껄한 소란스런 소리에 선잠을 깬 건달들이 실눈을 하고 신경질적으로 취객들을 째려보았다. 보호실에 막 들어온 취객 한 사람이 이리저리 앉을 자리를 찾다 인범의 옆에 와서 무릎을 구둣발로 툭툭 찼다. 인범은 자신의 무릎을 차는 사람을 쳐다보았다.

"어이, 이봐. 자리 쪼까 비켜주더라고이."

취객은 다시 한 번 툭툭 찼다. 인범은 아무 말 없이 빈자리 쪽으로 옮겨 자리를 만들어 주었다. 그 사람은 인범이 비워준 자리에 풀썩 앉았다. 조폭들은 주정뱅이의 무례한 행동을 아무렇지 않게 받아주는 인범의 무신경을 이상한 듯 바라보았다. 술 취한 두 사람이 밖에서 싸웠는지 유치장 안에서도 여전히 말다툼을 하고 있었다.

"야! 이 새끼들 시끄러워, 조용히 못 하겠어!"

인범이에게 급소를 맞은 놈이었다. 그래도 성깔은 남아 있었다.

술에 취해 싸우던 두 사람이 싸우다 말고 그 중 한 취한이 조폭을 초점 잃은 눈으로 멀거니 보며 말했다.

"야, 넌 또 웬 놈이냐?"

취객이 비틀거리는 걸음으로 한 발 다가섰다. 통뼈가 일어나 주정뱅이의 배에 주먹을 날렸다. 주정뱅인 그대로 배를 움켜쥐고 앞으로 꼬꾸라졌다.

주먹을 날린 통뼈가 힐끔 인범을 보았다. 두 사람의 싸움은 조폭들의 개입으로 일단락이 났다. 창밖은 날이 새고 있었다.

2

경찰서의 아침은 부산하기 시작했다. 유치장이나 보호실에 유치된 사람들을 면회 온 친지와 가족들은 한결같이 수심에 찬 모습들이었다. 어젯밤 술이 취해 호기를 부리던 사람들도 풀이 죽어 있었다.

가족과 친지들은 아는 경찰 또는 아무개의 친척 중 특수층에 연락을 하는 등 나름대로 연줄을 찾아 빠져나갈 대책을 세우고 있었다. 형사들이 출근하자 한 사람 한 사람 경찰의 호명에 조사를 받으러 나갔다.

검정 중절모와 검정 신사복을 입은 건장한 체구의 보스급 조폭 3명이 유치장 앞에 나타났다. 그들의 얼굴은 잔뜩 분노에 차 있었다. 그들은 유치장 앞에 서서 유치장 안에 유치된 사람들을 날카로운 눈초리로 노려보고 있었다.

그들을 본 유치장의 조폭들이 벌떡 일어나 허리를 90도로 꺾어 인사를 했다. 그들은 조직폭력배의 보스급들이었다.

"어제 그놈은 어느 유치장에 있나?"

그 중 보스 격인 한 명이 조용하면서 무게 있는 싸늘한 목소리로 부하에게 물었다. 더운 여름이라 검정색 양복이 더욱 덥게 보이고 강하게 보였다. 조폭 한 명이 손가락으로 인범을 가리켰다.

인범은 이들의 대화를 듣고 있었다. 보스 격의 사나이들이 일제히 인범을 무서운 눈초리로 노려보았다.

인범은 아무런 표정없이 앞에 선 폭력배 보스 격 사나이들을 밍하니 마주보았다.

"이놈이 어떻게 너희들과 같은 유치장에 있어?"

"……."

"네놈이 감히 우리 조직에 덤벼든 놈이냐?"

"……."

살기마저 서려 있는 비수같이 차가운 목소리였지만 인범은 여전히 멍한 표정과 자세는 변화가 없었다.

"분명 저 촌놈이 우리 조직을 상대로 싸운 머저리 같은 놈이 맞아?"

믿어지지 않는 모양이었다.

"예, 바로 이 사람 아니, 이놈이 분명 맞습니다."

"이봐! 네놈이 우리 동료에 행패를 부린 놈이냐?"

"나에게 하는 말인가? 무슨 행패란 말인가?"

조금도 겁을 먹지 않는 당당한 말이었다. 그 태도와 말은 상대를 무시하고 압도하는 말이었다.

"저놈이 지금 제정신이 아닌 것 같다. 어이, 면도. 저놈이 정신이 번쩍 들도록 해 줘라."

보스는 보호실 안에 있는 부하에게 인범에게 일격을 가하라는 명령을 했다.

"저……"

면도가 망설이며 통뼈의 얼굴을 힐끔 보았다. 합세해서 공격하자는 눈짓이었지만 이미 그들은 전의를 상실한 것이다. 부하들은 3명이었다. 면도는 이미 놈에게 맞아 기절까지 하지 않았는가? 명령을 받았지만 도저히 놈을 공격할 수 없었다. 놈을 공격하다 놈에게 맞아 병신이 될지 모른다는 두려움으로 망설이고 있었다.

면도는 아직도 몸을 잘 움직이지 못하고 있었다. 그리고 나머지 건달들도 인범의 대단한 싸움 실력을 알기 때문에 망설이고 있었다.

"뭣하고 있어! 저놈의 아구통을 박살내 버리지 않고."

두목의 격앙된 목소리였다.

"……"

보호실 안의 폭력배는 서로 얼굴을 쳐다보며 자꾸만 망설였다. 인범은 유치장 안의 폭력배들을 노려보고 있었다. 인범은 그들이 공격하면 놈들을 때려눕히려고 그들의 일거일동을 읽고 있었다. 그러나 그들은 보스의 명령에도 감히 인범이를 공격하지 못하고 주저하고 있었다. 그것은 인범이의 싸움 실력에 경악한 그들이라 인범에게 도저히 이길 자신이 없었기 때문이었다.

그때다. 경찰이 보호실의 폭력배들을 불러내고 있었다. 조직폭력배들의 조사가 시작된 것이다. 유치장 안의 조폭들은 안도의 한숨을 길게 쉬었다.

"통뼈, 괜히 시끄럽게 하지 마. 저놈은 우리가 처치한다. 내 말 무슨 뜻인지 알겠지? 그리고 너희들도 말조심들 해!"

보스가 조사받으러 가는 부하에게 말하였다.

"예, 알겠습니다."

조폭 세 명이 경찰관을 따라 나갔다. 인범에게 맞은 면도란 놈이 간신히 움직이는 것을 의아하게 보았다.

"야! 면도. 너 왜 그래?"

면회 온 보스들이 의아하고 근심스러운 눈으로 면도를 유심히 보았다.

"아무것도 아닙니다."

"면도도 어제 학생들과 동민들에게 뭇매를 맞았나?"

"……."

"괜스레 동네 조무래기 깡패들 싸움에 끼어들어 귀찮게 되었잖아!"

면회 온 보스들은 다시 인범이를 무섭게 노려보았다.

"네놈의 목숨은 이제 우리가 접수한다. 이봐! 우리가 누군 줄 알고 있어? 우리는 주먹을 직업으로 먹고 사는 폭력배이다. 그것도 조직을 목숨보다 중요시하는 조직폭력배이다. 우리 조폭은 조폭의 방법이 있다. 우리 조직에 도전하는 놈은 어느 누구도 살려두지 않는다. 하룻강아지 범 무서운 줄 모르는 머저리 같은 놈."

"……."

그 싸늘한 소리는 저승사자가 내리는 죽음을 선고하는 소리 같았다.

인범은 비웃듯 냉소적인 미소를 지었다.

"두고 보자!"

그들은 착 가라앉은 살기 띤 목소리를 남기고 떠났다. 돌아서 가는 조직폭력배들의 넓은 어깨를 바라보며 인범은 조폭들과 생명을 건 혈투를 피할 수 없음을 예감하면서 조금 전 조폭의 보스에게 보여 준 여유 있는 미소와는 달리 나는 혼자라는 생각에 미쳤다. 인범의 내면엔 막연한 두려움이 앞섬은 어쩌랴!

아침 10시경 경범자들은 즉결재판을 받으러 나가고 다른 사람들은 조사를 받고 있는지 유치장 안은 소란하던 밤과는 달리 휑뎅그렁하고 을씨년스러웠다. 이따금 피의자들을 취조하는 형사들의 신경질적인 고함이 들리고 있었다. 인범은 보호실 벽에 등을 기댄 채 상념에 젖어있었다. 불을 가지고 오래 놀면 불내기가 쉽듯이 주먹 사회에서 건달들과 또는 소매치기 강도 등 온갖 흉악범들과 생명을 건 결투를 하다 보면 사지가 망가지거나 생명마저 없어질지 모른다. 위험한 삶의 인생을 스스로 선택한 것은 아버지가 날치기에게 맞고 비명에 돌아가실 때 아버지 시신 앞에서 맹세한 내가 아니던가?

자기 신세에 대한 서러움에 눈물이 울컥 솟았다. 영원히 치유될 수 없는 나의 아픈 상처는 그 어느 누구도 모르리라!

그때 노상에서 날치기 3명에게 얼굴에 면도날 날림을 당하고 또 발길질과 주먹에 무참히 맞아 피투성이가 된 아버지가 떠올랐다. 돈 보따리를 빼앗기지 않으려고 황소울음을 토하며 비명을 지르던 아버지. 그날 열두 살의 인범은 아버지에게 발길질을 하던 날치기 한 사람에게 악착같이 매달려 허벅지를 물고 늘어졌던 그때를 생생히 기억하고 있었다. 우리 아버지를 살려달라고 청년들과 학생들에게 매달려도 아무도 도와주지 않던 비정한 젊은이들. 그때, 아버지를 죽인 놈을 지구 끝까지라도 찾아 원수를 갚겠다고, 그리고 수많은 사람들이 구경만 하고 아버지를 구해주지 않는 비열하고 비겁한 사람이 되지 않고 아버지와 같은 상황에 처한 힘없고 억울한 사람이 있을 때 나는 분연히 목숨을 던져 그 사람을 구하겠다고, 싸늘히 식어가는 아버지 시신 앞에서 하늘을 보고 맹세를 하지 않았던가! 그때, 하늘도 아버지의 죽음을 슬퍼하듯 짙은 먹구름이 덮여있었지.

사고무친 천애의 고아가 되어 황량한 들판에 던져져 침묵의 가슴을 안고 가난의 족쇄 속에 긴 질곡의 어린 삶을 살아온 세월. 아! 벌써 11년이 덧없이 흘렀구나!

　눈을 감은 인범의 시야에 11년 전 피를 토하듯 아픈 기억이 뿌연 망막에 명멸되며 저 깊은 가슴의 심층에서 뜨겁고 진한 피눈물이 솟아올랐다. 다시 기억하기조차 싫은 아픈 상처가 가슴을 헤집었다.

허망

1

"여보세요, 혹시 고인범 씨 아니세요?"

인범은 자신을 부르는 여자의 소리에 괴로운 상념에서 벗어나 소리 나는 쪽을 바라보았다.

어떤 점잖게 보이는 중년 부인이 인범을 찾는 것이다. 어디서 많이 본 얼굴이었다.

"예, 제가 고인범입니다만……."

의아하게 쳐다보았다.

"저…… 도영이 엄마예요. 도영이 때문에 고생하시군요. 정말 죄송해요. 어디 다친 데는 없어요? 우리 도영이 도와주려다……."

"……."

매우 미안해하는 표정이었다. 청년이 보호실 벽에 기대어 두 무릎을 깍지하고 웅크리고 있는 모습이 도영이 엄마에겐 왠지 처량하게 보였다. 도영이를 깡패에게서 보호하려다 경찰에 붙잡혀 고생을 하는 청년이 불쌍했다.

"아침 식사 안 한 것 같군요. 잠깐 나갔다 올게요. 우선 러닝 갈아입으세요. 제일 큰 것 샀는데 맞을지……."

쇠창살 사이로 쇼핑백을 밀어 넣어 주었다.

"여기서 주는 빵으로 식사를 했습니다."

"식욕이 왕성한 나이에 빵만으로 식사가 안 될 거예요. 잠깐 나갔다 오겠어요."

도영이 엄마는 부리나케 나갔다.

'아! 어디서 본 얼굴이라고 생각했는데, 그래 그때 산에서 본 그 부인이구나!' 그리고 밤중에 잠깐 본 도영이 어머니였다. 그렇다. 어제 저녁도 오늘 아침도 경찰에서 주는 빵 하나로 식사를 하여 그런지 배가 고팠다.

이제 점심때가 돼 가고 있었다. 젊은 인범이 시장기를 느꼈다. 인범은 때론 밥을 제때 먹지 못할 때가 많았다. 그래서 배고픔을 참는 데도 단련이 되어 있었다. 그건 부모 없이 혼자 사는 인범이 너무 가난하기 때문에 먹을 것이 있으면 먹고 없으면 굶어야 하는 환경이 식사습관을 그렇게 만든 것이다.

도영이 엄마가 먹음직스러운 진한 곰탕이 가득 담긴 그릇을 들고 경찰관이 열어주는 유치장 안으로 들어왔다.

"시장할 것 같아 곱빼기로 사 왔습니다. 식기 전에 잡수세요. 도영이가 학교에 가면서 꼭 경찰서에 가서 청년을 만나라고 했어요."

인범은 콧날이 찡해 오면서 가슴에 고루 퍼지는 뜨거운 고마움을 뿌듯하게 느꼈다. 곱빼기라 그런지 양이 많았다.

"고맙습니다."

도영이 엄마는 인범이 식사하는 걸 지켜보면서 측은함을 느꼈다.

조용한 얼굴, 유달리 시커먼 눈썹, 맑은 눈동자, 어딜 보나 싸움꾼으로는 보이지 않았다. 도영이가 청년이 기막히게 싸움을 잘한다고 하기에 우락부락한 얼굴과 근육질의 싸움꾼의 모습만 상상했는데, 전혀 딴 모습임을 보고 의아했다. 그때 밤중 어두울 땐 몰랐는데 어딘지 모르게 웃음을 잃은 슬픔이 몸에 배인 듯한 모습이었다.

"왜 우리 도영일 도와주는 거죠?"

도영이 엄마는 궁금한 걸 물어보았다. 인범인 도영이 엄마의 질문에 얼른 답을 못하고 물끄러미 도영이 엄마의 얼굴을 바라보다 어눌하게 말했다.

"그냥 도와주고 싶었습니다. 그런데 괜히 귀찮게만 해 드렸군요."

매우 미안해하는 표정이었다.

"그런데 왜 청년이 여기 갇혀 있어야 해요? 깡패들에게서 학생들을 보호한 것이 잘못된 것인가요?"

"……."

인범은 아무 말을 하지 못했다.

"뭐 불편한 것 없나요? 제가 도와줄 것은요?"

"불편한 것 없습니다. 잘 먹겠습니다."

인범은 언제나 혼자였고 한두 끼 굶는 것은 어릴 때부터 이골이 나 있었다. 그리고 종종 남의 싸움에 관여하였고, 그 관여한 싸움은 범죄형의 강자가 잘못이 없는 약자의 구타를 제지하다 싸움을 가로막게 되는 싸움이었다. 경찰에서도 묘한 놈이라고 했다.

어느 경찰은 왜 남의 싸움에 끼어드느냐고 따지는 경찰도 있었다. 그때 인범이 약한 아이가 아무 잘못도 없이 맞고 있는 걸 어찌 보고만 있느냐고 말하면 왜 하필 네가 끼어드느냐고 했다. 인범은 경찰관 아저씨의 가족이 나쁜 사람에게 잘못도 없이 맞고 있는데 옆에서 힘 있는 사람들이 말리지도 않고 있으면 어떠하겠느냐고 하면 경찰은 그만 답을 못하고 그래 네 말이 맞다며 결국은 등을 두드려주고 좋은 일 했다고 돌려보내 주곤 했었다. 그러면서 너 싸움 잘하느냐고 물었다. 그러면 인범은 때리는 것보다 맞는 걸 더 잘한다고 말하였다. 그러면서 인범은 자기라도 끼어들면 맞던 아이가 적게 맞든지 내가 대신 맞아 주든지, 싸움을 하여 도로 때려준다고 하면, 그러려면 힘을 기르라고 하는 경찰도 있었다.

인범은 어릴 때부터 때리는 싸움보다 맞는 싸움부터 시작한 것이다. 자기보다 큰 아이에게 몸을 맡겨놓다시피 맞아 온 것이다. 인범은 언제나 얻어터지면서도 불의에 굴복하지 않았고, 아무리 강자라도 정의의 편에서 끝까지 싸웠다. 피투성이가 된 상태에서도 악착같이 달려들면 오히려 큰 아이가 겁을 집어먹고 슬그머니 달아나 버리는 것이다. 이래서 인범에게는 항시 싸움이 따라다니는 것이다. 인범은 어릴 때부터 집념이 강했다.

한번은 이런 사건이 있었다. 어느 은행 앞이었다. 아가씨가 은행에서 돈을 찾아 나오는데 날치기가 돈이 든 가방을 날치기하는 순간을 어린 인범이 목격하게 되었다.

"도둑이야!"

아가씨의 비명을 듣고 인범은 가방을 가지고 자기 앞으로 달려오는 날치기의 다리를 찰거머리처럼 잡고 늘어졌다. 날치기가 인범을 떨쳐버리려고 한쪽 발로 인범의 등과 머리를 밟아도 결국 한 발마저 인범의 두 팔에 감기고 넘어져 버렸다. 아가씨가 합세하고 지나가는 청년 몇 사람이 넘어진 날치기를 쉽게 잡게 되었다. 얼굴은 날치기의 발길에 차여 피투성이인데도 빙긋이 웃으며 일어났다.

인범이는 어려서부터 의협심이 강했고 악돌이였던 것이었다.

쇠는 불에서 달구어져 연마되듯 인범은 어릴 적부터 실전에서 익혀진 싸움꾼이 되었다. 그보다 아버지의 골격을 타고났는지 같은 또래의 아이들보다 키도 크고 뼈도 유달리 강했다. 타고난 체격이었다. 인범이가 산에 살 때 뱀을 많이 잡아먹어 그런지 체력이 좋았다.

아버지가 소매치기에게 맞아 돌아가시기 전에 소매치기가 아버지의 돈보따리를 빼앗으려고 할 때 아버지는 한쪽 손에 돈 보따리를 잡고도 소매치기한 놈의 목을 잡고 저만치 던진 삼십 대 말의 무서운 힘이 아니었던가? 아마 그때 소매치기가 한 명이든지 한쪽 손에 돈 보따리를 들지 않았다든지 또는 소매치기가 면도칼로 공격하지 않았다면 아버진 그렇게 호락호락 당하지 않았을 것이고 맞아 죽지도 않았을 것이다.

"그럼 인범 씨는 어떻게 되나요?"

"글쎄요, 저도 모릅니다."

"저 담당 형사 만나보고 올게요."

도영이 엄마는 형사과장 사무실에 앉았다. 이미 학교장과 학생 간부와 아들 도영이가 와 있었다.

학교장과 학생 간부는 이번 사건을 계기로 학원폭력을 철저히 발본색원하여 학원폭력을 근절시켜 줄 것을 요구했고, 경찰이 못하는 깡패집단을 상대하여 맨손으로 싸우면서 대학입시를 앞둔 학생을 구하고자 한, 정의로운 시민을 표창은 못 할지언정 구금하는 경찰의 처사는 도저히 묵과할 수 없으니 즉시 방면할 것을 요구했다. 학생회장은 이 두 가지 조건이 받아들여지지 않는다면 전교생이 수업을 거부하고 동민과 학생들은 경찰서 앞에서 항의시위를 하겠다고 했다.

서장은 형사과장과 계장을 불러 조사과정을 보고받고 학교장과 학생회장의 요구에 대해서 의논을 했다. 학생들의 요구는 정당했고 만약 이를 받아들이지 않으면 학생들이 항의시위를 하여 언론이 알고 보도한다면 경찰행정의 명예가 실추될 것이며 상부의 책임 추궁이 초래될 것이라고 우려를 했다.

서장은 지금 조사 중이니 조사가 끝나는 대로 바로 결과를 알려 줄 것이니 가서 기다려달라고 했지만 결과를 알기 전엔 갈 수 없다는 학교 측의 강경한 주장에 대기하라고 하고 담당 형사의 조사가 끝나기를 기다렸다.

"도영아, 너는 왜 공부 안 하고 여기 왔니? 엄마가 여기 왔는데."

도영이 엄마는 도영이 공부에 지장이 있을까 걱정을 했다.

"엄마, 나 때문에 유치장에 갇혀 있는 저 형을 생각하면 공부가 되지 않아."

담당 형사는 조폭들이 집단 싸움을 일으킨 데 책임을 지고 사과를 하고, 싸움 도중 생긴 상처에 대해서 자체적으로 치료할 것이며, 특히 자신들이 흉기를 사용한 것에 대해 잘못을 인정하고 앞으로 학원폭력에 일절 개입하지 않겠다는 확인서를 쓰게 하고 조폭들을 방면하여 주기로 했다.

인범이 보호실에서 나왔다. 학생회장과 교장이 반가이 맞이해 주었다.

경찰서를 나서는 인범을 박정웅 형사계장이 불러 세웠다.

"고인범 씨, 조심하시오. 미행을 조심하시오. 특히 밤길을 조심하시오. 주먹꾼들이 그냥 있지 않을 거요. 명심하시오. 몸을 아끼시오. 생명이 중요하다는 걸 잊어서는 안 돼요. 나는 당신에게 이 말을 꼭 전하고 싶소. 자, 잘 가시오. 나, 박정웅 형사계장이요. 혹시 어려운 일이 있으면 언제든 연락하시오."

박 계장은 인범에게 명함을 주고 악수를 청했다. 인범은 아무 말 없이 명함을 받고 마주 손을 잡았다. 따뜻한 손이었다. 형사계장의 말 속에는 인범에게 생명의 위험을 예고해 주는 깊은 의미가 담겨져 있어 직업의식에서 예감한 충고를 감사한 마음으로 받아들였다.

그건 신문보급소 박 소장을 떠올리며 인범이가 예견한 동일한 예감이었다. 막연한 두려움이 싹트기 시작했다. 조직폭력배들은 나를 그냥 두지 않으리라. 이미 그들은 유치장 앞에서 나에게 경고하고 갔지 않았던가?

나의 생명은 자기들이 맡는다고…… 범죄인의 집단인 조직폭력배와의 생명을 건 싸움을 피할 수 없을 바에야 부딪치리라. 나는 목숨을 걸고 이들과 싸우리라. 사람은 늙어서도 젊어서도 언젠가는 죽는다. 사람이 태어나면서 죽음은 우리 가까이 있는 것, 어찌 두렵지 않으랴. 날이 새면 저녁이 온다. 어두움이 싫어도 어두움이 매일 오듯 사람도 한 번은 죽음을 맞이하지 않으면 안 된다. 사람은 언젠가는 죽어야 한다. 나는 의롭고 당당하게 죽고 싶다.

이것은 단순한 싸움이 아니다. 목숨이 없어질지 모른다. 인범은 비장한 각오를 하였다. 앞으로 닥칠 짙은 먹구름이 가슴을 짓눌렀다.

박 계장은 돌아서 가는 청년의 처연한 모습이 보이지 않을 때까지 깊은 연민의 시선을 언제까지나 딸려 보내고 있었다. 바보 같은 젊은이, 왜 무슨 한이 있어 비운의 삶을 살아갈까.

요즈음 대부분의 젊은이들은 물질문명의 풍요로움을 누리며 쾌락을 추구한다. 그리고 야망에 불타 부와 명리와 영달을 좇아 흡사 부나비처럼 세상사 속으로 뛰어들어 목적을 달성하려고 하는데, 보통사람으로서의 상식으로는 판단할 수 없는 아니, 이해할 수 없는 삶을 살아가는 저 청년의 삶을 영웅시해야 하는지, 바보스럽다고 경멸해야 하는지 가치기준을 가늠할 수 없었다.

2

인범은 경찰서 현관을 나와 작열하는 한낮의 뜨거운 햇빛이 쏟아지는 길을 걷고 있었다. 삶을 좇아 바쁘게 움직이는 수많은 군상들과는 달리 실연의 고배를 마신 타락자처럼 깊은 고민에 빠져 천천히 땅만 보고 걷다 이따금 고개를 들어 무심한 하늘을 쳐다보기도 했다. 하늘은 구름 한 점 없이 맑았다.

하늘을 보던 인범은 무엇에 놀란 듯 고개를 홱 돌려 갑자기 뒤돌아보았다. 멀리서 수상한 두 사나이가 급히 돌아서는 것을 인범은 설핏 보았다. 이 습관은 달수의 기습공격 후 신문보급소 박 소장의 간곡한 주의를 듣고 난 후부터 습관이 되어 버렸다. 그것은 막연한 예감만으로 생겨난 습관이 아니고 적을 많이 만든 자신의 현실을 의식한 습관이었다.

미행을 의식하는 것은 범죄자 아니면 원한을 많이 가진 자일 것이다. 인범이 미행을 의식하는 것은 등 뒤의 적의 공격에 대비한 방어수단인 것이다. 아무리 강자일지라도 흉기를 든 적의 기습에는 당할 수 없다는 것을 인범은 잘 알고 있었다. 인범은 수많은 적을 어쩔 수 없이 만들어 가고 있었다.

인범은 미행을 확인하기 위해 아주 천천히 걸었다. 쇼윈도가 있는 가게 앞에 섰다. 그리고 상품을 구경하는 체 하면서 쇼윈도에 비치는 놈들의 모습을 찾았다. 인범이가 멈추어 서자 미행자도 멈추어 서서 서성거리고 있는 것이 완연히 보였다. '음, 역시 놈들이 나를 미행하는구나.'

동네 중심가를 벗어나 한적한 외진 길을 걷고 있었다. 외진 곳이라 미행 하던 두 사람이 상당한 거리를 두고 계속 따라오는 것을 확인한 인범은 애써 모른 척했다. 놈들의 미행을 떨쳐버리려면 도심 곡각지점에서 빠르게 뛰어 달아나면 되지만 인범은 그러고 싶지 않아 집으로 가는 한적한 산길을 걷고 있는 것이다.

'나는 달아나는 비겁자가 되고 싶지 않다. 미행을 두려워한다면 애초 이 싸움에 뛰어들지 않았을 것이다.'

인범은 봄, 여름이면 고향에서 본 향수를 불러일으키는 들꽃 민들레, 제비꽃, 앵초, 붓꽃, 양지꽃, 할미꽃이 핀 외떨어진 이 길이 좋았다. 어릴 땐 이 길 주위엔 인가가 없었던 산길이었다. 그러나 지금은 사람들로 인해 많이 잠식되어 드문드문 집들이 들어서고 있었다. 산자락의 나무둥치와 가지에서 매미들이 한낮의 적막을 깨트리며 울고 있었다. 인범은 끌리듯 매미가 자지러지게 우는 나뭇잎이 무성한 시원한 나무그늘 밑을 찾아 손깍지로 베개를 하고 누워 생각에 잠겼다.

나는 누구인가?

나는 이 사회 속에 무엇인가?

나는 왜 남을 위해 나 자신을 위험 속에 던져야 하는가?

그래서 얻어지는 결과와 나의 존재가치는……?

불의를 물리치고 정의를 옹호하여 물리적

활극으로 쟁취한 승리는, 픽션에 등장하는

주인공의 역할이지 정녕 현실은 아니다.

그러나 나는 이러한 목숨을 건 주인공의

역할을 현실로 하고 있지 않은가.

누가 나의 생명을 보장하고 보상해 줄 것인가?

영웅심인가 젊은 혈기의 객기인가?

보상받으려는 것도 객기도 아니다.

다만 이 땅에 이 나라 인간사회에 정의가

존재하여야 한다.

법과 질서의 준수는

국가 존위와 사회평화를 유지하는

공식이고 지름길이다.

나는 위대하게 살지 못하더라도

의롭게 살다 의롭게 죽고 싶다.

인범은 어느 종교서적에서 본 인간의 구성원에 대해서 쓰인 글월을 상기해 보았다.

사회를 이루고 있는 구성인원은 각양각색이다. 그 다양한 구성인원 중 일부가 이 사회를 혼란하게 하고 또 정의롭게 한다. 이 세상에는 있어야 될 사람이 있고 있으나 마나 한 사람도 있다. 또 있어서는 안 될 사람이 있다.

어느 한 사회학자가 인간을 세 가지 곤충에 비유한 글이 떠올랐다. 우리 인간이 살아가는 모습은 여러 가지 있다고 했다.

첫째 거미의 삶이었다.

거미는 거미줄을 잘 보이지 않게 몰래 쳐 놓고 죽은 듯 숨어서 먹이를 기다린다. 그러다 어떤 먹이가 거미줄에 걸려들면 쏜살같이 내려와 그 먹이를 먹어 치운다. 우리 인간들 중에서도 어떤 함정을 만들어 놓거나 남을 사기 치거나 속여서 살아가는 사람이 있다. 결국 자기가 살아가기 위해 남을 이용하고 골탕을 먹이고 손해를 끼쳐가며 살아가는 사람의 모습을 비유한 것이다.

두 번째로는 개미와 같은 삶의 모습이다.

개미는 자기 먹이만을 얻기 위해 아주 부지런하게 일을 한다. 오로지 자기들만이 살기 위한 방편으로 일을 할 뿐이다. 일을 하는 데에 어떤 의미나 가치를 찾거나 발전을 위한 노력도 없이 그저 본능적으로 일을 할 뿐이다. 먹기 위해 사는 격이다. 우리 인간들 중에 자기만을 알고 자기 뱃속만 채우는 욕심투성이의 생활을 하는 사람이 있다. 이웃이야 먹든 말든, 죽든 말든, 남을 바라다보지도 신경 하나 쓰지도 않고 일에 파묻혀 산다. 그래서 이웃을 돕거나 받아들일 수 없는 자기 생활만 하는 사람을 말한다.

세 번째로는 꿀벌과 같은 생활의 모습이다.

꿀벌은 이 꽃 저 꽃으로 날아다니면서 꿀을 모아 오지만 자기 발에 꽃가루를 묻혀 씨앗이 맺도록 해 준다. 자기 먹을 양식도 구하지만 꽃들에게 아주 귀중한 식물의 번식에 봉사를 하고 있다는 사실이다. 우리 주위에 남을 돕고 자기도 열심히 사는 봉사하는 보람된 삶을 살아가는 훌륭한 삶을 살아가는 사람을 말한다.

나는 어떤 모습으로 살아가고 있나? 약자를 돕기 위해 생사의 집념까지 버린 채 남을 괴롭히는 악한 자에게 도전하는 정의의 기사인가, 비명에 돌아가신 아버지의 한을 풀기 위한 복수인가. 나의 인간적 삶은 무엇인가? 사람이 살아가는 궁극적 목표와 목적은 무엇인가?

우리 사회는 정당하게 살아가는 사람에게 진정한 행복을 준다.

어느 대통령이 이런 표어를 간선도로 육교에 부착하도록 한 것이 기억난다. 극히 통념적이고 통설적인 말이지만, 그 표어의 어휘가 오래도록 묘하게 정의롭게 뇌리에 각인되어 있었다.

'성실한 사람이 잘사는 사회를'이란 이 표어의 뜻을…….

인범은 불교서적에서 가슴에 닿는 글이 떠올랐다.

사람이 임종이 가까워 정신이 있을 때 대부분 이런 말을 하면서 지난 삶을 후회한다고 한다.

'나보다 못한 이에게 좀 더 베풀걸.'

'좀 더 사랑할걸, 좀 더 참을걸.'

인간은 빈손으로 태어나서 빈손으로 간다. 그래서 불교에서 공수래공수거라고 하며 천주교나 기독교에서 사순절 의식에서 이마에 재를 바르며 흙에서 태어나 흙으로 돌아가라고 한다. 그리고 옛날 사람들은 사람이 죽으면 죽었다고 하지 않고 돌아가셨다고 했다.

결국 빈손으로 갈 인간은 끝없는 욕망을 좇다 보면 이웃이 눈에 보이지 않는다. 그 욕망이 얼마나 허망한 것인지, 사람이 병이 들어 병상에 누워, '아, 나도 죽어야 한다'는 평범한 진리를 깨달았을 때 비로소 이웃이 보인다고 한다. 그때는 이미 육신은 움직일 수 없다. 사람이 죽으면 천당과 지옥이 있다는 것을 의식하면서 때늦게 뼈아픈 후회를 가슴에 담고 죽음을 맞이한다고 한다.

어떤 부자가 절에 가서 큰스님을 찾아가 큰돈을 시주하겠다고 했다. 스님이 아무 반응이 없자, 왜 아무 말이 없느냐고 물었다. 그러자 스님은 '한 번 말했으면 됐지 않소'라고 했다. 왜 고맙다고 하지 않느냐고 하니 '고맙긴, 당신이 고맙다고 해야지요' 하는 큰스님의 시큰둥한 대답이다. 이는 받는 기쁨보다 베푸는 기쁨이 더 크다는 뜻이다.

우리 인간은 언젠가는 죽음을 맞이해야 한다. 사랑하는 가족도 친구도 그렇게도 악착같이 모았던 재산도 다 두고 가지만 희생하고 헌신하며 사랑으로 베풀었던 베풂만은 가져간다고 한다. 베푸는 보람은 진정한 행복이다. '그러면 나는 무슨 보람을 갖기 위해 살아가고 있나?'

언젠가 특별 강연에서 어느 훌륭한 교수의 이야기가 기억이 났다. 1961년 5·16 쿠데타로 박정희 군사 정권이 들어서고 화폐 개혁이 있었다고 했다. 그때 어느 문맹자인 할머니의 자식을 위한 보람된 삶의 이야기였다.

환율은 10대 1이었다. 천 환이 백 원으로 되었다. 그 교수가 화폐교환 때 있었던 이야기를 하여 주었다. 그때 그분은 중학생이었다고 했다. 화폐 교환 마감이 박두하고 있었고 마을 스피커에서는 매일처럼 화폐교환을 독려했고 통반장은 가가호호 방문하여 교환을 재촉하고 다녔다. 할머닌 날짜가 임박하자 안절부절못하는 모습이 역력했다. 일이 손에 잡히지 않았다. 이웃 사람에게 지금 돈은 정말 못 쓰냐고 물어 보았지만 모두가 기한 내에 바꾸지 않으면 지금 돈은 앞으로 못 쓴다고 했다. 기가 찰 노릇이었다. 어떻게 모은 돈인데, 내일이면 마지막 날이었다. 저녁에 큰아들 집에 버스를 타고 갔다. 아들이 무슨 모임이 있다고 늦게 온다고 하며 며느리는 시어머니의 방문을 대수롭지 않게 알고 시어머니 오셨다고 시장에서 맛있는 찬거리를 사 가지고 와서 저녁을 차렸지만 시어머니는 밥도 제대로 먹지 못했다. 늦게까지 술을 마시고 들어온 큰아들에게 화폐 교환 이야기를 했지만 아들은 어머니의 말을 별로 심각하게 듣지 않았다. 어머니가 돈을 가졌으면 얼마나 가졌겠는가 하는 생각이었던 것이다.

"어머니, 돈 가진 게 있으시면 재욱이 시켜 바꾸세요."

"글쎄다, 왜 멀쩡한 돈을 못 쓰게 만드느냐 말이다."

"어머니, 왜 화폐 교환을 하는지 모르겠지만 지금 돈은 못 쓰게 되니, 있으시면 재욱이 주어 바꾸라니깐요."

아들은 어머니에게 화폐교환에 대해서 말씀드려도 이해 못 하실 것이라 생각하고 하지 않았다.

다음 날 아침이었다. 어머니는 밥도 제대로 먹지 않고 아들의 식사가 끝나기를 기다리고 있다, 일어나는 아들을 붙잡고 말했다.

"아비야, 나 좀 보자."

어머니가 방으로 들어가셨다.

"어머니, 어제 말씀하시던 돈 바꾸는 것 말씀이세요?"

"아비야, 오늘 학교에 가지 말고 집에 좀 가자!"

단호한 명령이었다. 어머니의 표정은 평소의 어머니가 아니었다. 표정도 굳어 있고, 무언가 꺾지 못할 고집이 담겨 있었다.

"어머니, 꼭 제가 가야 합니까? 재욱이가 바꾸면 안 됩니까?"

"나는 아비에게 맡기고 싶다."

"어머니, 조금 기다리세요. 학교에 연락 좀 하구요."

박 교수는 학교에 휴강 신청을 하고 어머니를 차에 태우고 안태본인 어머니 집으로 향했다.

박 교수가 자란 옛 시골집 안태본은 초가에 지붕만 슬레이트로 개조한 전형적인 시골 풍의 집이었다. 지붕도 방문도 천장도 낮은 집 좁은 방은 박 교수가 유년 시절과 소년 시절에 꿈과 이상을 키우며 자란 구석구석 향수가 서린 곳이었다. 어머닌 신발을 방에 넣고 방문을 안으로 잠금을 한

다음 방구석에 놓인 조그만 걸상을 천장에 헌 수건으로 막아 둔 구멍 밑에 놓고 올라섰다. 그리고 헌 수건을 구멍에서 빼고 구멍에 손을 넣어 무엇을 꺼내기 시작했다. 돈이었다. 박 교수는 어머니가 끄집어내어 주는 돈을 밑에서 받았다. 모든 돈이 꼬깃꼬깃 구겨져 있었다. 어머니의 행동이 나이 탓인지 느렸다.

"어머니, 그냥 방바닥에 떨어뜨리세요."

그리고 수없이 떨어지는 돈을 망연한 눈으로 바라보고 있었다. 박 교수는 계속 떨어지는 돈을 챙길 생각도 잊어버린 듯했다.

드디어 박 교수가 일어났다.

"어머니, 내려오세요. 제가 할게요."

박 교수는 어머니 대신 걸상에 올라가 돈을 손에 잡히는 대로 방바닥에 내려 쏟았다.

많은 돈이 한꺼번에 떨어졌다. 드디어 박 교수는 천장을 부욱 찢었다. 그 당시는 합판이 없는 때라 양 벽에 철사를 단단히 고정시키고 한지로 철사에 바르고 천장지를 발랐던 것이다. 그걸 그땐 고무천장이라 했다. 길게 찢어져 경사진 곳으로 나머지 돈이 한꺼번에 쏟아져 내려왔다. 갖가지 이상한 모양으로 구겨진 백 환, 천 환, 오천 환 화폐가 좁은 방에 어지럽게 널렸다. 어머니는 돈이 천장에 차 들어가지 않자 꼬챙이로 돈을 깊이 밀어 넣어 천장에 저축한 것이다. 티끌 모아 태산이라고, 작은 물방울이 바위를 뚫듯 작은 지류가 모이고 모여 거대한 강을 이룬다고 한 말이 현실로 이루어진 믿어지지 않는 엄청난 사실 앞에 박 교수는 망연자실했다.

박 교수의 눈에는 어느덧 통곡 같은 뜨겁고 진한 눈물이 흘러내리고 있었다. 어머니는 왜, 무엇 때문에 누굴 위해 인간의 본능인 잘 입고 잘 먹고 하고 싶은 걸 참고 이렇게 돈을 모으는 수전노가 되었을까?

"어머니! 어머닌 왜 돈을 안 쓰시고 이렇게 모으기만 하셨어요?"

"아비야! 너 울었구나, 울긴 다 큰 아비가……. 너의 막내가 불쌍해서…… 막내 재욱인 성한 몸이 아니잖니……. 장가도 보내야 하는데 쥐뿔도 없는 병신에게 누가 시집오겠니? 나이가 서른도 넘었는데…… 지 앞으로 전답이라도 사 주어야지……. 지금 논밭 몇 마지기로는……."

"어머니 저희들이 잘못했습니다. 재욱이 장가도 보내고 할게요. 그동안 어머니만 고생시켰구먼요. 용서하세요."

박 교수는 울먹이고 있었다. 그리고 어머니로부터 한 가지 중요한 경제치부의 방법에 답을 얻었다. 우화에 나오는 토끼와 거북에 비교되는 자신과 어머니의 조건과 결과가 묘하게도 같은 조건의 결과로 우화가 현실로 이루어졌다.

어머니의 수입과 자신의 수입은 비교도 되지 않을 액수의 엄청난 차이지만 저축 결과의 차이는 반대 현상으로 증명되었다. 이건 도저히 믿어지지 않는 사실이지만 실제로 이루어진 결과였다.

박 교수는 지금 살고 있는 48평의 아파트와 은행에 저축한 약간의 돈과 붓고 있는 적금 이외는 모아 둔 돈도 부동산도 없었다. 그러나 어머니의 수입원은 자식들이 주는 약간의 용돈과 채소와 농작물을 시장의 한 모퉁이에서나 아파트 단지에서 노점상을 하여 얻어진 것이 전부이다. 그런데도 어머니가 수십 년간 천장에 모아 둔 돈은 박 교수의 재산보다 많지 않은가.

재산 증식과 치부의 결과는 덜 입고 덜 먹고 절약하며 자린고비 생활로 살아온 수전노의 어머니에 비해 풍요롭게 살아온 박 교수가 어머니의 재산보다 빈약한 결과가 된 것이다.

만약 박 교수가 어머니처럼 저축을 했더라면 어머니보다 훨씬 많은 재산의 소유자가 되었을 것은 자명했다. 어머니가 천장에 저축하지 않고 은행에 저축하였더라면 하는 아쉬움이 있었다. 저축은 엄청난 부의 결실을 가져온다는 실증을 확인했다.

　박 교수는 화폐 교환을 한 후 가족회의를 했다. 먼저 동생의 결혼을 서둘렀고, 교환한 돈으로 도로 쪽의 논밭을 막내 동생 명의로 샀다. 그 논과 밭은 후에 개발 구역에 편입되어 엄청난 지가를 받아 불구의 동생이 남매 중 제일 많은 재산의 소유자가 되었다. 불구아들을 위한 어머니의 저축이 오늘의 막내아들이 부를 갖는 행운을 갖게 한 것이다.

　어머니는 오랜 세월 동안 막내 자식을 위해 천장에 한 푼 두 푼 돈을 넣는 그 순간마다 행복한 보람을 느끼는 삶을 살아오면서 부의 결실을 꿈꾸는 행복도 함께 누려왔던 것이다. 어머니는 잘 놀고 잘 입고 잘 먹는 돈 쓰는 재미보다 쓰지 않고 모으는 재미로 살아온 것이다. 불구로 태어난 장애인 자식을 위해 어머니의 의무를 평생 한 것이다.

　서울의 도심에서 벗어난 한적한 시골의 개발이 되지 않은 외곽지대에 얼마 되지 않는 논과 밭을 가진 할머닌 남편이 죽고 고등학교 선생으로 있다 교수가 된 큰아들과 장애자인 차남인 막내아들, 시집간 딸 모두를 효자를 둔 대체로 유복한 가정의 어머니였다. 그러나 이웃에선 오래 전부터 할머니라 불렀다. 그건 멋도 부릴 줄 모르고 오직 일만 하며 고생한 탓에 나이보다 늦게 보이기 때문이었다. 할머니에게도 한이 있었다. 소아마비로 걸음을 제대로 걷지 못하는 나이 서른이 넘도록 장가 못 보낸 장애를 가진 아들이 한이 되었던 것이다. 할머니는 장애아들과 함께 사철 내내 채소를 재배하여 가까운 아파트 근처나 시장에 리어카를 끌고 내다 팔았다. 할머니의 채소는 싱싱하고 무공해라고 값도 제대로 받고 잘 팔렸다. 정성 들여 농사지은 쌀은 아들과 딸에게 주었다. 그러면 잘 사는 아들과 딸은 꼭꼭 쌀값을 후하게 어머니에게 보내주었다. 한사코 받지 않겠다는 어머니에게 농비에 보태어 쓰라고 드린 돈도 고스란히 천장에 저축하였다.

인범은 어느 대학 교수의 특별 강의를 듣고 인간의 삶은 보람을 갖고 살아갈 때 정녕 행복한 삶이라고 생각했다. 많은 사람이 살아가는 삶에서 보람의 척도는 다양했다. 돈을 벌어 좋은 집에서 좋은 음식과 고급 옷을 입고 사는 사람, 권력으로 대접받고 군림하며 사는 사람, 모든 시름을 술로써 망각하고 술의 마비 속에서 술에 어리어 사는 알코올 중독자, 여자와의 행각을 재미로 사는 사람 등등의 다양한 삶의 보람을 갖는 행복, 보람 추구의 소유자들……. '그러면 나는 과연 무슨 보람으로 살아가고 있나……?

　교수가 말한, 할머니가 자식을 위해 쏟은 저축의 보람은 훌륭한 교훈을 주는 삶의 지표였다.

삶의 보람

1

작열하는 태양의 열기가 땅을 달구고 있었다. 하늘엔 구름 한 점 없고 매미 소리 외에는 주위는 적요로움뿐 바람마저 없는 산야에 나무도 풀잎도 시간이 일시 정지된 것 같았다. 나무그늘 밑에 누워 오랜 상념의 나래에 젖은 인범은 고요를 깨뜨리는 구성진 상여꾼 소리에 긴 상념에서 깨어났다.

한낮의 뙤약볕 아래에 장례행렬이 지나가고 있었다. 길이 좁아 영구차가 올라올 수 없어 영구를 저 밑에서부터 구불구불한 논길과 산길을 따라 사람들이 땀을 흘리며 메고 올라오고 있었다. 왜 하필이면 이 시간에 올까? 아마 멀리서 오든지 하관 시간이 늦게 정해진 것 같았다. 망자는 생전에 부와 명예를 누렸는지, 아니면 자손이 번성한지, 공동묘지가 아닌 교통이 불편한 선산에 묘를 쓰는지 7월의 한더위인데도 긴 장례행렬이었다. 인범은 언젠가 사찰의 스피커에서 가슴에 닿는 죽음에 대한 구성진 법문이 떠올랐다.

죽은 자는 말이 없고 산 자의 뜻에 따라 움직인다. 죽은 자는 생전의 부와 명예를 두고 어디로 갈까? 죽은 자가 가는 곳을 아무도 알지 못한다. 저 죽은 자가 생전에 지은 선과 악은 아무도 대신해 주지 못한다. 선을 행해 받는 복도 악을 행해 받는 죄도 오직 죽은 자만의 몫이다. 묘지에 묻히면 한 줌의 흙이 되고 화장을 하면 한 줌의 재가 된다. 이렇게 무상한 것이 인생인가? 아, 덧없구나! 그 애욕도 탐욕도 허망한, 슬픔의 눈물인지 고인에 대한 회한의 눈물인지 땀과 함께 그 가족들이 울면서 따라가고 있었다. 눈물의 참 의미를 죽은 자는 알지 못한다. 고인에게 생전에 저 눈물의 가치를 보여 주었더라면 고인은 가족의 사랑으로 행복했을 것이다.

인범은 어릴 때 아버지, 어머니의 초라한 장례가 떠오르며 망막이 뿌옇게 흐려졌다. 무산자의 장례와 가진 자의 장례는 죽어서도 신분의 격차만큼 구별되어 치러진다. 그러나 하늘나라에서는 신분의 격차는 돈과 권력과 명예와는 무관하리라. 사람은 죽음으로써 가난의 멍에도 벗겨지고 가난이 죄라는 그 굴욕도 없어지고 생전에 행한 선과 악으로 신분의 격차가 선별되리라.

인범이는 기지개를 켜고 집으로 가기 위해 자리에서 일어났다. 멀리 떨어진 나무 밑에서 두 사내가 후닥닥 몸을 낮추며 숨는 것이 보였다. '아! 저놈들이 끈질기게 지금까지 미행을 하고 있었구나.' 인범은 오늘 유치장 앞에서 '네놈의 목숨은 우리가 접수한다'는 폭력배 보스가 남긴 얼음장 같은 싸늘한 복수의 말과 살기 띤 눈초리와 형사 계장이 미행을 조심하라고 한 경고에 무심할 수 없었다.

인범은 이번 조폭들과의 싸움으로 어쩌면 자신이 죽을지도 모른다는 불길한 예감이 들었다. 이번 싸움의 상대는 혼자 감당하기에는 너무 강하다고 생각했다. 자꾸만 가슴을 짓누르는 칙칙하고 무거운 불안감을 떨쳐버릴 수가 없었다. 인범은 자신의 나이를 헤아려 보았다. '스무 세 살 젊은 나이구나!' 가만히 입속으로 중얼거렸다. 젊은 나이에 죽어야 한다고 생각하니 서글펐다. 한편 살고 싶다는 갈등이 강렬하게 솟구치면서 또다시 달아나고 싶은 나약한 생각이 불쑥 들었다.

'저들의 미행을 따돌릴까. 피하려면 저들보다 빠른 걸음으로 걸어야 아니, 달아나야 한다. 아니다, 비겁하게 달아날 수는 없다. 나는 비겁자가 되고 싶지 않다. 그래, 당당하게 싸우자.'

인범은 그들을 의식하지 않고 집으로 향했다. 그늘을 벗어나 들길을 걸으니 뜨거운 지열이 얼굴을 덮었다. 장례행렬은 오른쪽 산허리를 무겁게 따라 올라가고 있었다. 구불구불한 논두렁의 벼들 가지마저 힘없이 태양열에 후끈 녹아 풀기를 잃고 시르죽해 있었다. 끓어오르는 지열이 땅속의 들풀 뿌리마저 태울 것 같았다.

집 앞에 가까워지니 인범이를 발견한 울프와 센이 뛰어와 인범을 반갑게 맞았다. 울프와 센의 배가 불룩한 것을 보니 순희가 때를 맞추어 밥을 준 것 같았다. 순희에게 고마움을 느꼈다. 인범은 종종 방보다 아늑하고 좋은 소나무그늘 밑에 놓인 나무 의자에 앉았다. 울프도 센도 그림자처럼 인범이 곁에 평화스럽게 누웠다. 두 개는 언제나 살갑게 주인을 따르고 곁에 머물렀다. 인범은 손을 뻗어 센과 울프의 머리를 쓰다듬어 주었다.

인범은 오늘 조폭의 끈질긴 미행을 생각하니 자신의 신변에 위험이 다가오고 있다는 것에 공포와 두려움이 가슴을 짓눌렀다. 젊은 나의 생명이 없어지거나 사지가 부서지는 운명의 싸움이 시작되고 있음이 뇌리에 새겨지고, 막연한 두려움으로 대담한 인범도 평정을 잃고 있었다. 상대는 너무 강한 폭력 세계에 무소불위의 조직폭력배의 집단이 아닌가.

약육강식이란 말은 동물세계에선 강자만이 살 수 있다는 생존공식이지만 인간사회에선 정의가 궁극에는 승리하는 것이 원칙이어야 하지 않는가. 그러나 폭력조직 사회엔 강자가 승리하는 묘한 원칙이 존재한다. 나는 정의와 의협심으로 이 강한 폭력원칙에 어쩌다 맞서게 되었다. 나는 우매한 짓을 하고 있다. 나는 혼자다. 나 혼자서 많은 적을 상대할 수 있을까? 달아나 버릴까? 살기 위해서는 비굴할 수도 있지 않은가.

그러나 상대가 강하다고 달아나 버리기엔 인범 자신이 자신을 용납할 수 없었다. 비굴이 두고두고 자신을 괴롭힐 것이다. 피할 수 없는 싸움이었다. 이 싸움은 나 스스로가 시작하고 뛰어든 것이 아니었던가?

어느덧 긴 여름 해도 기울어지면서 종일토록 온 들판을 달구며 작열하던 태양이 뉘엿뉘엿하더니 멧부리에 붉은 노을을 물들이고 있었다. 석양의 붉은 햇살을 받아 들판은 황금색으로 물들며 눈부시게 현란했다. 새들이 떼를 지어 산 아래 대숲으로 날아들고 있고 산야에 이내가 깔리며 고요한 황혼이 고즈넉이 저물고 있었다. 인범은 소나무 밑에 놓인 긴 나무의자에 앉아 석양이 사라진 억센 산등성이를 바라보며 조폭들과의 싸움을 정리해 보았다. 조폭들은 결코 가만있지 않을 것이다. 끈질긴 미행이 증명하지 않은가. 또다시 두려움이 가슴을 짓눌렀다.

사람의 땀 냄새를 맡은 모기가 악착같이 인범의 얼굴과 노출된 팔에 덤벼들었다. 인범은 불안을 떨쳐버리기 위해 의자에서 벌떡 일어나 모깃불을 피우기 위해 잘라 온 생솔 나뭇가지와 집 주위에 무성하게 자란 풀을 베어 모아둔 것을 가져와 불을 붙여 모깃불을 피웠다. 하얀 연기가 퍼져 나갔다. 어스름 달빛이 나뭇잎 사이로 비쳐지고 있는 산자락 여름의 초저녁 밤은 무덥던 한낮과는 달리 송림 사이로 바람기가 겨드랑이에 스며들고 있었다. 모기가 연기를 피해 달아났는지 덤벼들던 모기들이 보이지 않았다.

인범의 옆에 앉아 있던 울프와 센이 순희가 저쪽에서 올라오고 있는 것을 보고 일어나 꼬리를 흔들고 있었다.

"오빠, 어제 집에 안 왔죠?"

"그래, 집에 오지 않았다. 앉아."

인범은 순희에게 앉으라고 박스 조각을 주었다. 순희는 인범이 맞은편에 박스 조각을 깔고 한쪽으로 무릎을 모으고 앉으며 감자 몇 개를 봉지에서 꺼내 놓았다.

"오빠가 모깃불을 피우기에 감자 구워 먹으려고 가져왔어요."

불이 타는 나무 위에는 연기가 나지만 밑에는 감자를 구워 먹기 좋은 빨간 불씨가 이글거리고 있었다. 순희는 손에 쥐고 있는 감자를 나무 막대로 쑤셔 구멍을 내고 구멍 속에 밀어 넣고 불씨로 덮었다.

베이지색 스커트에 노랑 반소매 남방셔츠가 순희를 더욱 청초하게 보이고 더욱 아름답게 보이게 했다. 순희의 긴 생머리는 막 씻어 빗은 듯 풋풋한 향기를 뿌리고 있었고 얼굴은 눈처럼 희고 뽀송뽀송했다.

"오빤 한번씩 어딜 가면 집에 안 올 때가 있는데 어디서 자고, 왜 집에 안 오는지 이상하고 궁금하더라."

"……."

"오빠, 미안해요. 괜스레 간섭하고 캐물어서……."

"아니, 고마워. 개를 잘 봐 주어서."

"근데 오빠, 개들이 이상해. 오빠가 늦게까지 안 오면 문 앞에 나와서 길쪽만 바라보고 있어요. 특히 울프가 더 그래요. 꼭 아이들이 엄마 기다리는 것 같아요. 아니 아내가 남편 기다린다는 표현이 더 맞을는지 몰라? 울프와 센에게 질투가 나더라. 울프, 센, 들어가자 하여도 울프는 꽁지만 흔들고 들어갈 생각은 안 해요."

"그래."

언제나 인범은 멋없는 대답, 재미없는 말이다.

"오빠, 무슨 걱정 있어요? 오늘 오빠 얼굴이 어두운 것 같아요."

순희는 어두움 속에서 인범의 얼굴을 빤히 쳐다보았다.

"그렇게 보이니? 순희야, 혹시 밤중에 싸우는 소리가 나더라도 아버지 절대 나오시지 말라고 해, 너도, 엄마도……."

"왜, 오빠, 무슨 사고 친 것 있어요?"

예쁜 얼굴에 근심스러운 표정이었다. 그 찡그린 예쁜 얼굴이 참 인상적이었다.

"앗 아파! 아니, 따가워. 오빠 모기가 물어요."

순희는 스커트를 입은 흰 다리를 손바닥으로 딱 때리며 다리를 번쩍 들어 옮겼다. 그 짧은 순간 맞은편에 앉은 인범은 못 볼 것을 보고 말았다. 두 흰 허벅지 사이에 핑크색 순희의 팬티가 어두움 속에서도 불빛을 받아 인범의 시선에 선명하게 비춰짐을……

인범은 못 볼 것을 본 민망함과 묘한 선정적 자태에 일순 젊음이 뜨겁게 꿈틀거렸다. 인범은 피가 끓는 이십 대의 젊은이다. 그러나 인범은 본능적 성 자극을 언제나 이성으로 억제하는 것이었다.

"그놈의 모기가 지독도 하구나."

인범은 솔잎을 불 위에 올려 연기를 일어나게 하며 죄스러움과 미안함으로 순희의 얼굴을 마주 보지 못했다.

그러면서 어둠 속에 비친 순희의 적당히 살이 오른 쭉 뻗은 다리와 뇌쇄적인 허벅지와 핑크색의 팬티가 시야에서 지워지지 않고 명멸했다.

아무것도 눈치 채지 못한 순희는 감자가 고루 익도록 불기 좋은 곳에 뒤집어 놓았다. 조금 전의 모기로 인해 팬티가 보이도록 흐트러진 두 다리는 가지런히 한쪽으로 얌전히 모아져 있었다. 모아져 있지 않더라도 인범은 순희와의 반대쪽으로 돌아앉아 먼 밤하늘에 시선을 고정하고 있었다. 순희는 돌아앉은 인범을 유심히 보았다.

"오빠 화났어요?"

"아니, 왜?"

"오빠 사고 쳤다는 저의 말에 화난 것 아니에요?"

"아니다. 화는 무슨 화, 별소리 다 하는구나!"

"오빠, 나 오빠가 깡패들하고 싸웠다는 소리 누구에게 들었단 말이에요."

"……."

"그 언니가 뭐라는 줄 알아요? 인범이 총각 얌전한 줄 알았는데 싸움하는데 무섭고 끔찍하더라고……. 그래서 놀랐다는 거예요. 오빠 진짜 싸움 잘해요? 내가 그 언니에게 오빠 싸움 같은 건 안 한다고, 다른 사람 잘못 봤다고 하니, 그 언니가 자기 눈으로 똑똑히 봤다고……."

"……."

"오빠 아까 밤중에 싸움 소리가 나더라도 나도, 아버지도 못 나오게 한 것 깡패들이 오빠 습격하러 오는 거지. 오빠 무서워, 피해 버려요?"

"순희야, 여하간 밤중에 싸우는 소리가 나도 나오지 마. 잘못하면 크게 다쳐. 그리고 싸움은 피할 수 없어. 이건 내가 시작한 싸움이야."

"오빠가 왜 싸움을 시작했어? 그건 거짓말이지?"

"……."

"피해요, 투견 아저씨 집에 피하면 되잖아요."

"자, 우리 감자나 먹자. 잘 익은 것 같다."

인범은 까맣게 그을린 감자를 불 속에서 끄집어내었다. 순희는 먹을 생각도 않았다. 어느새 눈물이 흘러내리고 있었다. 눈물을 흘리는 순희의 얼굴은 더욱 처연하게 보였다.

"순희야, 걱정 마! 난 지지도 않고 죽지 않는다."

"오빠 죽는다는 소리하지 말아요. 끔찍해요. 오빠가 불쌍해. 그리고 왜 싸움판에 뛰어들어요?"

순희는 울먹이며 내려갔다. 눈물을 머금고 내려가는 순희의 어깨가 유난히도 좁게만 보였다. 인범이 간첩신고 포상금으로 동굴을 벗어나 사람을 피하듯 외떨어진 산자락 아래에 집을 지어 살 때부터 서로가 가난하고 외로운 환경이, 오누이처럼 뛰놀며 순희는 자라면서 인범이에 향한 사랑이 잔잔히 승화되었다. 지난번 순희가 인범에게 안긴 후부터 인범이도 순희가 이성으로 느껴져 어색해졌다. 인범은 고개를 젖혀 하늘을 쳐다보며 긴 한숨을 어두운 허공에 토해내었다. 하늘 깊숙이 행성들이 무질서하게 흩어져 반짝이고 있었다. 수만 수억의 별 하나가 지구보다 크다고 했다. 그 많은 별들이 무수히 우주 공간에 산재해 있다. 우주는 얼마나 광대무변하면 지구보다 크다는 저렇게 많은 별들이 자리할 수 있을까? 태양계의 항성 가운데 가장 크다는 목성은 지구의 800배나 된다니 우주의 넓이는 상상조차 할 수 없었다.

'아! 나는 언제까지 저 찬란한 아름다운 별들을 볼 수 있을까? 나는 언제 폭력배와 범죄인들에게 비명으로 죽을지 모른다.'

언제 죽을지 모른다며 별빛 찬란한 밤하늘을 바라보는 인범의 얼굴에 나뭇가지에 걸린 은빛의 만월이 그윽한 무늬를 수놓고 있었다.

인범의 죽음에 대한 두려움과 삶에 대한 애착이 밤하늘에 교차되었다.

'순희 말대로 피해 버릴까?'

사고무친의, 언제나 혼자라는 외로움 속에서 자란 인범은 콧날이 찡해왔다.

순희의 고마움에 초점 없이 하늘에 고정한 인범의 망막이 뿌듯한 감동으로 뿌옇게 흐려지고 있었다. 인범은 잘 익은 감자를 혼자 먹었다. 울프도 센도 감자가 먹고 싶은지 인범의 입을 쳐다보고 있었다. 인범은 감자를 식혀서 울프와 센에게 나누어 주었다.

연기가 줄어드니 모기가 다시 달려들었다. 인범은 슬며시 일어나 불씨를 끄고 방으로 가기 위해 일어났다. 인범은 울프와 센의 집을 현관과 창문 밑에 각각 옮겨 놓았다.

"울프, 여기서 자야 해. 움직이면 안 돼."

울프와 센은 특히 영리하고 용맹했다.

폭력배의 기습에 대비한 것이다. 한낮 내내 작열하는 태양에 달구어진 열기로 방 안은 아직도 후텁지근했다.

폭력배들은 나를 철저히 미행했다. 그 미행은 나에게 신체적 위해를 가한다는 것을 의미한다. 폭력배가 말한 '네놈의 목숨은 우리가 접수한다. 우리는 폭력배다. 폭력배는 폭력배의 방법이 있다.'는 말이 자꾸만 불안하게 가슴을 짓눌렀다. 인범은 조여 오는 불길한 예감을 떨쳐버릴 수가 없었다. 불길한 예감은 구체적인 근거 없는 막연한 예감일 뿐이지만 의외로 적중률이 높을 수도 있었다.

인범은 언제든지 싸움에 대비하여 등걸잠을 잤다. 옷을 입고 자는 것은 적의 기습에 대비하기 위한 것이다. 그날 밤은 아무 일 없이 지나갔다.

야밤의 기습

1

다음 날, 한밤중 먹물을 쏟아 부은 듯 밤하늘에는 짙은 어둠이 깔려 있었다. 죽음 같은 적막한 고요가 산자락을 덮고 있는 칠흑같이 어두운 밤, 검은 복장을 한 5명의 괴한이 소리 없이 인범의 작은 산막 같은 판잣집에 다가가고 있었다. 그들은 집 가까이에 멈추어 서서 어둠 속에 웅크리고 있는 판잣집을 노려보았다.

"자, 일 시작하자."

5명 중 조장인 박치의 말에 한 명이 새카만 자루에 든 쇠파이프를 조심스럽게 끄집어내었다. 쇠파이프가 부딪치는 금속성 소리가 미세하게 났다. 그들은 말없이 쇠파이프를 각자 하나씩 손에 들었다. 모두 험악한 얼굴에 잔뜩 긴장한 표정이었다.

"가자."

깜상이 앞장을 섰다.

부스럭거리는 소리와 인적에 경계를 하던 울프와 센이 으르렁거리며 동시에 일어섰다. 인범은 어슴푸레한 잠결에 개들이 으르렁대는 소리를 듣고 번쩍 잠을 깨었다. 개의 으르렁대는 소리가 예사롭지 않았다. 이 시간 순희도 개의 으르렁거리는 소리에 잠을 깨었다.

순희는 밤중에 무슨 소리가 나더라도 나오지 말라는 심상찮은 소리에 오빠의 신변에 위험이 다가오고 있다는 불길한 예감으로 잠을 이루지 못하고 선잠을 자다 울프와 센의 으르렁대는 소리에 잠을 깨었다. 무언가 예감이 좋지 않았다. 순간 머리카락이 쭈뼛 서고 갑자기 가슴의 박동이 소용돌이쳤다. 잠이 확 달아났다. 귀를 기울여 바깥의 동정에 신경을 세웠다. 울프와 센의 으르렁거리는 소리는 오빠에게 절박한 위험을 알리는 소리가 분명했다. 울프는 침입자를 발견한 것이 틀림없었다. 저쪽 방에서 아버지도 깨었는지 기침 소리가 났다. 가벼운 기침 소리는 아버지가 자신에게 깨어 있다는 것을 알리는 신호임을 순희는 알았다.

순희는 소리 없이 방문을 열고 아버지 방 앞에 서서 조용히 노크를 했다. 문이 열리면서 아버지가 순희에게 말했다.

"순희야, 저 개 소리는 울프 소리가 아니냐? 보통 소리가 아닌 것 같은데, 개 소리에 너도 깼니?"

아버지의 낮고 긴장된 목소리였다.

"예, 아버지, 아버지는 가만히 계세요. 오빠가 부탁했어요. 무슨 소리가 나더라도 아버지는 가만히 계시라고요. 위험하대요. 밖에 나가지 마세요. 제가 나갔다 올게요. 아버지 나오시면 안 돼요."

순희는 옷을 갈아입고 마루로 나왔다.

"너는 어디 갈 거야? 인범이가 나오지 말라면 너도 나가지 말어. 인범은 속이 깊은 청년이니……."

"아버지, 저는 잠깐 다른 곳에 갔다 올게요. 나가지 마세요."

"인범이에게 알리러 갈 거야? 위험해. 내가 나갈게."

"아니, 아녜요. 아버지 나가지 마세요. 큰일 나요. 오빠는 이미 깨어 있을 거예요."

순희는 다시 한 번 다짐하고 살그머니 문을 열고 어두운 밤길을 무서운 줄 모르고 산길을 지나 논둑길을 달려가고 있었다. 순희가 한밤중 인가 하나 없는 산길을 무서움도 잊은 채 인범을 위험에서 구하기 위해 바람처럼 달려가는 것은 인범에 대한 사랑이었다. 만약 인범이에 대한 사랑이 아니라면 무덤처럼 적막하고 칠흑같이 어두운 산길을 감히 나서지는 못할 것이다.

밤의 고요를 깨뜨리며 요란하게 울던 개구리 울음소리가 순희의 발걸음 소리에 일시에 뚝 그쳤다.

2

울프와 센이 으르렁거리며 판자벽을 발로 긁고 있었다. 울프가 나에게 위험을 알리는 신호임을 쉽게 알 수 있었다. 울프는 영민한 개였다. 인범은 머리가 쭈뼛하도록 소름이 끼치고 순간 두려움인지 긴장인지 심장의 박동이 뛰었다.

인범은 시시각각으로 어떤 위험이 다가오고 있다는 것만은 몸이 떨려오도록 피부로 느낄 수 있었다. 이대로 방에서 그 어떤 위험이 다가오는 것을 기다리는 편이 나을까? 아니면 밖으로 나가 기선을 잡고 공격하는 편이 나을까? 조속히 둘 중에 한 방법을 선택해야 할 만큼 위험이 다가와 있었다. 그러지 않으면 울프와 센이 위험할 것이다. 놈들은 흉기를 가지고 있을 것이다. 내가 싸우면 울프도 센도 한몫을 할 것이다. 내가 나가지 않으면 울프와 센이 위험하다. 침입자의 흉기에 죽을지도 모른다. 침입자는 나를 제거하기 위해 먼저 개를 죽일 것이다. 동물이지만 용맹한 울프는 주인의 생명을 노리는 적을 결코 방관하지 않을 것이다. 울프와 센은 목숨을 바쳐 물러서지 않고 주인을 지키는 충견이고 맹견이 아닌가.

드디어 올 것이 왔구나! 인범은 벌떡 일어났다. 두려움 속에서도 만신의 털구멍이 피를 내뿜듯 뜨거워지면서 격렬한 투지가 온몸에 퍼지고 있었다.

인범은 온 신경을 귀에 집중시키고 바깥쪽의 동정을 살폈다. 분명 울프는 침입자를 발견한 것이다. 무섭게 으르렁거리는 소리가 증거다. 침입자는 먼저 방해가 되는 개를 제거하려고 할 것이다. 주인을 해칠 침입자를 목숨을 걸고 사수할 울프와 그 피를 받은 젊은 센도 명견임을 폭력배는 모를 것이고, 또 판잣집에 명견이 있을 것이라고 생각지도 않았을 것이다.

인범은 호신용으로 언제나 머리맡에 둔 1미터 정도의 단단하고 굵직한 박달나무 몽둥이를 손에 단단히 쥐고 땅에 바짝 엎디어 살그머니 몸 소리와 숨소리를 죽이고 나갔다. 이 작은 문은 바닥에 위치한 울프와 센이 드나드는 문이기에 엎디어 나가야만 나갈 수 있는 문이었다. 위급한 상황에서도 울프가 인범을 발견하고 꼬리를 흔들었다. 그러면서 침입자에게서 눈을 떼지 않았다. 놈들이 집을 에워쌌는지 센은 저쪽에서 침입자와 대응하고 있었다. 밤은 칠흑같이 어두웠다. 인범은 바닥에 몸을 바짝 붙인 채 침입자를 찾기 위해 눈은 어둠 속을 서치라이트처럼 훑었다.

울프와 센은 인범이 옆에 있으니 용기를 얻었는지 주인에게 침입자의 위치를 알리기라도 하듯 흰 이빨을 드러내 으르렁거리며 침입자를 공격하기 위해 앞으로 다가가고 있었다. 갑자기 저쪽에서 강력한 플래시를 개에게 비추며 무엇인가를 던졌다. 그러고 보니 지금 인범이 옆에도 무슨 불고기 냄새가 솔솔 코에 스며들었다. 아! 저놈들은 개를 독살하기 위해서 개에게 독극물이 든 고기를 던지고 있구나! 아니, 벌써 던져 놓았던 것이다. 그러나 울프와 센은 남이 주는 음식이나 버려진 음식은 절대로 먹지 못하게 훈련된 명견임을 저들이 어찌 알까?

처음 울프가 훈련을 받을 때 음식을 주워 먹다가 개 아저씨에게 수없이 혼이 났지 않았던가? 개는 무엇이든지 먹으려는 본능을 갖고 있지 않은가.

혹독한 훈련을 받은 울프였다. 흘려진 음식을 주워 먹다 전기 충격과 독한 식초, 또는 고춧가루를 섞어 놓은 음식을 먹고 얼마나 혼이 났던가. 그 훈련으로 울프는 절대로 버려진 음식을 먹지 않는다는 것을 침입자는 모르고 있는 것이다. 센이 길거리에 버려진 음식을 주워 먹으면 울프는 사정없이 자기 자식 센을 물어 혼을 내었다.

침입자들은 플래시를 비추었다. 개들이 음식을 주워 먹지 않자 조그만 소리로 동료들을 한쪽으로 불러들여 의논을 하는 모양인지, 쑥덕거리는 소리가 미세하게 들렸다. 인범이를 미행한 조폭이 인범이의 집에 개가 두 마리가 있다는 것을 알고도 별 신경을 쓰지 않았다. 고기에 청산가리를 섞어 던지면 간단히 제거할 수 있다고 속단했기 때문이었다.

그사이 개들이 흰 이빨을 무섭게 드러내고 바짝 다가서서 무섭게 으르렁거렸다. 어둠 속에 놈들의 윤곽이 드러났다. 놈들은 한 손에는 손전등을 한 손에는 쇠파이프를 들고 일시에 개에게 달려들었다. 얼마나 쇠파이프를 세차게 휘두르는지 바람 소리가 날 정도였다. 울프와 센이 쇠파이프의 사정권 밖에서 이빨을 까뒤집고 무섭게 짖으며 침입자들과 맞싸우고 있었다. 침입자 5명과 개 2마리와의 묘한 싸움이 시작되었다.

아마 폭력배들도 이러한 개와의 싸움은 계산하지 못하였으리라. 정작 그들의 공격 목표인 인범의 그림자는 찾지 못하고……

인범은 울프와 센이 폭력배와 맞서고 있을 때, 어둠과 낯익은 지리를 이용해 그들의 배후에서 공격하기로 계획을 세우고 놈들의 후미에 다가갔다. 그러나 혹시 울프와 센이 놈들의 쇠파이프에 다칠까봐 가슴이 조마조마했다. 폭력배들은 개들에게 쇠파이프를 무차별 휘두르며 조급하게 서둘고 있었다. 그들의 목표인 인범의 존재도 잊어버린 듯. 그때다.

"아악!"

"툭."

둔탁한 소리와 비명이 동시에 밤하늘을 갈랐다. 인범의 몽둥이가 폭력배 한 놈의 뒷머리에 필살의 일격을 가했다. 놈이 땅바닥에 쓰러졌다. 비명에 놀란 다른 폭력배들이 일제히 뒤를 돌아보았다.

"아앗, 놈이다! 놈이 나타났다!"

폭력배 한 명이 쓰러지고 그 옆에 인범의 안광이 어두움 속에서 무섭게 살기를 띠고 장승처럼 우뚝 서서 폭력배들을 노려보고 있었다.

"비겁하다. 밤중에 기습밖에 할 수 없었나?"

어안이 벙벙한 눈으로 바라보던 한 놈이 소리쳤다.

"개수작하지 말아. 어디 숨었다가 뒤에서 달려들어. 저 새끼 죽여 버려!"

폭력배들이 쇠파이프를 들고 4명이 한꺼번에 달려들었다. 인범은 나무와 나무 사이로 피하며 4명을 공격하고 방어했다.

폭력배들이 던져버린 손전등이 꺼지지 않고 아무렇게나 뒹굴고 있었다. 인범은 무서운 투지로 맹수처럼 눈을 번뜩이며 놈들과 싸웠다. 놈들이 휘두르는 쇠파이프가 인범의 몸을 맞히지 못하고 빗나가면서 나무둥치를 후려쳤다. 나무 소리와 금속 소리가 교차되었다. 울프와 센은 놈들이 인범을 공격하기 위해서 돌아선 순간을 놓치지 않고 결사적으로 한 놈의 다리를 뒤에서 살 속 깊이 물고 마구 흔들고 있었다. 놈은 앞뒤에 적을 맞은 것이다.

"아악! 개가 내 다리를 물었어. 누가 떼어 줘!"

다른 폭력배가 쇠파이프로 센을 내려치려는 절박한 순간이었다.

인범이 몸을 날렸다. 쇠파이프를 든 놈이 센을 내려칠 순간 인범이의 몽둥이가 먼저 놈의 어깨를 강하게 후려쳤다.

"툭."

"아악!"

놈은 단말마의 비명과 함께 쇠파이프를 떨어뜨리고 고목 쓰러지듯 쓰러졌다.

조금 전에 인범의 몽둥이에 머리를 맞고 쓰러진 깜상이 부스스 일어났다. 초점을 잃은 눈동자는 정상이 아니었다. 순간적으로 뇌에 충격이 간 것이다.

울프도 센도 악착같이 나머지 놈들에게 덤벼들었다. 인범은 한쪽 팔이 울프에게 물려 팔을 빼려고 어쩔 줄 몰라 하는 놈의 가슴을 발길질로 강하게 걷어찼다. 놈은 억, 하는 비명을 내고 그대로 앞으로 고꾸라졌다. 나머지 두 명은 도저히 이길 수 없음을 알았는지 한 놈이 달아나니 나머지 한 놈도 부리나케 어두운 산 아래로 줄행랑을 쳤다. 폭력배가 버리고 간 손전등이 아직도 어두운 밤에 귀신처럼 형광 빛을 발하며 뒹굴고 있었다.

3

한밤중 파출소는 조용했다. 경찰들이 한밤중 숨 가쁘게 들어오는 순희를 놀란 눈으로 바라보았다.

"저…… 지금 싸움이 벌어지고 있어요. 아마, 사람이 죽을지도 몰라요. 빨리 가 주세요."

"편싸움입니까, 몇 명이나 됩니까?"

"잘 몰라요, 밤중이라서…… 여하간 빨리 가 주세요."

"어디서 싸움을 해요?"

"산 밑이에요."

"이봐! 이 경장. 박 순경과 방범대원 몇 명 데리고 빨리 가 봐. 본서 박 계장님이 우리 소장님에게 전화로 부탁하던 그 건인지 몰라."

경찰들은 총과 경찰봉을 들고 차에 급히 타고 시동을 걸었다. 엔진 소리가 적막한 밤하늘에 파장을 일으켰다.

"이봐요! 고인범인가 하는 그 청년하고 관계된 사건 아니오?"

"......."

순희는 인범 오빠의 이름이 벌써 파출소에까지 알려졌다니 벌컥 걱정이 되었다. 그래서 아무 말도 하지 않았다. 오빠는 지금쯤 어떻게 되었을까? 밤중에 기습받았다면 죽을 수도 있고 심하게 다칠 수도 있을 것이다.

'아니야, 그렇지 않을 거야.' 오빠는 이미 그들의 기습을 예견하고 있지 않았는가. 그러나 오빠는 혼자다. 집 가까이 길목에서 차를 세우고 경찰과 방범대원이 급히 차에서 내렸다.

한여름의 어두운 밤하늘을 가르며 침입자와 방어자가 토해내던 살기 띤 거친 숨소리와 주인의 목숨을 지키려고 흰 이빨을 드러내고 으르렁거리던 소리도 사라지고 주위는 무덤처럼 적막했다.

인범은 짙은 어두움 속에 장승처럼 서서 쓰러진 놈들을 노려보고 있었다. 인범의 발길에 쓰러졌던 놈이 슬며시 일어나 어둠 속에서 인범의 행동을 주시했다. 인범이 공격하지 않는 것을 확인한 놈은 옆에 쓰러져 있는 동료를 부축하여 슬금슬금 달아나기 시작했다. 또 한 놈도 동료의 뒤를 쩔뚝거리며 따라가는 것이 어둠 속에 보였다.

인범은 그들이 시야에서 멀어질 때까지 바라보고 있었다. 인범은 두려워했던 폭력배의 야밤 기습에서 울프와 셴의 도움으로 손끝 하나 다치지 않았다. 무사히 넘겼다. 그러나 이것으로 끝난 것은 아닐 것이고 시작일 뿐이라고 생각했다.

멀리서 자동차의 헤드라이트가 곡선을 이루며 귀신처럼 흔들리고 있었다. 차는 더 이상 올라오지 못했다. 좁은 길이기 때문이었다. 자동차의 불빛을 본 인범은 집 안으로 급히 들어가 창을 통해 바라보고 있었다.

달아나던 폭력배 두 놈이 인범이가 집으로 들어가는 것을 확인하고 동료에게 갔다. 적게 다친 동료 한 명이 동료를 부축하였다. 달아났던 두 폭력배는 동료를 부축하여 좁은 논둑길을 절뚝거리고 걷고 있었다.

그들은 자신들의 패배가 개 때문이라고 생각하고 있었다. 개가 청산가리가 섞인 불고기를 먹지 않았다는 것이 믿어지지 않았다. 개만 독살할 수 있었다면 그들은 놈을 그들의 두목의 계획대로 다시는 주먹을 쓸 수 없도록 초주검으로 처치할 수 있었을 것이라고 굳게 믿었다.

동료가 놈의 공격에 어디가 상하였는지 제대로 걷지를 못했다. 그러나 달아났던 폭력배 중 기습의 조장인 박치는 어두움 속에서 한 치의 오차 없는 놈의 맹수 같은 무서운 공격에 섬뜩함을 느꼈다. 놈은 범상한 놈이 아니었다. 형님들이 놈을 너무 과소평가한 것 같았다.

4

맞은편에서 손전등 빛이 어지럽게 다가오고 있는 것을 보고 폭력배들이 엉거주춤 길가에 섰다. 경찰의 손전등 빛에 폭력배의 모습이 비쳤다.

"저기 누가 있다. 여러 명인데……."

경찰이 급히 다가섰다.

"손전등 치워! 웬 놈이야?"

폭력배의 거친 말이었다.

"우린 경찰이요. 이 밤중에 어디서 오는 사람이요?"

"아, 예. 초상집에 다녀오는 길입니다."

엉겁결에 한 답변이었다.

경찰은 손전등을 그들의 얼굴 가까이 들이밀고 관찰하고 있었다. 건장한 체구와 건달 풍의 험악한 인상이 건달들임을 쉽게 알 수 있었다. 그들은 손을 펴 불빛을 막았다.

"이봐요, 이 집 근처엔 집이라고는 두 채밖에 없단 말이요. 박 순경, 이 사람들 연행해."

박 순경이 빠르게 수갑을 채웠다. 수갑을 채우는 금속성의 소리가 차갑게 들렸다.

"이거 왜 이래. 괜히 선량한 사람 잡지 마슈."

"여보시오, 이 밤중에 우리가 아무 일 없이 출동한 줄 아시오. 우리는 며칠 전부터 방범대원을 잠복시키고 있는 것이요. 박 순경, 피해자 집에 가볼 테니 일단 이자들을 차에 태워!"

이 경장은 순희와 인범의 집에 도착했다.

울프와 센이 으르렁거리며 급하게 접근을 막았다. 조금 전 침입자와의 싸움에 신경이 극도로 날카로워져 있기 때문이었다.

"울프, 센, 조용해."

순희는 울프와 센에 다가갔다.

그러나 센과 울프는 조금 전 침입자와 싸운 흥분으로 낯선 경찰에게 경계를 하며 이빨을 까뒤집고 으르렁거리고 있었다.

"울프, 센, 저리 가라니깐."

순희의 호된 소리에 그제야 울프와 센은 경찰에게서 조금 물러서며 으르렁거리는 소리를 낮추었다.

집 주위는 어둠으로 인해 싸움의 흔적이 얼른 발견되지 않았다. 인범의 모습을 발견할 수 없었다. 집 뒤로 가니 폭력배가 버리고 간 손전등의 불빛이 귀신처럼 빛을 발하고 있었다.

이 경장은 손전등을 조심스럽게 주워 손수건을 꺼내어 쌌다. 한 차례 싸움이 있었던 증거물이었다. 경찰과 순희가 손전등을 비추며 주위를 찾기 시작했다. 행여 인범이 쓰러져 있지 않나 싶어 찾았지만, 주위엔 인범을 발견할 수 없었다.

순희는 인범의 방문으로 가서 조용하게 문을 두드렸지만, 아무 인기척이 없었다.

"오빠, 오빠 주무세요. 저, 순희예요."

"응, 순희니? 자지 않고 왜 그러니."

인범이가 문을 열고 나왔다. 순희 옆엔 경찰이 서 있었다.

"고인범 씨죠? 아무 일 없습니까?"

"……."

"무슨 일 있었죠? 건달들 중 다친 놈이 있더군요. 본서 박정웅 계장님이 특별히 보호하라는 말씀이 있었습니다. 어디 다치지 않았습니까?"

"……."

"지금 건달들을 파출소로 연행해 가고 있습니다. 당신이 사실을 말해 줘야 조사에 도움이 될 것 아닙니까?"

"그 사람들에게 물어보십시오."

"좋습니다. 필요하면 부르겠습니다."

이 경장은 어두움 속에서 인범의 얼굴과 몸에서 싸운 흔적을 찾으려고 한참이나 말없이 자세히 살피다 돌아갔다.

"경찰관 아저씨, 수고하셨습니다. 안녕히 가세요."

순희는 인범이 다친 곳이 없는지 인범의 얼굴과 몸을 샅샅이 살피며 의아하게 생각했다. 오빠와 싸운 사나이들은 분명 걸음도 제대로 걷지 못하고 있지 않았는가? 순희는 얼마 전에 집에 놀러 온 공장의 언니에게서 들은 오빠가 싸움을 기막히게 잘하더란 말이 떠올랐다.

"오빠, 정말 아무 일 없었어요?"

"순희야, 가서 자. 순희가 괜히 파출소에 신고하였구나?"

"오빠, 난 오빠가 나쁜 사람들에게 맞아 죽는 줄 알았어요."

순희는 울먹이며 인범의 넓은 가슴에 쓰러지듯 안겼다. 인범은 포근히 순희를 안아주며 순희의 가냘픈 몸 어디에 이런 상체의 풍만함이 감추어져 있었는지 의아스러웠다. 순희의 생머리에서 향수 같은 아늑한 냄새가 인범의 코에 묘한 자극을 주었다.

자꾸만 울며 파고드는 순희의 등을 가볍게 토닥거려주고, 순희의 가슴을 가볍게 밀어 떼었다. 인범은 지난번의 순희의 대담한 밀착이 떠올랐다. 그러나 오늘 순희의 안김은 나를 걱정한 것에 대한 안도의 안김이리라!

"그래, 고맙다. 이 밤중에 파출소까지 가고. 밤이 깊다. 자, 이제 우리 자야지."

인범은 먼저 문을 열고 들어갔다. 몹시 지친 얼굴과 무언가 쓸쓸해 보이는 인범의 뒷모습을 안쓰럽게 바라보다 어두운 길을 더듬어 내려오는 순희의 마음은 서글펐다.

착하기만 하고 언제나 우수에 젖은 슬픔이 몸에 밴 친구도 없이 외로이 살아가는 인범 오빠가 왜, 무엇 때문에 싸움을 하는지 이해가 되지 않았다. 혼자 있을 땐 초점 없이 먼 곳이나 땅을 내려다보며 무언가 골똘한 생각에 잠겨 있는 고독을 되씹는, 어릴 때부터 웃음을 잃어버린 인범 오빠가 언제부터인지 순희의 가슴에 깊이 자리를 차지하고 있었다. 그것은 동정과 연민으로 싹트기 시작한 아련한 애모였다. 순희는 사춘기가 지나면서 인범을 한 남자로서 가슴에 담아 온 것이 오래되었다.

고독을 되씹으며 외롭게 살아가는 인범 오빠가 자신을 연인으로 받아주면 이 산골 자락에서 행복한 생활이 될 것인데……

5

아침이었다. 출근한 파출소 김 소장은 본서 박 계장에게 어젯밤 인범을 기습하여 폭행을 가하려다 오히려 무참히 맞고 달아나다 파출소에 잡혀 온 폭력배들의 신상에 대해 보고를 하고 있었다.

"박 계장님! 계장님 예상대로 어젯밤에 서초동 조직폭력배 5명이 그 고 인범이란 청년의 집을 기습하여 싸움을 한 것 같은데, 놈들 중 두 명이 심하게 다치고 1명은 조금 다쳤습니다. 계장님, 이해가 되지 않습니다. 그런데 인범이란 청년은 전혀 다친 데가 없는 것 같았습니다."

"그래, 놈들은 뭐라고 해?"

"놈들은 싸우지 않았다고 합니다. 다친 것은 밤중에 산에서 내려오다 다리를 다치고 얼굴은 넘어지면서 나무에 부딪힌 것이라고 합니다. 그 인범이란 청년 집 근처에서 놈들과 싸운 흔적이 있었습니다. 현장에서 놈들의 것인 듯한 손전등을 증거물로 확보해 두었습니다. 그런데 계장님, 그 청년 혼자 사는지 집은 집인데 아주 조그만 무허가 판잣집에 사는 좀 묘한 청년입니다. 싸우는 소리를 듣고 신고한 옆집 아가씨 말로는 청년이 아주 착하고 공사판에서 노동일을 한답니다. 계장님, 놈들을 어떻게 처리하면 좋겠습니까?"

"알았어. 김 소장, 수고했어. 일단 놈들의 진술을 그대로 인정해 줘. 그리고 진술서를 작성했으면 방면해! 그리고 계속 그 청년을 잘 보호해 줘."

"예! 알겠습니다."

박 계장은 전화를 끊고 한참 생각에 잠겼다. 김 소장 말대로 묘한 청년이었다. 주먹세계의 내로라하는 조직폭력배의 기습을 받고도 다친 곳이 없고 오히려 폭력배를 피하지 않고 맞싸워 중상을 입혔다. 인범이란 청년이 보통 싸움꾼이 아닌 줄 알고 있었지만 생각 이상으로 대담한 고수의 무술가임에 놀라지 않을 수 없었다.

　이건 상상을 초월하는 청년이었다. 이 청년이 점점 흥미로워지고 관심
이 갔다. 그러나 박 계장은 인범이에겐 영민한 맹견 울프와 센이 있다는
걸 모르고 있었다.

　박 계장은 출장 준비를 했다. 이것으로 끝날 일이 아니었다. 그냥 두면
훌륭한 청년이 폭력배의 흉기에 불구가 되든지 죽을 것이 자명했다. 현재
까진 폭력배들이 청년을 과소평가했을 것이다. 그러나 이 이후부터는 수
단과 방법을 가리지 않고 청년을 제거하고 말 것이다. 지금까지는 청년은
운이 좋았다. 그러나 조폭들이 청년을 안다면 방법을 바꿀 것이다. 서둘러
청년을 조폭들에게서 구하여야 했다. 그리고 이 청년을 좀 가까이 대하여
알아야겠다고 생각했다. 왜 주먹꾼과 혼자서 맞서는지? 그리고 물러서지
않고 겁도 없이 정면충돌을 하는지? 우직하고 용감한 멧돼지 같은 청년을
자제시키고 보호해야겠다고 생각했다. 박 계장은 경찰서를 나와 택시를
탔다.

박 계장, 조폭두목 방문

1

서초동 한일빌딩 7층 엘리베이터에 내린 박 계장은 적어 온 쪽지를 보고 '고려물산'이라 적혀 있는 간판을 확인하고 문을 열고 들어갔다. 사무실은 폭력배들의 명목상의 회사이지만 실제는 서초동 일대의 유흥가와 각종 비리에 연루하고 있다는 것은 이미 알고 있는 사실이었다. 60여 평의 아담한 사무실이었다. 박 계장이 들어오는 걸 보고 아가씨가 일어나 맞았다.

"어서 오세요. 누구 찾으시죠?"

"김 사장 만나러 왔어요. 서초동에 나올 일이 있어 김 사장 얼굴이나 한 번 보고 가려고⋯⋯."

박 계장은 지갑에서 명함을 꺼내어 키가 늘씬하고 배우같이 예쁜 미인 아가씨에게 내밀었다. 명함을 받아 본 아가씨가 긴장된 표정으로 문을 열고 사무실로 들어갔다. 그러나 경찰이지만 여유 있고 혼자인 박 계장을 보고 약간은 안도하는 것 같았다.

조금 후 아가씨가 나오고 그 뒤에 건장한 30대 중반의 사나이가 나왔다.

"지금 사장님 안 계십니다. 안으로 들어오십시오. 김 양, 사장님 오시라고 해. 손님 만나러 다방에 가셨어. 빨리 연락해. 박 계장님 오셨다고. 그리고 차를 가져와."

박 계장은 찾아온 용건을 말하지 않고 소파에 앉아 천천히 사무실을 휘둘러보고 있었다.

  사나이는 박 계장에게 자기 명함을 주었다. 오인수 상무라고 적혀 있었다. 박 계장은 명함을 보고 남방셔츠 호주머니에 넣고 양복 주머니에서 담배를 끄집어내어 입에 물었다. 오 상무라는 사나이가 재빠르게 라이터 불을 켜 박 계장의 담배에 불을 붙여 주었다. 박 계장은 아무 말을 하지 않고 여유 있는 자세로 담배를 깊이 흡입하고는 입을 둥그렇게 하고 천장에 연기를 토했다. 익살스러운 그 모습이 박 계장과는 어울리지 않았다. 입에서 도넛 같은 동그란 형상을 한 하얀 담배연기가 시차를 두고 천장으로 연속으로 올라가고 있었다. 아가씨가 들어오다 박 계장이 내뿜은 묘한 담배연기를 신기한 듯 한참이나 바라보더니 말했다.

  "무슨 차를 드릴까요?"

  "아, 고마워요. 커피 한 잔 주시오."

  박 계장이 담배를 입에 문 채 말했다. 연속적으로 나오던 묘한 도넛 같은 동그란 연기가 중간에 끊겼다.

  "나도 같은 걸 줘."

  "네, 알겠습니다."

  아가씨가 나가자 사나이에게 말을 걸었다.

  "오 상무, 요즈음 사업 잘되십니까?"

  "계장님, 잘 아시잖아요. 불경기에 저희들도 적자를 보고 있습니다."

  "그래요. 유흥업소도 불황이란 말인가요."

  "계장님, 왜 이러십니까?"

  "아, 김 사장이 서초동 유흥가 일대에서 매월 거둬들이는 돈이 꽤 될 텐데요? 그걸 모르는 우리가 아니잖소?"

  "계장님, 뭐 섭섭한 것 있습니까? 괜히 넘겨짚지 마십시오."

박 계장은 더 이상 아무 말도 하지 않고 담배만 피우고 있었다.

이곳은 회사 간판은 '고려물산' 이라고 되어 있지만 유흥업소의 이권에 개입을 하거나 업소 보호라는 명목으로 서초구 일대 나이트클럽이나 카바레 등 유흥업소에 양주나 맥주, 각종 주류를 공급하는 기업형 폭력배조직인 것이다.

경찰에서도 알고 있는 사실이지만 당사자 간에 은밀히 이루어지고 증거를 포착할 수 없고, 오랫동안 업주와 폭력 세계가 밀착되어 있어 사실상 묵인하고 있는 상태인 것이다.

문이 급히 열리고, 누가 보아도 평범한 인상이 아닌 건장한 40대 초반의 김승배 사장이 급히 오느라고 그런지 이마에 땀이 송골송골 맺힌 얼굴로 들어서고 있었다.

"아이고 박 계장님, 어떻게 저의 사무실까지 오시는 영광을 주십니까?"

"김 사장, 잘 계셨어요?"

박 계장은 앉아서 손을 내밀어 악수를 청했다. 김 사장은 허리를 깊이 숙여 두 손으로 박 계장의 손을 황송한 듯 잡았다.

김 사장은 박 계장 맞은편 자리에 앉으면서 호주머니에서 손수건을 끄집어내어 흐르는 땀을 닦았다.

"박 계장님, 그리고 보니 참 오래간만입니다. 별일 없으시죠?"

"김 사장, 오래간만이오. 오늘 김 사장에게 경고도 하고 조용히 부탁할 것이 있어 왔소."

폭력배 두목 김 사장은 박 계장의 경고라는 말에 움찔하며 다음 말을 긴장한 얼굴로 기다리고 있었다. 웬만한 일에는 나이가 든 야전사령관인 박 계장이 직접 사무실에 방문하는 일은 거의 없기 때문이었다.

김 사장은 뭔가 압력을 가하며 수사비 협조를 부탁하기 위해 온 것으로 착각하고 있었다. 그러나 박 계장은 조폭들과는 일절 돈거래를 하지 않는 강직한 경찰 간부로 알려진, 폭력업계에서는 두려운 대상이고 존경받는 분이라 고개를 갸웃거리며 무슨 일일까 머리를 굴리고 있었다.

"계장님, 제 사무실로 들어가십시다."

김승배의 사장실로 자리를 옮긴 박 계장과 김승배 사장은 소파에 마주 앉았다. 핫팬츠를 입은 조금 전 배우 같은 키가 늘씬하고 몸매가 돋보이는 예쁘게 생긴 생머리의 아가씨가 차를 탁자에 놓고 나갔다. 박 계장은 커피를 마시며 사무실을 휘둘러보았다. 김 사장은 잔뜩 긴장을 하고 박 계장의 입만 쳐다보고 있었다. 박 계장은 커피 잔을 들어 한 모금 마시고는 잔을 탁자에 놓고 소파에서 몸을 떼어 김 사장 쪽으로 몸을 내밀며 말을 했다.

"김 사장, 며칠 전에 김 사장이 별일 아닌 일에 부하들을 풀어놓고 있다는 제보가 들어와 있소. 나, 김 사장에게 실망했어요. 김 사장, 모른다고 하지 않겠지요?"

"…… 무슨 말씀이신지?"

"어젯밤에 아이들을 풀어 어느 청년에게 당신 부하가 당한 보복을 하기 위해 한밤중에 습격한 사실이 다 밝혀졌소. 배성파출소에 연행된 것을 내가 김 사장 얼굴 보고 방면시켰소. 보고받지 않았소? 난 아침에 연락올 줄 알았는데 안 와서 섭섭해서 이렇게 왔지 않소."

"옛……."

"김 사장, 이번 사건은 첫 단추부터 잘못 끼웠던 거요. 왜? 김 사장 사업과 아무 관계가 없는 이름도 없는 한 청년을 보복하려고 부하를 동원시켰소?"

"……."

"솔직히 말해 보시오. 김 사장의 조직에서 시작된 것이 극명하게 드러났소. 앞으로 그 청년을 어떻게 할 거요?"

"……."

김 사장은 박 계장이 상세히 알고 온 것을 모른다고 할 수 없었다. 모른 다고 하면 오히려 인간적으로 경멸받을 수 있다고 생각했다. 나의 얼굴을 보고 파출소에 잡힌 부하들을 방면시켰다고 하지 않는가? 실토를 하지 않 을 수 없었다. 파출소에서 아무런 조사도 않고 본서에 연락하더니 풀어 주 더라는 말을 이미 듣고 있었는데. 그렇다면 박 계장 말대로 박 계장이 방 면을 지시한 증거였다. 그런데 박 계장이 왜 이 일에 관계를 하고 관심을 갖고 있는지 의아했다.

"계장님, 처음엔 저도 몰랐습니다. 우리 조직의 땅벌이 동네 조무래기 건달이 힘 좀 빌려 달라고 하여 약간 혼내 주려고 한 것뿐이었는데······. 계장님, 우리 직원 땅벌이 중상입니다. 의사의 진단은 뇌가 중상을 입어 수술을 해도 정상적인 생활을 못 한다고 합니다. 이건 우리 조직 체면에 관한 것입니다. 땅벌 같은 아까운 두목 아니, 직원을 잃는 것은 큰 손실입 니다."

"체면으로 김 사장 조직에 위해와 도전을 하지 않은 청년에게 테러를 합 니까? 김 사장 조직에서 먼저 도전했지 않았소. 주먹이 있다고 아무 곳에 나 주먹을 빌려준 김 사장 부하의 잘못이 아닌가요?"

"······."

폭력배 두목은 박 계장의 정당하고 논리적인 말에 답변을 못 했다. 자신 이 변명을 하면 궤변이 될 것이고 박 계장의 감정을 살 것 같아 신경을 쓰 고 박 계장의 다음 말을 기다렸다.

"김 사장, 지금 당신은 당신들이 오랫동안 키워 온 사업과 조직을 파괴 시키는 무덤을 스스로 파고 있다는 사실을 알아야 해요. 그 청년 뒤에는 학교 교장과 전교 학생들, 그리고 배성동 주위의 여러 동민이 지켜보고 있 소. 만약 김 사장의 조직에서 그 청년을 보복하여 신체에 위해를 가한다면 그 책임은 김 사장 조직에서 전적으로 져야 합니다. 학원폭력 예방과 척결에 희생적으로 앞장선 청년의 신체에 문제가 생긴다면 학교와 온 동민이 경찰이나 검찰에 진정하게 될 거요. 그러면 언론 보도가 전국적으로 확산될 것 아니겠소. 학생들을 깡패들로부터 보호하려는 청년을 기업형 조직폭력배의 집단이 테러를 하다, 라는 기사가 사회면에 크게 보도되면 우리는 여론에 따라 검찰의 특별 지휘로 폭력조직을 파헤쳐 뿌리를 뽑지 않을 수 없는 것이요. 이 사건은 우리 서장님이 나에게 특별히 지시를 한 것이요."

"……."

"김 사장, 어찌하겠소? 그 청년이 김 사장 사업을 뿌리째 흔들어도 괜찮을 만큼 중요한 거요? 이쯤에서 손을 떼시오. 그 청년은 당신들 사업엔 간섭하지 않을 것이요. 그러나 그 청년은 표면에 노출된 약자인 시민이나 학생이 당하는 폭력엔 죽음을 불사하고 뛰어들 것이요. 우리 경찰은 그 청년을 끝까지 보호할 것이니 그리 아시오."

폭력배 두목 김 사장은 박 계장이 그 청년을 절대적으로 보호하려는 책임과 의지를 갖고 있음을 알았다. 그리고 청년을 제거하든지 신체적 위해를 가한다면 박 계장 말대로 문제가 확대될 것이라고 단정했다.

정의로운 언론이 결코 가만있지 않고 사회면에 대서특필할 것이 자명할 것이고, 경찰서장은 자기의 명예와 살아남기 위해 우리 조직을 뿌리째 흔들 것이다. 김승배 사장은 정신이 혼미했다. 이쯤에서 당장 손을 떼어야겠다고 생각했다.

"계장님, 손 떼겠습니다. 아무 걱정 마십시오. 약속하겠습니다."

"고맙소. 그리고 밤에 보냈던 당신 부하들이 어떻게 되었는지 보고 받았소?"

"아직 확실히 모릅니다. 자세한 것은 직접 보고하겠답니다. 계장님, 그 청년을 우리 아이들이 많이 손본 건 아닌지요? 그 청년이 많이 다쳤다면 제가 전적으로 보상을 하고 치료도 책임지고 하여 드리겠습니다. 며칠 전에 학생들과 동민에 의하여 심하게 다친 우리 아이들도 없던 일로 하겠다는 약속 다시 확인하겠습니다."

"김 사장, 만약 당신 아이들이 당했다면 어찌하겠소? 나와 한 약속 어기고 보복하겠소?"

"계장님, 그럴 리가 있겠습니까? 그까짓 한 놈에게……."

"김 사장, 나와 한 약속 지키겠소? 보복하겠소? 그것부터 말해 보시오."

"…… 약속을 지키겠습니다."

"당신 아이들이 아마 많이 상했을 거요."

"옛! 우리 아이들이 오히려 당했다고요? 다섯 명이나 보냈다고 보고 들었는데……."

"그 청년 대단한 청년이오. 만약 당신 부하 중 정정당당히 싸운다면 이길 수 있는 부하는 한 명도 없을 걸요."

"옛! 음……."

두목의 입에서 알지 못할 신음이 새어나왔다.

"김 사장, 약속 믿고 갑니다."

"……."

심한 충격에서 벗어나지 못한 김승배 사장은 박 계장을 배웅하는 것도 잊고 멍하니 앉아 있었다.

'그럴 리가, 그럴 리가! 그러면 땅벌에 이어 또 그놈에게 당했단 말인가. 놈은 무술의 고단자인가? 싸움의 달인인가. 그러기에 박 계장이 너희들 조직 내에서 당할 자가 아무도 없다고 장담하지 않았는가.'

박 계장과 약속한 대로 이쯤에서 손을 떼야 하나, 조직의 체면을 위해 적당히 손을 보아야 하나, 사건의 확대를 피해야 하나? 김승배 조폭 두목은 두 손으로 머리를 감싸고 고민에 머리를 흔들고 있었다. 놈은 조직에

속한 것도 아니지 않은가? 다만 동네 조무래기 깡패들에게서 학생들을 보호하기 위해 깡패들과 싸운 것인데, 우리 조직 중 땅벌이 잘못 말려든 것이다. 명분도 없고 이득도 없는 한 청년에게 이 이상 관여해서는 안 된다는 결론을 내리면서, 경찰의 비호를 받고 있는 조직 없는 한 건달에게 조직과 자신이 수모를 받아야 하는 울분을 참아야 했다.

'놈을 한번 만나 보자.' 주먹쟁인 주먹쟁이를 경계하고 적대시하면서도 한편 대결하여 굴복시켜 부하로 삼으려고 하는 욕심이 발동하는 것이다.

'그래. 놈을 만나 보자.'

박 계장, 인범의 집 방문

1

한낮의 긴 여름, 이글거리던 태양도 서산에 기울어져 산 그림자가 서서히 산야를 덮고 있는 이내가 깔리는 고요한 황혼 무렵이었다. 푸른 하늘 저편에 뭉게구름이 한가롭게 창공에 떠 있고 은은한 오후의 솔바람이 매미 소리와 뒤섞여 하모니를 이루고 있었다.

박 계장은 파출소에서 알려준 산막 같은 판잣집을 찾아 산그늘을 밟고 산길을 걸었다. 도심에서 외떨어진 산자락에 산막 같은 두 채의 집이 있었다. 한 채는 조금 크고 뒷집의 한 채는 작았다. 아마 작은 집이 고 군의 집일 것이라고 생각했다. 박 계장은 판잣집 가까이 다가갔다. 개 두 마리가 낯선 박 계장을 보고 가볍게 으르렁거리며 경계하고 있었다.

박 계장은 지금까지 직업 속에서 느껴 보지 못한 인간 냄새가 나는 특이한 고인범이란 청년을 만나려고 기다리고 있었다. 남이야 죽건 말건 나만 잘 살고, 나만 편하고, 나만 안전하면 그만이라는 소시민적인 이기주의 근성이 대부분인 암담하고 암울한 인정이 메마른 각박한 오늘의 이 사회, 정의가 실종된 차가운 세파의 현실 속에서 형극의 길에 뛰어든 청년. 어두운 이 사회를 밝혀 주고 빛이 되어 썩어가는 사회를 썩지 않도록 소금의 역할을 하기 위해 혼자서 겁도 없이 건달 세계에 도전한 우직한 청년 아니, 정의로운 청년, 수사형사에게 조금의 위축도, 가식도, 거짓도, 소명도, 변죽도 없이 담담하게 심문에 응하는 청년의 의연한 태도와 조리 있고 정연한 답변을 하는 모습이 망막에 떠올랐다.

이 청년은 백 년에 한 번 태어날까 말까 하는 의인이라면 의인일 수 있다. 이런 청년이 일제 강점기에 태어났다면 분명 훌륭한 독립투사가 되었을 것이라고 유추해 보았다.

조금씩 커지던 산그늘이 이제 산자락을 완전히 덮고 있고 마주 보이는 검단산 멧부리에만 담담한 햇살이 남아 있었다. 판잣집 옆에 키가 큰 여남은 그루 소나무에서 아직도 매미 소리가 조용한 황혼을 거부하듯 요란스럽게 울고 있었다.

청년의 집 앞에 개 두 마리가 으르렁거림은 멈추었지만 아직도 가까이에서 경계의 눈으로 박 계장을 노려보고 있었다.

'아 저, 개 두 마리!' 용맹스럽고 영리하게 보이는 개가 야밤의 폭력배 기습을 물리치는 데 주인과 함께 싸웠다고 단정했다. 폭력배와 맞선 청년이 개와 합세한 격투의 상황이 눈에 선하게 그려졌다. 저 두 개도 밤중의 싸움에 한몫을 하였으리라! 의로운 사람은 짐승도 도와주는구나! 뜻이 있으면 길이 있다는 옛말이 이를 두고 한 말이 아닌지?

모색이 서서히 짙어지고 있었다. 박 계장은 자리에서 일어났다.

'오늘은 청년을 만나지 못하는구나.'

박 계장은 산막 같은 청년의 작은 집을 잠시 바라보다 산 아래로 걸음을 천천히 옮겼다. 개는 아직도 박 계장에게서 시선을 거두지 않고 경계를 하고 있었다. 저, 두 개는 보통 개가 아님을 알 수 있었다.

'나는 바보스럽게 용감한 저 청년을 보호해 주어야 한다.'

종교 서적에 이런 글이 있다. 길을 잃지 않은 99마리의 양들을 두고 길을 잃은 한 마리의 양을 찾아 떠났다고 했다. 그렇다. 정의를 상실한 99명의 사람보다 정의로운 한 사람인 청년 고인범을 구하여야 한다. 이대로 그냥 내버려두면 우직한 청년은 조직폭력배들에게 죽든지 사지의 일부가 망가져 평생을 불구로 살아야 할지 모른다.

청년은 젊음과 자기 주먹만 믿고 겁 모르고 불의에 대항할 것이다. 수단과 방법을 가리지 않고 상대를 제거하는 폭력조직의 실체를 청년은 모르고 있다. 폭력조직의 파괴는 사법권을 가진 공권력만이 할 수 있는데, 청년은 미련스럽게 혼자서 기업형 폭력조직에 맞서는 위험스런 모험을 하고 있다. 그래서 박 계장은 조폭 두목 김승배 사장을 찾아간 것이다.

청년의 집은 동네에서 많이 떨어진 외진 곳이다. 골이 깊고 수목이 울창한 산은 수량이 풍부하고 계류가 맑았다. 이 산은 지금도 군사 요충지로 사람의 출입을 통제하고 있는 곳이다. 그래서 지금도 울창한 숲이 우거져 있는 산 깊숙한 곳엔 야생동물이 서식하고 있을 것 같았다.

가난하고 소외된 사람들이 모여 사는 달동네에서도 외떨어진 집 두 채만 횅뎅그렁하게 있는 쓸쓸한 산야에 산 그림자가 서서히 황혼에 잠식되고 어둠 속을 타고 모기가 반소매 밖으로 나온 박 계장의 팔에 덤벼들었다.

박 계장은 손으로 모기가 물어 따끔한 곳을 때렸으나 이미 모기는 피하고 없었다. 구불구불 논배미를 내려오는 박 계장의 걸음이 오늘따라 무거웠다. 인범이라는 청년의 굴곡진 통절한 삶을 보았기 때문일까.

2

인범은 오늘 공사판에서 고된 노동일을 마치고 집을 찾아 항시 다니는 한적한 길을 걷고 있었다.

가진 자와 국가가 인정하는 학벌과 전문분야의 기술자만이 풍요롭게 살아갈 수 있는 냉혹한 현실에 가난한 자와 배우지 못한 무식한 사람이 살아갈 수 있는 유일한 방법은 육체적 막노동뿐이었다.

다행히 우리나라는 경제발전으로 국책 기간산업인 공장 건설과 아파트 공사가 많은 데 비해 단순 노동자의 부족으로 어디 가나 공사판에 가면 일거리는 있는 것이다. 인범은 동생들의 학비 보탬과 먹고 사는 데는 어려움이 없어 돈에 대한 집착은 하지 않았다. 무엇보다도 리비아에서 벌어 온 돈과 간첩 신고로 받은 포상금이 은행에 남아 있어 목수 일 대신 단순 노동일을 선택했다.

인범은 무더운 여름, 공사판에서 몸속의 수분이 다 빠져나가는 듯한 땀을 흘리는 고된 일을 마치고 시원한 지하수로 목욕을 하고 상쾌한 기분으로 노동이 빛나는 걸음으로 하루의 피곤도 잊고 집으로 오고 있었다.

박 계장이 인범을 만나지 못하고 황혼이 밀려드는 어둠을 밟으며 산을 내려오고 있는 저만치에서 인적이 드문 산길을 올라오는 사람이 보였다. 박 계장은 기다리던 고인범이 아닌지 유심히 보았다. 상대방에서 먼저 박 계장을 노려보고 있는 청년의 시선이 있었다. 키가 큰 낯익은 인범의 예사롭지 않은 날카로운 시선과 마주쳤다. 언제나 사람을 경계하는 습관이 되어 있는 인범이와 수사형사의 직업이 몸에 밴 박 계장의 예리한 눈이 한적한 길에서 빗나갈 수 없었다. 더욱이 인범을 기다리는 박 계장과 폭력배와 깡패들의 위협을 받고 있는 인범이가 한적한 거리에서 마주쳤는데 그냥 지나칠 수가 없었다.

인범이 먼저 박 계장의 온몸을 탐색하며 가까이 걸어오고 있었다.

"고인범 군이 맞군. 기다리다 내려가던 길일세."

"……"

박 계장의 밝은 미소를 뜨악하게 받아들이는 인범이의 예리한 시선이었다.

"고 군, 나 박 계장이야."

그제야 인범이 박 계장을 알아보고 예리한 시선을 거두고 박 계장이 내미는 손을 잡았다. 박 계장이 외진 이곳까지 자신을 찾아온 것은 뜻밖이었다. 그래서 진작 알아보지 못했던 것이다.

"계장님이시군요."

인범은 박 계장의 손을 잡으며 박 계장의 얼굴에서 무언가 찾으려고 했다. 박 계장은 유달리 큰 솥뚜껑 같은 인범의 손에 놀랐다. 이 청년의 손이 유달리 크다는 것을 지난번 악수에서는 느끼지 못했는데…….

"고 군, 별일 없었나? 나하고 이야기 좀 했으면 하네."

박 계장은 동네 쪽으로 걸어갔다. 인범은 오던 길을 되돌아 묵묵히 박 계장의 뒤를 따라 산길을 다시 내려갔다.

박 계장과 인범이 조그만 식당에 마주 앉았다. 수사관과 범죄 혐의자가 경찰서가 아닌 사석에서 대하니 개인적인 감정의 유대인지 묘한 감정에 젖어들었다. 인범은 박 계장을 유심히 보았다. 50대 중반의 박 계장은 형사라기보다 시골 초등학교 교장 선생님 같은 모습이었다. 넓은 얼굴이 웃으니 잇몸이 다 드러나는 수박 이빨의 인상이 사람 좋은 호남형이었다.

그러나 오랜 형사 생활에서 사람을 꿰뚫어 보는 예리한 눈매가 미소 뒤에 가려 있음은 몸에 밴 직업의식에서일까?

좁은 식당은 초저녁 시간이라 그런지 손님이 없었다.

"고 군, 우리 저녁 겸해서 술이나 한잔하세. 뭘 먹겠나?"

"아무것이나 먹겠습니다."

박 계장은 돼지 삼겹살을 시켜 놓고 인범이의 얼굴을 조용히 바라보았다.

표정없는 인범의 얼굴, 유난히 짙은 눈썹, 고요하게 맑은 눈동자, 두툼한 입술, 웃음을 잃어버린 얼굴에 그늘진 우수가 서려 있었다.

주인인 듯 나이 많은 남자가 가스 불을 켜고 돼지 삼겹살을 불판 위에 올려놓았다. 고기를 달구어진 철판에 올리니 지익 소리를 내며 익어가고 있었다.

"고 군, 한잔 들지."

박 계장은 인범의 소주잔에 소주를 부으려고 했다.

"아닙니다. 계장님이 먼저 잔 받으십시오."

인범은 얼른 소주병을 받아 쥐고 박 계장의 잔에 술을 붓고 자기 잔에도 소주를 따랐다.

"계장님, 전 술을 많이 못 합니다. 조금만 먹겠습니다."

인범은 술을 별로 좋아하지 않았다. 술은 사람의 정신과 육체를 마비시킨다. 그리고 술로 인해 말실수를 하여 상대방에게 자신을 비하시킬 수도 있고 상대를 불쾌하게 할 수도 있다. 그리고 육체의 마비로 기습공격을 당할 염려도 있기 때문이었다. 적이 많은 인범은 술을 적당히 마시는 습관이 몸에 배었다. 누가 아무리 집요하게 권해도 적정량 이상은 마시지 않았다. 술을 좋아하는 사람들 대부분은 함께 술을 마시는 상대에게 집요하게 술을 권한다는 것을 알고 있는 인범이기에 철저한 습관이 되어 있었다.

"그래 주량이 적어? 그럼 내가 많이 마셔야겠군."

인범은 약간 돌아앉아 술을 마셨다. 정면을 대하고 마시는 것은 어른에 대한 예의가 아니라는 것을 아버지를 일찍 잃은 인범이지만 알고 있었다. 그리고 박 계장에게 빈 잔을 내밀고 잔에 소주를 가득 부어 드렸다. 박 계장은 술을 좋아했다. 술은 사람과 사람의 굳어진 대화를 부드럽게 할 수 있는 것이다.

박 계장은 직장에서 하루 일을 마치고 부하 직원들과 술자리를 함께하면서 업무의 고충과 업무의 경직된 분위기를 술좌석의 책임 없는 대화 속에서 허심탄회하게 나눌 수 있기 때문에 직장의 연장으로 생각하고 술좌석을 자주 하다 보니 술꾼이 되어 버렸다.

박 계장은 대화의 자리에서 보통 듣는 쪽이지만, 인범이 워낙 말이 없고, 또 연령 차이에서 듣고 있는 입장을 이해했다.

박 계장은 인범과 대화에서 인범의 환경과 깡패와 맞서는 동기와 사유를 알고 싶었지만 말없이 박 계장의 입만 쳐다보는 과묵한 청년이라 다음으로 미루고 몇 가지 질문과 주의의 말을 할 수밖에 없었다.

"고 군, 며칠 전 밤에 폭력배의 기습이 있었지? 다치지 않았나?"

인범은 박 계장의 얼굴에서 무엇을 찾으려는 듯 박 계장의 얼굴을 유심히 보며 말했다.

"그건 어떻게 아셨어요?"

"고 군, 왜 자네는 폭력배들에게 겁도 없이 싸움을 하는가?"

"……."

"고 군, 자네는 무술의 고단자지? 그리고 자네 스스로 싸움판에 뛰어든 거지?"

"……."

인범은 긍정도 부정도 아닌 묘한 미소를 머금었다.

"대답 안 해도 좋아. 언젠가는 알 수 있겠지. 자네는 아무렇게나 싸움판에 뛰어들 사람이 아니야. 명분 없는 싸움 말일세."

"계장님, 우리나라는 치안을 담당한 경찰이 왜 깡패, 소매치기, 날치기, 강도들이 백주대로에서도 설치는 무법천지의 치안 부재 상태를 좌시만 하고 있습니까?"

"고 군, 미안하네. 국록을 받는 우리가 자기 임무를 다하지 못하여 국민들이 민생치안 부재로 공포와 불안 속에 살아가는 오늘의 현실을 뜻있는 치안 책임자들도 개탄하고 있다네. 그러나 고군은 지금 가장 소중한 것, 고 군의 몸과 생명을 보호해야 하네. 사람은 나면서부터 생존권을 갖고 태어났고 행복할 권리가 있다네. 이런 때일수록 자중자애하면서 하나밖에 없는 생명과 부모가 물려준 몸을 안전하게 지키는 것이 중요하다네. 젊은 객기의 의협심으로 위험한 싸움에 뛰어들지 말게."

"……."

박 계장은 여러 가지 말을 하고는 처연한 얼굴로 초점 없는 시선으로 어두움이 짙게 묻어오는 창밖을 바라보았다.

인범은 박 계장의 긴 말을 가만히 듣고 있었다. 박 계장의 말은 인범이가 살아가는 데 유익한 말이었다. 그러나 위험한 싸움에 관여하지 말라는 박 계장의 말을 인범은 따를 수 없었다. 인범은 아버지의 원수를 갚기 위해 싸움을 하고 싸움을 배우는 것이다. 실전을 하지 않고 싸움을 잘할 수 없었다. 그래서 듣고만 있었다. 그리고 무엇보다도 아버지가 날치기들에게 맞아 죽었을 때 젊은이들이 아무도 도와주지 않았기 때문에 아버지가 죽었다고 생각하여 자신은 범죄인과 맞서는 것을 박 계장이 모르고 있는 것이다.

인범은 긴 이야기를 끝내고 처연한 얼굴로 창밖을 바라보고 있는 박 계장의 얼굴을 물끄러미 바라보았다. 자세히 보니 박 계장은 귀밑에 흰 머리가 희끗희끗 돋아나 있었고 눈 밑에 잔주름이 많았다. '아, 박 계장님도 많이 늙으셨구나!' 인범은 박 계장의 빈 술잔에 소주를 부어주며 말을 했다.

"계장님, 그럼 범죄꾼에 의해서 선량한 시민이 희생되고 폭력배, 강·절도, 날치기, 소매치기 같은 범법자들이 활개 치는 이 사회를 방치하시렵니까?"

"……."

"검찰과 경찰의 본연의 의무는 무엇입니까?"

"……."

박 계장은 고 군의 말에 아무 말을 못했다. 치안을 단속하는 경찰은 이미 사실을 너무나 잘 알고 있었다. 그러나 치안을 하루아침에 척결하고 정화시키기엔 경찰이 복지부동이었고 오랫동안 묵은 적폐였다.

"계장님마저 이러시면 이 나라의 치안은 어찌 되는 것입니까?"

이 청년은 민생치안을 책임진 경찰 공무원들이 적당하게 안주하려는 복지부동의 정신 자세와 근무 자세를 지적하고 시정을 요구하고 있는 것이다.

"미안하이. 내가 잘못했네. 그러나 자네는 안 돼. 사회의 암적인 그들 범죄 집단을 방대한 공권력의 힘을 가진 우리 경찰마저 그들을 뿌리 뽑지 못하고 있네."

"계장님, 불의를 보고도 몸을 아껴 오래 살고 싶지 않습니다."

"그래도……."

인범은 정의감이 투철한 어느 소설가의 소설에서 가슴에 닿는 한 구절이 떠올랐다.

사람답게 살아라.
비록 고통스러울지라도
불의에 타협한다든지
굴복해서는 안 된다.
그것은 사람의 갈 길 아니다.

인범은 아버지와 어머니가 날치기에게 죽임을 당하고 나서 이 글이 주는 교육적이고 교훈적인 인간훈의 뜻을 가슴에 새겨 자신을 다스리고 도덕적인 삶의 지표로 삼으면서 살아가고 있었다.

'아! 이 청년은 세속적인 여느 젊은이와는 다르구나!' 이 청년은 범접하지 못할 인간의 참된 삶의 철학과 진리를 갖고 살아가고 있다는 것을 알았다.

박 계장은 고 군이 무언가 하고 싶은 말을 망설이고 있는 것을 알았다.

"고 군, 무슨 말이든 하게. 오늘 우리 마음을 열고 이야기하세. 모든 걸 이해하겠네."

"계장님, 금번 학원폭력 척결에 한시적이 아닌, 항구적인 대책이 있었으면 합니다."

"좀 더 구체적으로 말해줄 수 없겠나?"

"……."

인범은 시선을 낮은 천장에 고정시키고 무언가 골똘한 생각에 잠겨 있었다. 그사이 식당에 손님들이 들어와 있었다. 한여름 하루의 노동에 빛나는 노동자들이 때와 땀에 절은 텁텁한 옷에서 냄새를 풍기면서 시끌벅적한 이야기를 나누며 술판을 벌이고 있었다.

"고 군, 계획이 있으면 말해 보게."

"계장님이 나서서 경찰과 학교, 동회와 연대해서 관내 아니, 이 동네만이라도 학교 주변에서, 그리고 교내에서 학원폭력이 없어지도록 정화하여 주십시오. 그리고 이웃과 서로 연대해서 강절도를 예방하고 퇴치할 수 있도록, 이웃을 모르는 각박한 이 사회에 서로 친목하고 돕고 사는 가까운 이웃이 되는 계기를 조성해 보십시오. 화재나 강절도의 돌발 사건에 이웃이 가장 가까운 거리이고 인적자원이 아닙니까? 이웃도 외면하고 사는 삭막한 이 사회가 참으로 안타깝습니다."

박 계장은 이 청년에게서 자신이 생각하지 않았던 지혜와 지모가 담겨진 지식에 아연 놀랐다. 이 청년은 주먹과 의협심만 있는 것이 아니고, 현실에 맞는 사회적 행정론을 창출하고 도출해 내는 식견도 논리도 있었다.

이는 오로지 학력적인 지식에서보다는 사회적 삶의 고충 속에서 비롯한 관심사에서 얻어진 정론과 치국의 지식인 것이다. 아이들에게서도 배울 게 있다는 격언이 생각이 났다. 박 계장은 일류대학 법대를 졸업하고 이 청년보다 사회생활을 더 많이 하고 또 민생치안에 역점을 둔 전문 직종에 근무하면서도 이런 착안을 창출해 내지 못하고 타성에 젖어 복지부동의 직장생활을 하고 있는 자신을 발견하고 자괴를 금치 못했다. 그렇다! 바로 이거다. 박 계장은 가슴 내부에서 쾌재를 불렀다.

"고 군, 미안하네. 내가 기성세대, 그리고 수사관답지 않게, 그리고 민생 치안 책임자의 한 사람으로서 자네의 정의로운 정신에 혼돈을 준 것 같네. 나는 자네의 바른 정신에 부끄러움을 금치 못하겠네. 고 군처럼 나도 치안 의 기수가 되어 정의롭게 나의 직분에 충실하겠네."

박 계장은 술을 마셔서 그런지, 또는 인범이의 이야기에 감동되어 그런 지 얼굴에 홍조를 띠고 무엇에 흥분돼 있었다.

"계장님, 죄송합니다. 저의 말에 실수가 있었던 것 같습니다."

"아닐세. 고 군 자네의 지론에 감동했네. 자네가 무엇을 요구하고 있는 지, 그리고 고 군에 의해서 내가 할 일이 무엇인지 알았네! 자, 우리 나가 세. 내가 우둔했네."

"계장님, 혹시 소매치기와 날치기의 계보를 알 수 있습니까?"

"그야 꼭 알려면 알 수 있지. 고 군, 그건 왜 묻지? 소매치기와 무슨 문 제가 있는 거야?"

"사람을 찾았으면 합니다. 계장님, 11년 전 날치기 중에 턱이 유난히 뾰 족하고 왼쪽 턱 위에 칼자국 흉터의 신체적 특징이 있는 사람입니다. 그때 의 나이가 32, 33세 정도 된 것 같았습니다."

"꼭 찾아야 하나?"

"네, 반드시 찾아야 합니다. 꼭 부탁합니다. 가능한 빨리요."

"알아보지. 좀 오래 걸릴 거야, 무슨 깊은 사유가 있나?"

"……."

박 계장은 이 청년과 그 범죄인과의 사이에 무슨 원한관계가 있을 것이라 생각했다. 그러나 11년 전이라면 저 청년은 아직 어릴 때인데? 박 계장은 묻지 않았다.

인범은 아버지를 죽이고 자신을 황량한 사막에 알몸으로 던져버린, 가난의 족쇄를 채우고 처절한 고통의 나락으로 빠지게 한 뼈에 사무친 원한을 잊을 수가 없었다. 이렇게 말하는 인범의 눈빛에 형형한 광채가 나고 얼굴에 서기가 서려 있음을 보았다.

"……."

박 계장은 순간적으로 변하는 인범이라는 청년의 무섭게 빛나는 안광과 얼굴을 놓치지 않고 보면서 섬뜩함을 느꼈다.

'아! 이 청년의 비극적인 운명이 날치기와 연관이 있구나!'

이 청년이 찾는 날치기를 찾아주어야 하나 덮어두어야 하나, 잠시 망설였다. 날치기를 찾아주면 자기의 생명을 걸고 죽일지도 모른다는 생각이 설핏 들면서, 날치기의 소재를 찾아주는 것이 오히려 이 청년의 장래를 망치게 하는 결과가 될 것이라고 오랜 수사형사의 직감에서 느낄 수 있었다. 박 계장은 이 청년이 말하는 날치기의 소재를 알려 주어서는 안 된다는 결론을 내렸다.

3

박 계장은 인범에 의해서 자신이 해야 할 계획이 머리에 샘솟듯 솟아났다.

어느덧 여름밤은 깊어만 가고 있었다. 인범과 헤어진 박 계장의 머리는 맑고 발걸음은 가벼웠다. 고개를 젖혀 하늘을 보았다. 아득한 하늘 저편에 무수한 별꽃이 반짝이고 있었다. 작은 행성 하나가 지구보다 크다는 믿어지지 않는 불가사의한 우주의 신비를 간직한 밤하늘은 침묵하고 있고, 그 침묵하는 밤하늘에 비운의 인생을 살아가는 고인범이란 청년의 얼굴이 명멸했다. 왜 이 청년은 하나밖에 없는 목숨을 던져 범죄가 만연한 잔인하고 잔학하고 삭막한 이 사회를 범죄인들로부터 구하고자 자기 인생을 포기한 안타까운 삶을 살아가고 있을까?

이 청년은 희대에 걸출한 걸물이다. 나는 이 청년의 삶을 계속 지켜보고 싶다. 이 청년의 괴이한 소설 같은 인생의 미로를……

박 계장은 다시 밤하늘을 쳐다보았다. 은하수의 계곡엔 무수한 별들이 빠져 있었고, 그 은하수 옆에 초승달이 희미하게 비치고 있었다. 별들은 저렇게 많은데 달은 왜 하나밖에 없을까? 그리고 저 광대무변한 우주에 저 작은 별보다 작다는 달이 태양빛을 받으면서 지구에 가려 초승달로, 반달로, 만월로 변화하면서 지구 주변을 공전한다니 그 신비에 다시 한 번 매료되었다.

수없는 인간 군상들이 질펀히 넓은 황량한 들판을 침묵으로 걷고 있었다. 사람들은 모두가 시신 같은 창백한 얼굴들이고 모두가 태양을 따라 동쪽에서 서쪽으로 두 발로 걸어가고 있는데 유독 고인범이란 청년만 반대로 서쪽에서 동쪽으로 거꾸로 물구나무를 서서 발이 아닌 손으로 걸어오고 있었다. 반대쪽에서 오는 사람과 부딪쳐 넘어져도 바로 서서 걷지 않고 고집스럽게 또 물구나무를 서서 거꾸로 걷고 있었다. 넓은 들판인데도 앞사람이 지나간 발자국을 따라 걷고 있었다. 묘하게도 구불구불하지 않고 직선으로 잘도 걷고 있는 것이 이상스러웠다. 인범은 힘이 부치는지 비틀거리고 반대쪽에서 오는 사람과 자꾸만 부딪치니 지나가는 사람들이 '인마, 바로 걸어!' 하며 우르르 달려들어 뭇매를 가했다. 말은 하는데 소리는 나지 않았다. 인범의 입에서는 피가 터지고 얼굴이 악귀같이 변했다.

"안 돼, 안 돼! 그 청년은 정신이 병든 사회를 정화시킬 사람이야. 때리지 마!"

박 계장이 악착같이 말리니 이번엔 박 계장에게도 발길질 주먹질이 무수히 난무했다.

"아악!"

박 계장은 잠이 깨었다. 꿈이었다. 몸이 부실한지 식은땀이 온몸에 흥건하게 옷을 적셨다. 왜 인범이란 청년이 나의 꿈에 나타나는지, 인범이가 그사이에 나의 뇌리에 깊이 각인되었단 말인가. 고인범이가 나의 인생에 어떤 변화를 가져올 것인지 꿈이 우연인지 꿈의 예시가 불행의 전조인지, 행복의 전조인지? 인범이란 청년이 왜 나의 인생에 동반하고 있는지? 길조와 흉조의 예감이 교차되었다.

눈물같이 슬픈 초승달이 희미하게 창을 비추고 밤을 외롭게 지키고 있었다. 박 계장은 머리맡의 시계를 보았다. 시계 초점은 두 시를 조금 지나고 있었다. 희미한 불빛에 비치는 아내는 고단한지 느낌을 지르르 흘리고 깊은 잠에 빠져 있었다. 가련한 아내, 박봉의 남편을 만나 고생만 하는 아내, 청렴한 공무원상이 무언지 일류 대학 나오며 별이라도 딸 줄 알고 시집왔는데……. 그래도 불평불만 없이 내조하는 아내의 잠든 얼굴을 박 계장은 물끄러미 바라보았다. 가만히 이불을 끌어당겨 덮어주고 주방으로 나갔다. 어제저녁 고인범을 만나 술을 과음했는지 갈증이 났다. 물을 마시고 식탁에 앉으니 어제저녁 고인범과의 대화에서 나눈 학원폭력 척결의 방법이 떠올랐다.

박 계장은 어느덧 잠은 달아나고 희미한 달빛이 비치는 창밖을 응시한
채 폭력 근절 구상에 몰입했다.

학원폭력근절 운동

1

다음 날 박정웅 계장은 학원폭력근절을 위한 세부적인 계획을 세우고 있었다. 먼저 경찰서장과 형사과장과 의논하여 학원폭력근절에 적극 지원을 하겠다는 약속을 받았다. 박 계장은 교장과, 학생주임, 그리고 학생 간부들과도 의논을 했다. 또 동장과 청년회장도 만났다.

박 계장의 주도하에 인범과 깡패와의 충돌 사건으로 인해서 학원폭력 소탕 작전 계획이 교장, 교직원, 학생회, 경찰, 청년회가 조직되어 경찰의 지원하에 동 단위 청년을 중심으로 학원폭력근절 정화위원이 발족되고, 중학교 고등학교 학생회에서도 참여하게 되었다.

드디어 박 계장이 계획해 왔던 조직활동이 발족하는 날이었다.

배성고등학교 교문에는 학부모, 동장, 통반장, 그리고 기업대표, 경찰간부 등 많은 내빈들이 들어서고 있었다.

전교생에게도 이날은 결석을 못 하도록 통지되어 있었다. 전교생들과 많은 내빈들과 동민, 그리고 학부모들이 운동장을 꽉 메워 분위기는 한결 고무돼 있었다. 대부분의 학생들은 오늘 어떤 행사가 있는지를 알고 모두가 들뜬 얼굴을 감추지 못하면서 긴장한 얼굴을 하고 있었다.

전교생의 전면엔 임시 마련한 걸상에 내빈들이 앉았고, 학생들은 질서

정연하게 도열해 있었다. 전면에 앉은 내빈들도, 운동장에 도열해 있는 학생들도 엄숙한 분위기에 압도되어 숙연해져 있었다.

오늘 행사 진행을 하는 사회자 박지관 선생님이 운동장 조례대에 설치된 마이크 앞에 나와, 운동장에 만장한 학생들과 내빈들을 휘둘러보면서 아, 아 하며 목소리를 가다듬어 마이크를 시험하고 있었다.

드디어 식이 시작되었다. 사회자 박지관 선생님이 먼저 내빈들이 앉아 있는 뒤를 돌아보았다. 그리고 잔뜩 긴장하여 도열해 있는 학생들을 한참 동안 아무 말 없이 응시했다.

"오늘은 학원폭력근절을 위해 학교와 학부모, 그리고 동민들과 경찰서가 유기적 연대로 대책을 강구하는 행사를 하려고 합니다. 현재 우리나라에서는 많은 학생들과 학부모들이 학원폭력에 시달리고 있습니다. 그래서 오늘 우리는 전국에서 제일 먼저 학원폭력근절 대책을 강구하고자 손운식 서장님과 배성동 동장님과 통반장님 그리고 관내 기업 대표님들, 학부모님들을 모시고 학원폭력근절 대책을 강구하고자 자리를 마련했습니다. 먼저 식순에 의해서 학원폭력근절 대책위원장이신 김진수 교장 선생님이 단상에 올라오시겠습니다."

교장 선생이 단상에 올라오기 전 내빈들에게 가벼운 목례를 하고 근엄한 표정으로 단상에 올라와 학생들과 내빈들을 훑어보았다.

"먼저 학원폭력근절에 중추적 역할을 할 본교 운동부원들의 입장이 있겠습니다."

악대부의 경쾌한 팡파르가 울리고 첫 순서로 20여 명의 축구부원들이 학생과 내빈들 사이로 입장을 하면서 선두가 '내빈님께 경례!' 하는 구령을 내렸다. 이어서 야구부, 테니스부, 검도부, 태권도부, 유도부 부원들이 각각 유니폼을 입고 늠름한 모습으로 많은 박수를 받으며 입장을 했다.

교장 선생과 경찰서장, 동장, 육성회 회장, 청년회 회장이 대표로 일어나 거수경례를 하고 사열을 받았다. 이어서 학교 근처의 합기도 도장, 태권도 도장, 권투 도장의 관원들과 관장, 사범들도 도복을 입고 사열에 참여했다. 그리고 이웃 학교 학생 대표와 운동부 주장들도 참여했다.

학생들과 내빈들도 거창하게 진행되는 오늘 행사의 중요성에 압도된 엄숙한 분위기에 숨소리마저 죽이고 진행을 지켜보고 있었다.

"김진수 교장 선생님께서 이런 자리를 마련하게 된 동기와 취지를 말씀하시겠습니다."

"차렷!"

"교장 선생님께 경례!"

"열중쉬어!"

대대장의 우렁찬 목소리가 운동장에 울려 퍼졌다.

교장은 보통 때와는 달리 학생들의 얼굴을 한참 주시하고 양쪽 내빈들을 향하여 정중히 고개 숙여 인사를 하였다.

"먼저 학교와 이 동네에서 학원폭력근절과 범죄 예방 대책을 마련하기 위해 이 자리를 만들어 주신 손운식 경찰서장님과 경찰 관계자 여러분께 감사의 말씀 드립니다."

교장 선생은 돌아서서 내빈들이 앉은 자리를 향하여 머리 숙여 인사를 하고 돌아서서 다시 하던 연설을 계속했다.

"오늘 여기 오신 육성회 회장님과 동민 여러분, 학부모 여러분 그리고 경찰서장님과 경찰관, 동장님, 통반장 여러분, 바쁘신데도 불구하시고 학원폭력근절을 위하여 이렇게 많이 와 주셔서 대단히 감사합니다. 오늘은 사회자 선생님 말씀과 같이 학원폭력근절 대책을 강구하고자 이렇게 모였습니다. 지금 우리나라는 학원폭력이 만연되어 학생들이 안심하고 학교에 다닐 수도 없습니다. 학부모님들도 자식을 학교에 보내 놓고 집에 올 때까지 초조하고 불안한 마음으로 가슴 졸이며 하루를 보내고 있는 안타까운 오늘의 이 현실을 부인할 수 없습니다. 우리 학교 당국도 알고 있습니다. 그러나 무능한 저희들은 어떤 대책도 마련하지도 근절시키지도 못하였음을 사과드립니다."

여기까지 연설을 한 교장은 한참이나 학생들과 내빈들을 둘러보고 연설을 계속했다.

이 말을 듣는 손운식 경찰서장은 서장인 내가 사과할 말을 교장이 하고 있다고 생각하면서, 치안을 잘못한 책임을 통감했다.

"먼저 며칠 전에 우리 학교 학생들과 관계된 폭력 사건이 발생한 것에 대해서 부끄러운 사실을 밝히지 않을 수 없습니다. 우리 학생이 단 몇 명의 깡패들에게 얻어맞고 돈을 빼앗기고 공포와 불안에 떨고 있을 때 경찰 당국과 우리 학교는 그 피해 학생들을 보호하지 못했습니다. 이 점 모든 학생들을 보호할 책임과 의무가 있는 교장인 저의 불찰이었음을 진심으로 사과드립니다. 죄송합니다. 그러나 경찰과 학교 당국이 책임을 다하지 못하는 동안 깡패로부터 우리 학생을 보호하고자 분연히 뛰어든 용감한 한 청년이 있었습니다. 며칠 전에 일어난 사건이었습니다. 우리 학생 여러 명이 깡패들에게 잡혀 얻어맞고 돈을 빼앗기는 현장을 보고 학생들을 구하려고 깡패들의 무리 속에 한 청년이 뛰어들었습니다. 놀랍게도 그 청년은 오직 혼자였습니다. 그 청년은 학생들을 먼저 피하게 하였습니다. 그러나 학생들은 청년과 함께 싸우겠다고 피하지 않으려고 했답니다."

교장은 며칠 전 인범이가 깡패들과 싸운 그때의 상황을 상세히 말하기 시작했다.

학생들과 동민들은 직접 보았거나 이야기를 들은 것이라 지겨워했다.

교장의 긴 연설이 끝났다. 이 깡패들과 청년과의 싸움 이야기는 생동감 넘치는 한 편의 드라마였다. 이 이야기를 듣고 감동을 받은 학생들과 내빈들에게서 우레와 같은 박수가 터져 나왔다.

"다음은 손운식 서장님의 말씀이 있겠습니다."

보통 키에 얼굴이 희고 안경을 쓴 이지적으로 생긴 몸이 가냘픈 경찰서장이 조례대에 올라와 학생과 내빈께 인사를 하고 맑은 목소리로 연설을 시작했다.

"오늘 이 자리에 앉아 있는 것만 해도 송구스러운데 연단에 서서 여러분을 마주 대하게 되니 매우 송구스럽고 부끄럽습니다. 이 지역에 치안을 책임진 제가 치안을 바로하지 못해 학원폭력과 각종 범죄로 육체적, 정신적, 금전적으로 피해를 드린 데 대해서 진심으로 사과의 말씀 드립니다. 조금 전 교장 선생님께서 학원폭력에 사과 말씀하셨습니다만 치안을 맡은 제가 사과를 해야 할 것임을 밝혀드리고 학교 당국과 학부모 동민께 진심으로 사과의 말씀드립니다."

서장은 학생들에게 고개 숙여 사과의 인사를 하고 돌아서서 교장 선생님과 모든 내빈들에게도 머리를 숙이고 말을 이었다.

"제가 말씀드리고자 하는 내용은 교장 선생님의 내용과 거의 같아 중복됨을 피하기 위해 생략하겠습니다. 다만 앞으로 관내 기업 대표님들의 협조를 받아 사무실을 설치하고, 학원폭력 전담형사와 경찰을 차출하여 우범지역에 상주시켜 이 동네에서만이라도 폭력이 근절되도록 치안에 최선을 다하겠습니다. 감사합니다."

동장과 기업 대표에 이어 학부모 차례가 되었다. 어느 부인이 조례대에 올라가고 있었다.

"무슨 축사를 또 하려고 해."

불만의 말을 하는 사람이 있었다.

"저는 지난해에 학원폭력에 시달림을 견디다 못해 이민을 떠난 한 학생과 학부모에 대해서 이야기하고, 그 편지 내용도 낭독하겠습니다. 이 편지는 신문에서 이미 읽어 보신 분도 있으리라 생각됩니다. 이 편지는 지난해 2월 사회에 큰 충격을 던졌던 한국판 '이지메' 사건의 피해자인 서울 인하고교 장모 군(17)의 어머니가 한국에선 더 이상 살 수 없다며 조국의 고향 산천과 친지들을 두고 미국으로 이민할 결심을 하고 이민을 가면서 보낸 편지입니다."

부인은 편지 내용을 애상하고 애잔한 목소리로 차분하게 말하기 시작했다.

"이 편지를 쓴 학부형은 서울 ㄱ 초등학교 학생을 둔 학부형 최숙자라는 분이었습니다. 이 부인은, 우리 가족은 조국을 두고 폭력 없는 나라로 이민을 떠난다며, 다시는 이 땅에 폭력이 없기를 바라며 우리와 같은 피해자가 없기를 바란다고 했습니다. 그러면서 대통령을 비롯해서 각계에 눈물의 호소문을 보냈다고 했습니다. 아들은 폭력 학생들에게 시달려 정신병으로 병원을 전전하면서 불안과 공포에 떨었습니다. 아들은 폭력 학생들이 너무나 무섭다며, 오직 이민 가자고 졸랐답니다. 어미인 자기도 남편도 자식이 애처로워 더 이상 버티어 낼 힘이 없었다고 했습니다.

최 씨가 쓴 장문의 편지는 한국판 이지메에 경종을 울리는 슬프고도 생생한 고발이 담겨 있었습니다. 최 씨는 선천성 심장병을 앓던 아들이 학교에서 엄청난 고통을 당하고 있다는 사실을 언론에 보도되기 5개월 전에 알았다고 합니다. 시퍼런 멍투성이의 몸으로 돌아온 아이에게 물었더니, 아들은 거의 하루도 거르지 않고 친구들에게 맞았다는 끔찍한 사실을 털어놨습니다. 원산폭격, 컴퍼스로 손등 찍기, 도시락에 침 뱉기……, 뜀박질도 못 하는 등신이라고 놀리며 괴로움을 당했다고 합니다.

최 씨의 신고로 폭행을 주도했던 동급생 5명은 처벌을 받아 소년원에 보내졌지만, 친구를 잡아먹는 놈이라는 다른 학생들의 손가락과 따돌림은 계속되었고 여전히 아들은 고통을 받았답니다. 게다가 소년원에 갔던 학생들이 출소한 지난해 말, 학교 근처에 그들이 가끔 온다는 이야기를 들은 후 호신용 가스총까지 마련했지만, 학교 가기가 두렵다며 이모가 있는 미국으로 이민 가자고 졸라, 최 씨는 가족회의 끝에 결국 이민 가기로 하고 이달 초 학교에 자퇴원을 냈다고 합니다. 장 군의 소식을 들은 담임교사는 '장 군은 본래 소심은 했지만 그래도 명랑하였는데, 깡패들의 시달림으로 명랑하던 장 군에게 음울한 그늘이 지기 시작했고 되도록 친구들과 멀리하려는 경향이 보이고 고립되더니……, 폭력 학생의 공포에서 벗어나지 못하고 결국 이민의 길을 선택했다.'고 안타까워했습니다."

학생들과 내빈들은 이 슬픈 사연을 학부모의 애상하고 애잔한 목소리를 들으면서 분위기는 숙연해졌다.

이민을 간 학부모의 이야기를 하고 내려가는 학부모도 학생들도 내빈들도 분노와 슬픔으로 가득 차 있었다.

다음은 학생회장의 차례였다.

"존경하는 교장 선생님 이하 모든 선생님, 그리고 경찰서장님과 경찰 간부님, 동장님, 동 유지님, 모든 학부모님, 또 이 자리에 참석하신 여러분께 저희 학생들을 위해서 학원폭력근절에 노심초사하여 주시고, 또 학원폭력 근절 대책을 마련하여 주심에 전교생을 대표해서 감사의 말씀 드립니다. 교장 선생님, 경찰서장님과 학부모님, 그리고 어르신들의 교육적이고 교훈적인 말씀과 폭력 학생 때문에 조국을 떠나야 했던 학생과 그 가족의 아픔을 듣고 저희들의 가슴은 너무나 아픕니다. 같은 세대에 가장 가깝게 학교와 교실을 함께하는 우리 학생들 중 극소수의 비행학생들로 인해 조국을 떠나야 하고 학업을 중단하는 학생이 있는가 하면 심지어 자살이라는 극단적인 행동으로 하나밖에 없는 생명마저 부숴 버리는 학생들이 있습니다. 이런 학생들과 조국을 떠나야 하는 학생들을 우린 이젠 더 이상 방관만 하고 남의 일처럼 외면할 수도 없고 외면해서도 안 됩니다. 자기하고는 아무 관계가 없는데도 우리 학생을 보호하고 구하려고 위험도 무릅쓰고 분연히 뛰어든 청년의 정의로운 용감한 정신을 본받아 이젠 우리가 우리 학생들을 보호하고 구하는 데 앞장서 학원폭력을 소탕합시다."

학생회장은 마지막 대목에 가서 큰 소리로 외쳤다.

"옳소! 폭력 학생 소탕하자! 깡패를 소탕하자!"

구호를 외치자 운동장이 떠나갈 듯 전교생이 일시에 큰 소리로 외쳤다.

"폭력 학생 소탕하자. 깡패를 소탕하자!"

"폭력 학생 죽이자. 깡패 죽이자. 깡패들을 소탕하자!"

구호를 외치며 흥분한 몇 학생이 앞으로 뛰어나와 주먹을 쥐고 구호를 연호하며 외치기 시작했다.

순식간에 2,000여 명의 전교생이 일시에 격렬하게 구호를 연호하기 시작했다. 질서정연했던 도열이 무너지고 흥분한 학생들이 움직이기 시작하자 살벌한 분위기가 확산되면서 무슨 일이 일어날 것 같았다. 당황한 교장 선생이 벌떡 자리에서 일어났다. 경찰서장도 벌떡 일어났다. 제지하지 않으면 흥분한 학생들의 감정이 폭발하여 소요가 일어나고 폭동으로 변할 것 같은 기미가 엿보였다.

교장의 청년의 싸움 이야기가 의협심이 강한 학생들을 자극하게 되었고 학부모의 이민을 떠난 학생 이야기로 분노가 폭발 직전이었으며 학생회장의 학원폭력 학생과 깡패들을 소탕하자는 선동 같은 외침이 학생들을 흥분시켜 폭발 직전의 상태였던 것이다.

교장과 학부모, 학생회장의 표현방법이 학생들을 자극하여 평소 폭력 학생들에 잠재한 적개심을 유발시킨 도화선이 된 것이다.

"폭력 학생 색출하자!"

"깡패 놈들 죽이자!"

"경찰은 깡패를 소탕하라!"

학생들은 격렬한 구호를 외치며 행동으로 표출할 선동자의 돌출을 기다리고 있었다.

깡패와 학원 내 폭력 비행학생들을 방치한 경찰에 대한 불만에 흥분한 학생들이 폭발의 조짐을 보이면서 걷잡을 수 없는 상황이 벌어질 순간이었다.

교장과 경찰서장이 연단으로 동시에 뛰어 오르려는 순간이었다.

이때다. 지금까지 가만히 있던 박 계장이 부리나케 일어나 교장과 경찰서장을 제자리에 급히 돌려보내고 재빠른 동작으로 조례대에 뛰어 올라갔다. 그리고 마이크를 잡고 노래를 우렁차게 부르기 시작했다.

동해물과 백두산이 마르고 닳도록
하느님이 보우하사 우리나라 만세
무궁화 삼천리 화려한 강산
대한사람 대한으로 길이 보전하세

무언가 폭발 대상을 찾아 터질 일촉즉발의 순간에 갑자기 마이크에서 굵고 우렁찬 애국가가 울려 퍼졌다. 학생들은 순간적으로 흥분은 했지만 행동으로 표출시킬 리더가 없어 우왕좌왕하는 사이, 애국가 소리에 소요가 일시 중단되고 조례대에서 지휘봉 대신 볼펜을 쥐고 애국가를 지휘하며 열심히 애국가를 부르는 박 계장을 바라보고 있었다. 다행한 것은 악대부에서 애국가에 반주를 맞추어 주고 있었다. 노랫소리는 우렁차고 엄숙하게 온 운동장에 울려 퍼지고 있었다. 학생들은 자기들이 소요한 행동의 지침이 무엇인지를 알았는지 지휘자의 노래에 따라 처음엔 몇 명의 학생들이 애국가를 따라 부르기 시작하더니 차츰 많은 학생들과 일부 내빈들이 한 사람 두 사람 자리에서 일어나 따라 부르기 시작했다.

조금 시간이 지나면서 모든 사람들이 자리에서 일어나고 전교생도 흥분된 감정을 애국가로 발산이라도 하듯 목청을 높여 애국가를 부르기 시작했다. 운동장을 꽉 메운 학생과 내빈들의 노래는 우렁차고 경건하고 엄숙하게 운동장에 울려 퍼지고 있었다.

어느덧 애국가는 3절이 반 이상 불렸고 애국가가 거의 끝날 무렵 손갑헌 음악 선생이 조례대에 뛰어 올라갔다. 손갑헌 선생도 박 계장이 애국가를 부르는 이유를 알기 때문에 학생들의 흥분된 감정을 좀 더 진정시킬 생각이었다. 애국가가 거의 끝나자 손갑헌 선생이 박 계장의 마이크를 받아 쥐면서 배성고등학교 교가를 부르기 시작했다. 성악을 전공한 손갑헌 선생의 풍부한 성량의 아름다운 목소리가 전교 학생들의 노래와 함께 교정과 운동장에 더욱 크게 울려 퍼지고 있었다.

조례대를 내려온 박 계장은 긴장이 풀리니 현기증이 오면서 땅과 하늘이 빙 도는 증세를 느끼며 이마에 손을 얹으며 중심을 잃고 넘어지고 있었다. 옆에 있던 손운식 경찰서장이 박 계장을 얼른 잡아 주었다. 박 계장은 경찰서장이 잡아 주어 넘어지지 않고 간신히 자리에 앉았다. 경찰서장은 박 계장의 어깨를 가볍게 두드려 주었다.

위급한 상황에서 기상천외한 박 계장의 순간적 기지로 전교 학생의 소요와 폭동을 억제할 수 있었다. 만약 박 계장의 기지가 없었다면, 반국가적 이데올로기를 가진 운동권 학생이나 내빈들 중에 단 1명이라도 흥분한 학생들을 선동하여 사회 치안의 문란, 범죄 급증의 책임과 학원폭력을 방치한 책임을 물어 경찰을 표적으로 과격한 행동이나 구호로 변질되었다가 난동이 확대되고 가두 진출을 하여 데모로 진행되었다면, 오늘 학생과 학부모를 동원하여 이 집회를 가진 경찰이 책임을 져야 할 것이다. 깡패를 근절시키지 못한 학원폭력의 책임을 학교 측에만 전가시킬 수가 없었다.

전국의 언론이 대대적으로 경찰의 무능과 직무유기를 폭로할 것이고,

폭동의 책임을 경동경찰서가 져야 하고 그 중심에 있는 서장이 져야 할 것이다.

경찰의 무능을 우리 경찰서가 아닌 박 계장 자신의 실책으로 언론의 도마 위에 올라져 난도질을 당할 것이 자명했다. 박 계장은 생각만 해도 아찔했다. 박 계장이 서장에게 학원폭력근절 계획을 의논하여 이 집회를 주도 주관한 실질적인 책임자였다.

안도의 한숨이 절로 나왔다. 학생들은 교가를 마치고 있었다.

박 계장은 서장 자리에 있는 물을 한 컵 가득히 마셨다. 정신이 들었다. 애국가의 곡과 가사를 열심히 외워 부하 직원들에게 열심히 가르쳤던 결과가 오늘 엉뚱한 곳에서 실효를 보았다.

조례대 쪽을 보자 손갑헌 선생이 눈으로 마이크를 받으라는 눈짓을 하고 있었다. 박 계장은 고개를 끄덕이고 얼른 일어나 조례대로 올라가 마이크를 받았다.

다시 긴장이 되었다. 이 순간부터 중요하다는 것을 알았다.

'지금부터 본론에 들어가야 한다.' 박 계장은 얼른 마이크를 받아 쥐고 손을 높이 올려 많은 박수를 유도하는 제스처를 취했다.

학생들도 내빈들도 우레와 같은 박수를 쳤다. 애국가와 교가를 우렁차게 부르고 난 후의 감격의 여운이 박수로 표현되었다. 박수가 끝나 조용해지기를 기다렸다. 학생들은 교가를 부르고 난 후 냉정을 찾고 있었다. 박 계장은 자리를 정돈시키기 위해서 대대장의 얼굴을 바라보았다. 대대장은 박 계장의 의도를 알았는지 구령을 내렸다.

"전원 제자리로 집합!"

학생들이 전원 제자리를 찾아 흐트러진 질서를 바로잡고 있었다.

"대대 주목!"

2,000여 명의 학생들이 일제히 조례대에 있는 박 계장을 주시하였다.

박 계장도 똑바로 서서 학생들을 마주 보고 대대장의 시선을 보았다.

"차렷!"

우렁찬 구령이 퍼지고 모든 학생의 시선이 박 계장에 모아졌다.

"경례!"

호령과 동시에 일제히 거수경례가 박 계장을 향해 올렸다.

"열중쉬어!"

박 계장은 전교 학생들을 잠시 주시하고 목 안에 고인 침을 삼켰다.

"오늘 학원폭력근절을 위해 이렇게 만나게 되어 대단히 반갑다. 나는 여러분의 학원폭력 담당자 형사과 박정웅 계장이다. 오늘 제군들의 늠름하고 씩씩한 모습을 보니 든든하다. 학원폭력은 이제 여러분들로 인해 퇴치될 것임을 믿어 의심치 않는다. 뭉치면 강하고 분열하면 약하다는 평범한 진리가 있다. 배성고등학교는 2,000여 명의 대집단이다. 이 대집단이 정의로운 정신으로 뭉치면 대단한 힘이 된다. 힘이 있으면 용기가 생긴다. 이 힘과 용기로 학생들을 괴롭히는 학원폭력을 뿌리 뽑아 전교 학생이 안심하고 학업에 전념할 수 있도록 하기 위해, 배성고등학교를 시범학교로 한 것이 오늘 모임의 취지이고 목적이다. 이는 이 동네를 위시해 이 근처에 있는 몇 학교들과 연대해서 이 운동을 시작하여 실효를 거두면 전국에 확산하자는 것이 또한 뜻과 목적임을 기억해 주기 바란다.

이 운동을 성공시키기 위해서 우리 경찰은 조금 전 서장님의 말씀대로 학원폭력을 방지하는 치안에 최선을 다할 것이다. 그러나 우리 경찰은 학교 내의 학원폭력을 사찰하여 폭력 학생을 색출하기도 어려움이 있고 처벌 방법에 문제점도 있다. 그래서 교장 선생님과 본교 선생님들과 학생 간부와 전교생에게 몇 가지 협조를 구하고자 한다. 상세한 계획과 방법은 학생지도 선생님께서 말씀하실 것이다. 이 과정에서 우리 경찰이 해결해야 할 문제점이 있으면 타 업무에 우선해서 학원폭력근절을 신속하게 처리를 하겠다. 그러면 학생지도 선생님께서 세부 사항을 말씀하실 것이다. 이상, 끝."

박 계장은 조금 전의 학생 소요를 억제하느라고 온 신경을 써서 학생들에게 무슨 말을 했는지 혼란했다.

키가 작고 몸이 야윈 지도주임 이운찬 선생이 조례대에 가볍게 올라갔다. 30대 말의 학생주임 이운찬 선생은 언제나 조용하면서도 부드러웠다. 그리고 세속과 타협할 줄 모르는, 인간적으로는 부드러우면서 업무적으로는 강직한 선생님이었다. 외유내강이란 단어는 이 학생주임 선생을 두고 표현하는 가장 적절한 말일 것이다.

독실한 천주교 신자라는 이 선생의 별명은 '죄 끝'이다. 이는 이 선생은 평생 죄하고는 거리가 먼 선생이라는 뜻이다.

학교 교직원들 사이에서나 학생들은 이 학생주임 선생을 홀대하지 못한다. 체구는 작지만 지성과 인품이 훌륭하기 때문이었다. 이 선생은 체구와는 달리 유도가 3단이라는 소문이 있지만, 아무도 선생님이 유도하는 것을 보았거나 이 선생 자신의 입으로 유도를 했다는 말은 들어보지 못했다. 짓궂은 학생이 물어도 명확한 답변은 안 하고 왜 '나하고 관계없는 유도 이야기가 나오느냐'고 하며 답을 회피하는 것이다. 그 소문의 진원지가 궁금했다.

학생주임 직책이 이 선생에게는 성격상 맞지 않을 것이라고 주위에서 말하고 있었다. 이 선생은 교문에서 학생들의 불량 복장이나 머리를 지적하며 언제나 조용히 학생에게 속삭이듯 타일렀다.

"지금부터 교내 학원폭력에 대해서 이야기하겠다. 학교 밖에서 깡패들에게서 일어난 학원폭력보다도 본교 학생들에게 피해를 보는 사례가 더 많다고 한다. 그래서 먼저 자술서를 한 장씩 나누어 주겠다. 그 안에 여러분들이 작성해야 할 난이 있다. 가해 학생은 지금까지 학교 안팎에서 언제 어디서 누구하고 누구누구를 몇 번 어떤 식으로 폭행하고 위협하여 돈을 얼마나 빼앗았는지 사실대로 상세히 작성하고, 피해 학생은 교내 학생이나 교외의 깡패나 비행학생들로부터 언제 어디서 어떤 식으로 누구에게 누구와 함께 몇 번이나 폭행과 협박으로 돈을 빼앗겼는지 구체적으로 기록해 주기 바란다. 지금까지 가해를 한 학생이나 피해를 본 학생들은 처벌도 보상도 받지 않을 것을 분명히 약속한다. 그리고 만약, 사실을 은폐하는 가해 학생이 있다면 반드시 강력하게 처벌하겠다. 이것은 경찰과 학교가 합의한 것이다. 특히 가해 학생들이 폭력 서클을 조직하였다면 그 서클 명칭과 두목과 인원과 명단을 상세히 기록하여야 한다. 학교에서는 너희들의 서클을 거의 파악하고 있다는 사실을 알아야 한다."

이운찬 지도주임은 잠시 말을 멈추고 한참이나 학생들을 바라보았다. 아니, 노려본다는 표현이 맞을지 몰랐다. 선생의 눈빛은 형형하게 빛나고 있었기 때문이었다.

"피해 학생들은 그 피해 사실을 은폐하면 학원폭력은 근절하지 못하고, 앞으로도 같은 피해를 당할 수 있다는 사실을 알아야 하고, 폭행한 사실을 밝히는 학생에 대해서 절대 비밀로 할 것이며, 보복 같은 것은 없을 것이다. 다시 한 번 가해 학생에게 말한다. 지금까지 있었던 것은 불문에 부친다. 조금도 처벌에 대한 두려움은 갖지 않아도 된다. 단, 가해 학생은 앞으로 그런 행위를 하지 않겠다는 서약 란에 서약해야 한다."

학생들이 열심히 기록하고 있었다. 가해 학생들은 얼굴에 불안한 기색이 역력했다.

박 계장이 조례대에 올라가 이운찬 선생에게 말을 하니 이운찬 선생이 고개를 끄덕이고 마이크를 잡고 말을 했다.

"동민과 학부모님에 알립니다. 박 계장님께서 강절도 침입에 대해서 말씀이 있겠습니다. 학생들은 기록란에 계속 작성해 주기 바란다."

이운찬 선생이 마이크를 박 계장에게 넘겼다.

"학생들도 기록하면서 듣고 부모님께 알려주기 바란다. 오늘 여기 오신 학부모님과 동민 여러분께 알립니다. 이번엔 강절도 방지 대책에 대해서 말씀드리겠습니다. 집에 강도나 도둑이 침입했을 때에 이웃끼리 비상벨 설치가 꼭 필요합니다. 비상벨 설치를 함으로써 냉정하고 차분하게 강절도에 대처할 수 있고 신속히 검거할 수 있는 것입니다. 이웃 네 가구가 한 조가 되어 비상벨 설치를 의무화했으면 합니다. 각 통반장을 통해 저렴한 비용으로 설치할 수 있도록 계획을 세웠습니다. 상세한 것은 저희 경찰 담당자가 통반장 회의 때에 참관하여 구체적인 설명이 있을 것입니다. 이상입니다."

내빈석에서는 이야기를 듣고 웅성거리다 고개를 끄덕이며 서로 인사를 나누고 성급하게 비상벨 설치 문제를 상세히 의논하는 사람도 있었다.

"그것 참 좋은 아이디어네. 이웃에 강도가 들 때 서로 비상벨 설치를 하고 대처하면 강도를 잡을 수도 막을 수도 있을 거야."

"그래, 그것 참 좋은 아이디어네."

2

그 다음 날부터 지도주임 선생을 팀장으로 하여 각 부서별로 행동부, 정보부, 대책부, 토론부, 지도부, 색출부 등 부장들을 선임하여 임명장을 수여하고, 각 체육관 관장과 사범들에게도 임명장을 수여했다. 각 부장들이 자술서를 가해 학생과 피해 학생을 분리하여 선별 검토하여 선생님 참석 하에 학생들을 개별 면담했다. 그리고 깡패들의 명단을 피해 학생들의 자술서를 토대로 작성하여 폭력담당 형사와 운동부와 관장 사범들을 대동하여 깡패 색출을 시작했다. 부모에게 알리고 다시는 깡패짓을 하지 않겠다는 각서를 받았다.

대부분의 깡패들은 엄청난 숫자의 운동부 주축의 학생들에 공포와 두려움으로 겁을 먹고 있었다. 그러나 일부 질이 좋지 않은 비행학생 가운데는 반성은커녕 반항을 하는 깡패들도 있었다. 이들은 건장한 운동부와 도장의 무술자들에게 병아리가 독수리에 채이듯 유도장으로 끌려가서 매트에 수십 번 던져졌다. 일어나면 던지고 일어나면 던지고 일어나지 않으면 합기도 사범이 엄지손가락 꺾기, 관절꺾기를 하여 다시 일어나도록 했다. 일어나면 또 던져졌다. 비행학생은 생똥을 싸는 혼쭐이 나고는 사색이 되어 매트에 엎디어 벌벌 기면서 다시는 그러지 않겠다고 두 손을 비비며 빌고 또 빌며 항복을 했다. 학교 내 비행학생들도 대부분 겁을 먹고 몸을 사리고 있었다. 이들 비행학생을 색출하기 위해 대대장 이하 운동부들이 주축이 된 규율부원들이 각 학급을 순회하며 교내 비행학생들을 지도하고 또 비행학생들을 고발하는 투고함을 정리하며 검토하고 있었다.

어느 날, 해가 뉘엿뉘엿 서산에 지는 오후였다. 이운찬 선생과 동료 직원 박정식 선생이 퇴근을 하여 집으로 가고 있었다. 가까운 곳에서 학생들의 승강이 소리가 들렸다.

"왜 돈을 뺏으려고 그래요?"

"이 새끼들 터지기 전에 순순히 돈을 내어 놓으란 말이야."

"이 선생님, 저 소리는 학생들이 깡패들과 다투는 소리 아닙니까?"

박정식 선생이 먼저 듣고 걸음을 멈추면서 말했다. 이운찬 선생도 멈추어 서서 귀를 기울였다.

"이 새끼들, 어디 자꾸 달아나려고 해. 얻어터지기 전에 빨리 내어 놓으란 말이야!"

"박 선생님, 얼른 가 봅시다. 학생들이 깡패들과 다투는 소리 같습니다."

이운찬 선생과 박정식 선생은 빠른 걸음으로 유치원에 들어갔다. 마당에 두 명의 깡패가 두 명의 학생들을 잡아 놓고 돈을 빼앗고 있었다. 두 학생들은 길 쪽으로 기를 쓰고 나가려고 하고 깡패로 보이는 두 명은 학생의 멱살을 각각 잡고 못 나가게 하며 돈을 내어 놓으라고 윽박지르고 있었다. 학생들은 학원폭력근절 행사가 있은 얼마 후라 길 쪽으로만 나가면 자기들이 깡패들에게 돈을 빼앗기는 것을 본 어른들이나 학생들이 반드시 그냥 가지 않고 자기들을 구해줄 것이라는 것을 알기 때문이었다.

"너희들 뭐야? 왜 학생들에게 돈을 빼앗으려고 해?"

"……."

깡패들은 이운찬 선생과 박정식 선생을 보고 얼떨결에 학생의 멱살을 놓고 멍하니 바라보았다.

"아! 선생님, 이 깡패들이 우리에게 돈을 빼앗으려고 해요."

학생들은 자기들의 선생을 보자 힘을 얻었다.

"뭐, 깡패?"

"너희들이 깡패들이야? 왜 학생들의 돈을 강탈하려고 해? 그건 강도짓이야."

"뭐 강도! 시팔, 우리가 강도라고."

두 깡패는 이운찬 선생과 박정식 선생이 체격이 왜소하고 선생이라 그런지, 위협적인 몸짓과 말투로 대들었다.

"위협하여 억지로 돈을 빼앗는 것이 강도가 아니고 뭐야?"

"시팔, 선생이면 학생들을 데리고 가면 될 것이지, 무슨 말이 많아."

험악한 얼굴을 한, 두 놈이 어깨를 삐딱하게 하고 잔뜩 거만한 태도로 이운찬 선생 앞으로 다가와 여차하면 칠 자세로 노려보고 있었다. 박정식 선생은 잔뜩 겁먹은 얼굴을 하고 겁도 없이 대담하게 깡패들과 맞서는 이운찬 선생을 멀거니 바라보고 있었다.

깡패들은 학생들에게 돈을 빼앗지 못한 것이 억울한지 강도라고 따지는 이 선생에게 분풀이를 할 심산인지 분을 참지 못하고 있었다.

"그래, 이 양반아, 우리가 강도다. 어쩔래? 시팔, 선생이라고 조용히 보내주려고 했는데 손 좀 봐 주어야겠네."

박정식 선생은 깡패들의 서슬이 무서운지 이운찬 선생에게 다가가 이 선생의 팔을 잡았다.

"이 선생님, 그만 갑시다. 자 학생들 가자."

"박 선생님, 가만 계십시오."

이운찬 선생은 자신의 팔을 잡은 박 선생의 손을 가만히 뿌리쳤다. 학원 폭력근절 대책 행사 때 이러한 상황일 때 모두 힘을 합쳐 대처하자고 한 자신이 아니었던가. 결코 물러설 수 없었다.

이운찬 선생은 깡패들이 오히려 큰소리치고 자신을 폭행하려고 하여 도저히 그냥 물러설 수 없다고 생각했다.

"그래, 너희들이 뭘 잘했다고 큰소리야."

"이 양반이 조용히 갈 것이지 뭘 따지고 있어? 시팔, 꼭 맞고 싶다 말이지."

한 깡패가 이운찬 선생의 멱살을 양손으로 우악스럽게 움켜잡고 흔들었다.

몸이 약한 이운찬 선생은 몸을 뻗대며 싸울 각오를 하고 들고 있던 가방을 놓았다. 가방이 땅에 아무렇게나 떨어져 널브러졌다. 이운찬 선생은 널브러진 가방을 발로 박정식 선생이 서 있는 쪽으로 가볍게 밀어 찼다. 박정식 선생이 얼른 가방을 주워들고 몸이 약하고 싸움을 할 줄 몰라 속절없이 싸움을 지켜보고만 있었다. 그러면서 몸도 자신처럼 왜소한 이 선생이 조금의 두려움도 망설임도 없이 깡패들에게 맞서 당당하게 따지는 용기에 미안함과 안타까움을 금할 수가 없었다. 두 학생도 얼굴을 찡그리며 자기들을 구하려고 싸우는 선생을 안타깝게 바라보고 있었다.

한 깡패가 히죽거리며 느긋이 바라보며 즐기고 있었다.

이운찬 선생이 몸을 뻗대며 왼쪽 발로 자신의 멱살을 잡은 놈의 오른쪽 발에 체중을 실어 밟았다. 그리고 두 손바닥을 펴, 기도하듯 모으고 자신의 멱살을 잡은 놈의 양팔 사이로 끼워 넣는 것과 동시에 두 팔을 펼치면서 위로 힘껏 뻗었다. 그 힘은 웬만한 사람은 방어하지 못하는 유술이었다. 그리고 자신의 몸을 상대의 몸에 바짝 붙여 놈의 발을 밟지 않은 오른발에 힘을 가하여 놈의 몸을 밀었다. 놈은 이 선생의 두 팔을 벌리는 힘에 밀려 잡은 멱살을 놓고는 그 큰 덩치가 비틀비틀하더니 엉덩방아를 찧고 넘어졌다. 이 선생의 발이 자신의 발을 밟고 밀어붙이니 발을 움직일 수 없어 넘어지지 않을 수 없었다. 이 선생의 이 재빠른 동작이 불과 몇 초에 지나지 않았다. 이 선생은 본격적인 싸움에 대비하여 웃옷을 후닥닥 벗어 박 선생 앞으로 던졌다. 박 선생은 급히 땅에 떨어진 옷을 주워들고 안쓰럽고 불안한 얼굴로 이운찬 선생의 싸움을 속절없이 지켜볼 밖에 없었다.

자기 동료가 몸이 약한 선생에게 밀려 엉덩방아를 찧고 맥없이 넘어지자 나머지 깡패가 '어라차' 라고 기합을 토하며 이 선생에게 돌진했다.

이때다. 두 학생이 동시에 웃옷을 후닥닥 벗어 던지고 뛰어나갔다.

"안 돼!"

이 선생이 깡패에게서 눈을 떼지 않고 두 학생에게 두 손을 펴 다가오지 말라고 완강하게 손짓으로 제지했다. 두 학생이 어정쩡하게 멈추어 섰다. 이 선생이 먼저 유도의 자세로 두 팔을 벌려 자신의 앞으로 무섭게 돌진하는 놈을 약간 피하더니 다가오는 놈의 어깨를 잡아 힘껏 당기면서 오른발을 강하게 걸어 저만치 던져버렸다. 놈은 무섭게 돌진하던 자기 힘에 더 멀리 더 심하게 넘어졌다. 이를 지켜보고 있던 엉덩방아를 찧고 넘어졌던 깡패가 벌떡 일어나 이 선생에게 무섭게 덤벼들었다. 이 선생이 두 팔을 벌려 다시 유도 자세를 취하고 놈에게 마주 다가가 자신을 잡으려는 놈의 가슴에 전광석화 같이 파고들더니 업어치기를 했다. 놈의 몸이 공중에 붕 뜨더니 땅에 툭 소리를 내며 떨어졌다. 놈은 허리를 심하게 삐었는지 일어나지 못했다.

갑자기 박수 소리가 터져 나왔다. 지나가던 배성고등학교 다섯 명의 학생들이 싸움에 끼어들려고 벼르는 중에 이운찬 선생님 혼자 두 명을 해치운 것이다. 처음 깡패들에게 잡혔던 두 학생이 박수 소리가 나는 쪽을 바라보았다.

"와! 우리 선생님 최고다. 역시 유도 3단이었구나!"

모든 학생들과 박정식 선생도 이 선생의 유도 실력과 그 재빠른 동작에 놀라 벌린 입을 다물지 못했다.

두 깡패가 슬금슬금 달아나려고 하자 흥분한 7명의 학생들이 일시에 달려들어 발길질 주먹질로 넘어진 두 깡패에게 무차별 폭력을 가했다. 순식간에 두 깡패는 피투성이가 되었다.

두 깡패는 경찰에 잡혀 감옥에 갇혔다.

그 싸움으로 이운찬 선생님이 진짜 유도 3단이라는 것이 전교 학생들에게 밝혀졌다.

2, 30명의 운동부원과 동네 도장의 관원들이 도복을 입고 거리를 순찰하고 있었다. 이들의 늠름한 모습을 보고 학생들과 동민들은 깡패들에 대한 두려움을 잊게 되었다. 이젠 거리에서 깡패들의 모습도 불량학생의 모습도 찾아볼 수 없었다.

이제 거리에서나 학교 내에서 경찰과 운동부원, 무술도장의 관원들의 강력하고도 적극적인 대처에 의해서 불량학생이 발붙일 곳이 없게 되었다. 그것은 경찰 당국과 학교 당국의 협조가 있었기에 가능했던 것이다. 그동안 깡패들과 교내 불량학생에 의해서 금전탈취와 폭력에 시달리던 대다수의 학생들과 학부모들의 불안이 종식되고 학업에 전념할 수 있게 되었다.

　학교와 동네에서 인범의 이야기로 어디 가나 화제가 되었다. 학생들 사이에선 인범이 이 동리에서 싸움을 제일 잘한다고, 깡패들 10여 명이 그 청년의 발길과 주먹에 꼼짝도 못하더라는 등…… 빵집에서 젊은이 몇 명이 인범의 이야기에 열을 올리고 있었다. 자기가 직접 싸움하는 것을 보니 대단한 싸움꾼이더라고 했다. 그러나 싸움을 직접 보지 못했던 일부 학생은 그렇지 않을 것이라는 말을 하는 사람도 있었다.
　"야, 아무리 그래도 태권도나 유도 7, 8단 고단자, 또는 프로 권투선수에게는 이길 수 없을 거야. 왜냐면 깡패들은 싸움보다는 무기나 공갈 협박으로 큰소리치지, 실제로는 주먹은 별로야."
　"그래, 맞아. 7, 8단의 관장이면 무술 전문인데 그 청년과 붙으면 청년이 안 될 거야."
　"아니야. 그건 잘못 판단하는 거야. 무술가들은 품새에 따라 대련하고 격파하는 등 형식적이지만 실제 싸움은 변칙적이고 순간적이라 실전을 많이 한 청년이 이긴다고 자신해."
　서로 자기 말이 맞는다고 티격태격했다.
　"야야, 웃기지들 마. 붙어 봐야 알 것 아냐. 누가 한번 붙여 봐."
　"그래, 누가 이기든 누가 세든 우리가 알게 뭐야. 우리 당구 한 게임 하러 가자."
　화제가 다른 방향으로 바뀌었다. 인범이 길거리에 나서면 많은 사람들이 아는 체를 했다.

"형님, 안녕하세요. 어디 가세요?"

인범은 그냥 빙그레 미소를 지으며 답했다.

어쩌다 인범이 거리를 나가면 인범의 얼굴을 아는 학생들과 가게 주인들도 인사를 하며 아는 체를 했다. 때론 어떤 가게 주인은 시원한 것 한잔하고 가라고 권하기도 했다.

도영이 아버지가 인범을 만나 치하하려고 하여도 인범이 사양하여 이루어지지 못했다. 그러나 도영은 여름방학에 잠깐씩 시간을 내어 산동네 인범의 산막 같은 집을 찾아가 인범과 아늑한 산야의 정취 속에서 형제같이 친하게 지냈다. 인범은 공부에 지장이 있으니 오지 말라고 했지만, 도영은 때론 인철과 함께 가서 놀고 올 때도 있었다.

"도영아, 뭐 전공하려고 하느냐?"

"형, 나 일찍이 법대로 결정했어. 법관이 되어 억울한 사람의 편이 되고 나쁜 놈들은 무거운 벌을 줄 거야."

"그래, 잘 생각했다."

강도

1

어느 날 한밤중이었다. 철강회사를 경영하는 박성호 사장의 으리으리한 집, 높은 담에 바짝 붙여 둔 승용차 안에 세 명의 청년들이 강도질을 하기 위해 밤 열 시경부터 자정이 넘기를 기다리며 잠을 자고 있었다. 차의 유리는 짙은 선팅이 되어있고 어두운 밤이라 밖에서는 안을 전혀 볼 수 없어 지나가는 이웃 사람들도 눈여겨보지를 못했다. 자정이 지나자 세 명의 강도들 중 두목이 먼저 일어나 조그만 플래시로 시계를 보더니 동료들을 깨웠다.

"일어나. 시간 되었다. 일하러 가자."

소리 없이 차 문을 열고 나온 세 명은 그들의 차 위로 올라가 담에 붙은 정원수를 이용해 담을 넘어 가볍게 집 안으로 뛰어내렸다. 나무 아래는 폭신한 잔디라 미세한 발걸음 소리마저 나지 않았다.

이 집에는 독일산 셰퍼드 맹견이 있었지만, 강도들이 담을 넘기 전 미리 맹견을 제거하기 위해 청산가리를 섞은 불고기를 높은 담 너머로 던졌던 것이다. 고소한 냄새가 진동하는 불고기를 개는 놓치지 않고 덥석 덮쳐 단숨에 꿀꺽 삼켰다. 그러나 잠시 후 극약이 섞인 고기를 먹은 개는 고통을 견디지 못하고 미친 듯 잔디와 정원수 사이로 뒹굴며 발광을 하다 죽었다.

개가 극약을 먹고 몸부림을 쳤지만 저택이고 한밤중이라 주인은 알지 못했다.

강도들은 집 주위를 한 바퀴 돌며 도난 방지 설치를 하였는지 살피는 치밀함을 잊지 않았다. 설치가 되어 있지 않음을 확인한 강도들은 침입하기 쉬운 집 뒤쪽 부엌의 작은 창문 유리에 준비해 간 유리칼을 품속에서 끄집어내어 익숙한 솜씨로 테이프를 붙여 소리 없이 유리조각을 떼어 냈다. 유리를 떼어내는 시간이 채 일 분 정도에 지나지 않았다. 강도 한 명이 동료가 높은 창문을 쉽게 넘어 들어갈 수 있도록 땅에 엎디었다. 한 명이 동료의 등을 타고 몸 소리와 숨소리를 죽이고 집 안으로 잠입했다.

희미한 실내등이 켜져 있는 거실의 벽에 걸린 커다란 시계에서 미세한 기계 돌아가는 소리만 들릴 뿐 집 안은 죽음처럼 적막이 흐르고 있었다. 강도는 발소리를 조용히 하고 방문마다 다가가 귀를 대고 방 안의 동정을 살폈다. 깊은 잠이 들었는지 방 안은 기척이 없었다. 강도는 까치걸음으로 넓은 거실을 살금살금 걸어 현관문을 금속성이 나지 않게 열었다. 현관 앞에 기다리고 있던 두 명의 강도가 잽싸게 현관 안으로 들어와 작은 플래시로 현관의 신발들을 점검했다. 며칠을 두고 조사한, 부부와 여학생과 대학생 외의 가족은 없는 것을 현관에 벗어 둔 신발로 확인하였다.

거실에는 버펄로 가죽으로 만든 고급스럽게 보이는 연한 밤색 소파가 놓여 있었다. 소파는 일반 가정집 소파에 비해 두 배나 될 만큼 컸다. 두목은 마치 자기 집인 양 자연스럽게 소파에 몸을 깊이 파묻고 앉아 두 동료에게 손짓으로 신호를 보냈다. 두 명은 이 층과 일 층 방문 앞에 가서 다시 한 번 방 안의 동정을 살피고 내려왔다. 손사래로 이상이 없다는 신호를 그들의 두목에게 보냈다. 두목은 동료 강도에게 소파에 앉으라고 손짓을 하고 거실 TV 옆에 놓인 이 집 박 사장의 상패를 눈여겨보더니, 부엌으로 들어가 양주 한 병을 가져와 안주도 없이 병나발로 돌려가며 몇 모금 마셨다. 술을 마셔 적당한 대담성을 갖기 위함이었다.

"자, 일 시작해!"

강도들은 소리 없이 계단을 올라가 이 층 'my room'이라고 쓰인 하트 모양의 예쁜 팻말이 붙어 있는 방문 앞에 섰다. 이 방은 여학생의 방임을 쉽게 알 수 있었다. 조용히 방문을 열었지만 잠겨 있었다. 플래시를 비추고 열쇠 따기로 방문을 열고 들어갔다. 안에서 잠금 고리를 하지 않은 열쇠는 간단하게 열 수 있는 기초적인 열쇠 따기다.

소녀의 방에 들어서는 순간 향긋한 냄새가 강도들의 후각을 자극하였다. 교교한 만월의 달빛이 부서지는 방은 피노키오의 방처럼 예쁘게 꾸며져 있었다. 남쪽 창에는 연한 녹색 커튼이 쳐져 있고 창 쪽의 벽에 책장과 책상, TV와 오디오 세트, 옷장이 놓여 있었다. 창문 반대편 침대 위에 중학생인 듯한 가냘픈 몸매의 예쁜 소녀가 잠옷도 입지 않고 팬티와 러닝셔츠만 입은 채 깊이 잠들어 있었다. 중학생이라지만 쭉 빠진 다리는 성숙한 여체였다. 햇빛 한 번 쪼여보지 않은 듯한 살결은 백옥 같았다.

강도 한 명이 소녀 가까이 다가가 소녀의 잠든 모습을 한참 동안 비릿한 눈길로 바라보더니 모로 자는 소녀를 바로 눕혔다. 러닝셔츠만 입은 소녀의 가슴에는 적당하게 자란 젖꼭지가 얇은 러닝셔츠를 밀치고 금방이라도 솟구쳐 나올 것같이 농염하게 달빛에 비쳐지고 있었다. 터질 듯 입은 아슬아슬한 핑크색 팬티에 여자의 은밀한 곳이 불거져 강도들의 시선을 혼란하게 했다.

청량한 달빛이 창을 통해 비치는 소녀의 반라는 한 폭의 예술적인 나체화였다. 강도들은 한순간 넋을 잃고 한 폭의 명화를 심취한 눈으로 바라보고 있었다. 일순 시간이 정지한 적막은 공허했다. 그러나 강도들은 침상에 누운 나신의 소녀화를 오래 감상할 예술인은 못 되었다. 그들이 범죄인 본연의 속물로 돌아가는 데는 그리 많은 시각이 소요되지 않았다. 그들은 조금 전 아슬아슬하게 노출된 청순한 소녀의 반라를 아름다운 예술적 가치로 바라보던 감탄과 감동의 눈길이 아닌, 추한 욕정의 대상으로만 보는 치정의 야수로 변했다.

강도들은 성적 충동이 가득 묻은 끈적끈적한 눈길로 소녀의 반라를 탐미하고 있었다. 조금 전에 안주 없이 먹은 독한 양주의 술기운이 더욱 정욕에 불을 붙였다. 강도 한 명이 소녀의 얇은 러닝셔츠를 손으로 걷어 올렸다. 아직은 남자의 손길과 시선이 닿지 않은 듯한 성숙한 여체로 영글고 있는 앳된 소녀에게서 풋풋하고 싱그러운 우윳빛보다 희고 탄력 있는 젖가슴과 흰 살결이 완연히 드러났다. 젖꼭지는 곧 피어나는 꽃망울처럼 발갛게 익어 이슬을 머금은 듯 청순했다.

강도들은 작은 플래시로 봉긋이 솟은 소녀의 유방과 탐스럽게 익어 가는 핑크빛 유두를 비추며 흡입할 듯 음미하더니, 플래시 빛을 더 아래로 비춰 두 다리가 갈라지는 불거진 은밀한 곳에서 멈추었다. 강도들은 일시에 성 분출의 충동에 마른침을 삼키며 눈빛이 야릇하게 빛났다. 무언가 아쉬움에 망설였다. 한 놈이 손가락으로 소녀의 팬티 끝을 잡아당겨 밑으로 조금 내렸다. 그러나 팬티는 탄력 있게 입혀져 조금 내려가는 듯하더니 그 이상 내려가지 않았다. 놈은 이번엔 팬티 끈을 잡고 조금 힘을 주어 당겼다.

그때 잠결의 소녀가 손을 움직였다. 놈은 재빨리 고무줄의 탄력을 줄이며 팬티를 잡았던 손을 놓았다. 소녀는 잠결에 내려진 팬티를 도로 끌어당겨 올려놓고 다시 잠 속에 빠졌다. 소녀가 깊이 잠들기를 잠시 기다려 강도가 다시 손을 내밀어 팬티를 잡아 위로 당겨 올렸다. 안을 들여다볼 수 있는 충분한 틈새가 생겼다. 그사이로 플래시를 쥔 강도가 소녀의 그곳에 얼른 빛을 쏟았다. 나이와는 달리 음문을 감추듯 에워싼 검은 숲이 의외로 농밀하게 자라나 있었다. 강도들은 비명 같은 신음을 입 틈으로 토하며 플래시 빛을 그곳에 고정시키고 한참을 끈적끈적한 눈길로 탐미했다. 강도들은 뜨겁게 타오르는 욕정을 억제치 못해 서로의 얼굴을 쳐다보았다.

"안 돼! 우리의 사업이 아직 끝이 안 났어. 일 망치려고 들지 마. 그리고 우리의 목적은 돈이지 여자는 아니란 말이야, 알겠어."

두목은 단호하게 두 동료를 제지했다.

"형님, 시작할까요?"

시작한다는 것은 소녀의 입을 포장용 테이프로 막고 손발을 묶어 버리자는 것이다.

"아니야, 사장 방문이 안에서 잠겼으면 딸을 깨워 문을 열도록 해야 해. 춘발이 너 엉뚱한 짓 하면 죽어!"

두목은 눈을 부라려 위협을 하고 한 동료를 데리고 소녀의 방을 나왔다.

큰방 문을 열어 보았지만 굳게 잠겨 있었다. 안에서 잠금 고리를 하였는지 열리지 않았다.

"어구, 너 여기서 기다려. 계집애 깨워 올 테니."

두목은 어구를 방문 앞에 세워 두고 다시 소녀의 방으로 들어갔다. 방에 들어서니 춘발이가 소녀의 젖가슴을 플래시로 비추며 아주 가까이에서 빨아 삼킬 듯 탐미하고 있었다. 두목은 그러고 있는 춘발을 오른손으로 밀어내고 방문을 닫고 소녀의 얼굴을 가볍게 때렸다. 소녀는 신음을 내며 돌아누웠다. 두목은 이번엔 소녀의 젖가슴을 만졌다. 솜털처럼 부드럽고 뭉클한 젖가슴이 두목의 욕정을 뜨겁게 자극하였다. 소녀는 잠결에 손으로 두목의 손을 밀쳐 내었다. 두목은 이번에 좀 더 세게 젖가슴을 손안 가득히 잡아 주물며 흔들었다.

소녀는 비몽사몽간에 위험을 느꼈는지 두 손으로 가슴을 움켜쥐며 한밤의 고요를 가르는 여자 특유의 금속성 고함을 치며 일어났다.

"누…… 누구야!"

강도는 소녀에게 빛이 강한 큰 플래시를 얼굴 가까이 들이대며 젖가슴을 잡았던 손을 떼고 소녀의 입을 막았다. 소녀는 금방 숨이 막혀 고개를 흔들며 손으로 두목의 손을 뜯어내려고 악을 쓰고 있었다.

두목이 손을 치워 주니 소녀는 긴 숨을 내어 뱉으며 눈을 치켜 떠 침입자를 보려고 했지만 강력한 플래시의 불빛에 눈이 부신지 손으로 빛을 가리고 있었다.

"우린 강도님이야."

"옛! 가…… 강도라고요?"

소녀는 눈을 떠 보려고 했지만 강렬한 빛에 눈을 바로 뜨지 못하고 '가, 가, 강……' 하면서 또 고함을 지르려 했다. 강도는 또 투박한 손으로 얼른 소녀의 입을 막았다.

"음음……."

소녀는 강도의 손을 밀치려고 몸부림을 쳤다.

"조용히 해! 죽고 싶어 환장했어!"

강도는 플래시로 날카로운 칼을 비추며 소녀의 눈앞에 보이고는 소녀의 목에 들이대었다.

"안 죽으려면 조용히 해! 그리고 우리가 시키는 대로 해야 돼. 알았어!"

"형님, 그냥 죽여 버립시다."

옆의 강도가 위협적인 끔찍한 말을 했다. 그러면서 칼로 소녀의 목을 조금 찔렀다.

"아얏!"

소녀는 목이 아픈지 비명을 질렀다. 칼에 찔린 소녀의 목에서는 금세 피가 조금 묻어 나왔지만 소녀는 의식하지 못했다.

"이 계집애, 죽고 싶지 않거든 시키는 대로 해!"

소녀는 공포에 질려 벌벌 떨며 시키는 대로 하겠다고 고개를 끄덕끄덕하였다. 강도는 막았던 입을 풀어주며 극도의 공포에 떨고 있는 소녀에게 협박을 했다.

"잠옷 입어! 죽지 않으려면 얌전하게 시키는 대로 해. 알았어!"

소녀는 고개를 끄덕이고 몸을 제대로 움직이지 못해 더듬거리더니 간신히 머리맡에 놓인 잠옷을 더듬어 찾아 입었다.

"너, 학생증 내놔."

소녀는 침대에서 내려오다 넘어졌다. 긴장과 극도의 공포로 다리가 후들거려 걸음을 제대로 걷지 못했다. 두목이 소녀를 끌어안아 일으켰다. 소녀는 일어나며 자기의 젖가슴을 잡은 강도의 손을 떼어 밀었다. 강도의 손이 소녀의 젖가슴을 움켜쥐고 일으켰던 것이다. 어두움 속에서 비실비실 걸어 옷장으로 가 학생증을 찾아서 떨리는 손으로 강도에게 내밀었다. 이제 잠은 완전히 깨었고 극도의 공포에 몸을 제대로 가누지 못했다. 강도는 넘어지려는 소녀의 허리를 얼른 잡아 가슴에 꼭 껴안았다. 소녀의 가슴이 강도의 넓은 가슴에 밀착되었다. 소녀는 앳된 얼굴에 비해 키가 훤칠하게 컸다. 힘껏 강도의 가슴을 밀어내려다 학생증이 방바닥에 떨어졌다.

"음음……, 이것 놔요, 숨을 못 쉬겠어요."

강도는 소녀의 허리를 놓았다. 옆의 강도가 취한 듯 멍하니 두목이 하는 짓을 보고 있었다.

"학생증 어디 있어?"

소녀는 방바닥에 떨어진 학생증을 어둠 속에서 주워 강도에게 주었다. 두목은 학생증을 받아 옆의 동료의 플래시로 불빛에 비추며 나직하게 말했다.

"학교와 이름을 말해. 그리고 너의 집 전화번호도 똑바로 말해."

"혜…… 혜×여…… 중 3학년 3반, 바…… 박은영…… 고요, 집 전화는 804-00××이에요……."

소녀는 떨면서 겨우 말했다. 두목은 전화번호와 박은영의 이름을 수첩에 적고 학생증을 뒤쪽 호주머니에 넣었다.

"너의 아빠 방에 가서 아빠 깨워. 배가 아프다고 해. 너의 오빠 방은 어디야."

"저쪽 방이에요."

키가 크고 몸이 약한 소녀는 걸음을 제대로 걷지 못하고 겨우 겨우 계단을 내려와 조금 전 강도가 열려다 만 큰방 문 앞에 섰다.

"엄마 불러! 엄마가 일어나거든 배가 아프다고 해. 시키는 대로 안 하면 이 칼로 너의 얼굴을 난도질할 거야. 알겠어?"

두목은 소녀의 눈앞에 날카로운 칼을 보여주고 얼굴을 박박 긋는 시늉을 하며 위협했다. 소녀는 잔뜩 겁먹은 얼굴로 고개를 끄덕끄덕했다.

"어…… 엄마 저…… 저예요. 문 좀 여세요."

떨리는 목소리였다. 잠이 깊이 들었는지 아무런 기척도 없었다. 두목이 문을 두드렸다. 아무 기척이 없었다. 두목이 이번엔 조금 강하게 두들겼다.

"누…… 누구야."

"엄마, 은…… 은영이에요."

"왜 안 자고 그래."

소녀는 강도의 얼굴을 쳐다보았다. 두목은 소녀의 귀에 대고 낮고 빠르게 말했다.

"배 아프다고 말해."

"어…… 엄마, 나…… 나 배 아파요."

"얘는 이 밤중에 웬 배가 아프다고……?"

문이 열렸다. 홈이 많이 파인 잠옷을 입은 40대 중반의 은영이 엄마의 희고 커다란 유방이 끌려져 있는 잠옷 밖으로 삐어져 나와 출렁거리고 있었다. 두 강도가 플래시로 소녀의 엄마 얼굴을 비추며 칼을 소녀의 목에 들이대었다. 소녀는 칼이 눈에 보이지 않는지 엄마 품에 스르르 무너졌다.

강도는 얼른 칼을 소녀의 목에서 치웠다. 강도가 칼을 빨리 치우지 않았다면 소녀의 목은 날카로운 칼날에 베여 금세 피가 묻어 나왔을 것이다.

"에구머니! 누…… 누…… 누구요? 애! 애! 은영아, 정신 차려!"

은영 엄마는 공포 속에서도 딸을 꼭 껴안아 주었다.

"조용히 해! 죽기 싫거든 남편 깨워! 말 안 들으면 딸부터 죽어!"

강도는 칼날을 번득이며 위협을 하였다. 은영이 엄마는 지금 자기 집에 어떤 사태가 일어나고 있는지를 직감했다.

강도 한 명이 문갑 위의 스탠드에 가서 불을 켜고 그 위에 수건을 덮었다. 스탠드의 불빛이 방 안을 희미하게 밝혀 주었다.

"여보…… 여보, 강…… 강도……."

박 사장이 벌떡 일어났다.

"야, 춘발이 너는 이 층에 가서 이 집 아들의 방문 앞을 소파로 막고 지키고 있어."

"알았어."

조용하고 나직한 소리였다. 강도 한 명이 칼과 쇠파이프를 들고 잽싸게 이 층으로 올라갔다.

"뭐! 강…… 강도라고!"

강도 한 명이 일어나는 박 사장의 가슴에 강하게 발길질을 했다. 사십 대 말의 박 사장은 일어나다 말고 강도의 발길질에 억! 하는 비명을 토하며 폭 꼬꾸라졌다.

한 명의 강도가 어깨에 짊어진 작은 등산 배낭에서 준비한 노란 포장용 테이프를 꺼내어 넘어진 박 사장의 손발을 단단히 묶었다.

"여보, 여보! 괜찮아요? 이봐요. 왜 사람부터 때려요."

"고개 들지 말고 조용히 엎디어 있어! 죽고 싶지 않으면. 우리가 누군지 알겠지. 사모님, 순순히 있는 돈이나 몽땅 내어놓으시지. 돈이 아깝나 목숨이 아깝나 생각하고……. 우린 박성호 사장이 그만한 여유가 있다는 걸 알고 왔단 말이야."

강도들은 거실에서 상패를 보고 박 사장의 이름을 알고 있었다.

"여보시오, 당신들이 생각하는 만큼 현금이 그리 여유가 없소."

"이봐, 왜 이래, 미리 울고 있어. 서툰 수작 하지 마. 우린 고참이야. 순순히 시키는 대로 하는 것이 귀한 몸 아끼시는 방법이야, 알겠어. 박 사장, 돈이 아까운 모양인데 아직 쓸 만한 예쁜 사모님과 꽃같이 예쁜 따님 두셨군. 따님을 예쁘게 키워야지. 원한다면 우리가 먼저 꺾어 줄까? 당신들 하기에 따라 사모님과 이 따님을 우리가 당신 앞에서 사랑해 줄 수 있어. 어구, 준비해."

강도는 부인에게서 소녀를 빼앗아 은영 엄마를 향해 돌려세우고 소녀의 잠옷 안으로 양손을 집어넣어 소녀의 양 젖가슴을 부드럽게 잡았다.

"앗! 엄마!

소녀는 강도에게서 빠져나오려고 몸을 비틀며 비명을 질렀다. 그러나 강도는 더욱 힘을 주어 은영을 가슴 깊이 껴안으며 요동을 못 하게 하고 은영의 젖가슴을 주물렀다. 딸은 기겁을 하고 빠져나오려고 몸부림쳤다.

"어구야, 재미 좀 보라구."

"알았어."

그러잖아도 어구는 소녀의 방에서 소녀의 탐스러운 젖가슴과 은밀한 곳을 본 것이 아직도 몸을 뜨겁게 하고 있는데, 또 두목이 소녀의 젖가슴을 주무르고 있는 것을 보니 남성이 용트림하면서 불끈 솟구쳐 있었다. 두목이 바지를 내리라니 마침 잘된 것이다. 지난번 어느 집을 침입했을 땐 돼지같이 뚱뚱한 중년 부인의 앞에서는 발기가 안 되었는데……, 어구는 빠르게 혁대를 풀고 바지와 팬티를 한꺼번에 내렸다. 징그러운 물건을 두목이 플래시로 비추고 있었다. 반 정신이 나간 부인과 소녀는 강도가 무엇을 하려는지 모르고 강도들을 바라보다 괴상망측한 짓을 보고 기겁을 하고 고개를 숙이고 눈을 감았다.

"알았소. 우리 타협합시다."

박 사장은 정신이 혼미해졌다. 부인도 딸도 벌벌 떨고 있었다.

"어구야, 이분들이 타협하잔다. 물건 집어넣어!"

그때 부인의 뇌리에 섬광같이 번쩍 떠오르는 것이 있었다. 얼마 전에 경찰과 동회에서 설치하라고 권할 때 설치한 비상벨 생각이 불현듯 떠올랐다. 부인은 가슴이 심하게 떨려오고 냉정을 찾지 못했다. 도둑이 제 발이 저리듯 심장이 방망이질을 하고 있었다. 그 쿵쿵거리는 소리가 강도들에게 들릴 것 같아 두 손으로 심장을 감싸 안았다.

'기회를 보아야 한다. 침착해야 한다. 냉정해야 한다.' 부인은 평정을 찾으려고 자신을 추슬렀다. 그러나 박 사장은 비상벨 설치를 전혀 알지 못하고 있었다. 집안일은 박 사장은 몰랐다. 부인은 그때 이웃에 강도가 자주 드는 걸 알고 경찰서와 동회에서 비상벨 설치를 하라고 했을 때 누구보다도 필요성을 느끼고 먼저 설치를 했던 것이다. '어쩌면 비상벨 설치가 행운을 가져다줄지 모른다. 강도를 자극하지 말고 침착하게 실수 없이 비상벨을 눌러야 한다.' 고 은영이 엄마는 다시 한 번 자신에게 다짐했다.

"좋아요. 집에 준비된 것이 얼마 안 되지만 있는 것은 다 드릴 테니, 그 대신 우리 가족 안전을 약속해 주세요."

태연을 가장했지만 공포로 목소리는 떨리고 있었다. 그리고 이 층의 아들이 걱정이 되었다. 조금 전 두목이 부하 한 명을 아들 방으로 보낸 것을 보았기 때문이었다. 아들이 깨어 강도들과 싸우면 큰일이다. 아들 상영이는 거구이고 D대학의 유도 대표 선수다. 젊은 혈기에 강도와 맞서 싸우려고 할 것이다. 그러나 강도들은 흉기를 가지고 있지 않은가. 자식이 다칠까 봐 걱정이 되었다. 또 밖에 망보고 있는 강도도 있을 수 있었다. 아들이 깨기 전에 비상벨을 눌러야 한다고 생각했다.

"사모님이 좀 통하시는군. 약속하겠소. 그 대신 화끈하게 내놓지 않으면 이 예쁜 공주도 당신들도 안전하지 못할 거요. 우린 당신 딸이 혜×여중 3학년 3반 박은영이라는 걸 잘 알고 있으니, 당신 딸은 우리가 언제든지 해칠 수가 있다는 것을 알아야 해."

"여보, 있는 대로 줍시다. 아깝다고 생각 마세요."

하며 일어나다 현기증이 나는 흉내를 내며 비실비실하는 척하다가 벽에 걸린 동양화 액자를 두 손에 힘을 주어 눌렀다. 벽을 잡고 잠시 정신을 차리는 것처럼 했다. 이 액자 뒤에 비상벨이 적당한 간격을 두고 3개가 설치되어 있어 액자 중심만 누르면 비상벨이 울리도록 되어 있었다.

액자 뒤에 설치한 것은 부인의 아이디어였다. 부인은 한 번 더 몸의 중심을 잡는 척 힘을 주어 누르고는 비틀거리며 금고에 다가가 섰다. 그리고 금고 앞에 앉아 다이얼을 되도록이면 천천히 맞추고 있는데 따르릉 따르릉 전화벨이 요란히 울렸다. '아! 성공했구나!' 부인은 안도의 한숨을 내쉬었다.

'오! 하느님!' 평소에 하느님을 믿지 않던 부인이 하느님을 찾았다. 강도들도 남편도 딸도 아연 긴장했다. 강도들도 바짝 긴장을 하고는 얼른 칼을 부인의 목에 대었다.

"전화 받아! 허튼수작하면 너희들은 다 죽어."

"네, 알았어요."

"따르릉, 따르릉."

전화벨이 계속 울렸다. 밤중에 울리는 전화 소리는 유난히 요란했다. 강도 한 명은 거실로 부리나케 나가고 한 명은 칼을 빼어들고 부인의 목에 갖다 대었다.

"여보세요."

부인은 가슴에서 쿵쿵 나는 진동을 추스르지 못했다. 부인은 되도록 침착한 태도를 보이며 전화를 받았다. 행여 강도가 눈치를 챌까 걱정이 되었다.

"여보세요. 박성호 사장 집입니다."

이것은 이웃끼리 이미 암어로 정해진 것이다. 반드시 본인의 이름을 알려 비상벨을 눌렀다는 확인을 시켜주는 신호였다.

"여보세요. 은영이 엄마, 밤중에 미안해요, 잠을 깨워서……."

"아니, 괜찮아요. 이 밤중에 왜 그러세요?"

거실에 나간 강도가 살그머니 대화를 엿듣고 있었다.

"상영이 엄마, 우리 철이가 오늘 상영이하고 등산 나간 것 알고 있어요."

"예, 같이 나간 건 알아요. 근데 우리 상영인 벌써 집에 왔는데요."

"몇 명이 함께 나갔어요?"

"상영이 외에 선제, 용수, 두 명이 같이 갔어요."

"예, 알았어요. 잠을 깨워 미안해요."

이로써 강도가 세 명임이 확인되었다. 전화한 집의 남편은 부인의 신호에 따라 옆집에 강도가 침입했음을 확인하고 신속히 옷을 입고 사건에 대처할 준비를 하고 있었다. 이 대화는 강도가 엿들어도 평범한 대화지만 그 대화 중에 강도가 침입하였음을 이미 정하여 둔 암어로 확인된 것이다. 실제는 같이 간 사실이 없다. 사실이 아닌 것을 사실같이 대화를 하면 강도가 침입했음을 확인시켜 주는 것이다. 즉, 오늘 이 집 아들과 이웃에서 전화 온 집 아들과 오늘 같이 등산 간 사실이 전혀 없기 때문이었다.

그리고 비상벨이 잘못 눌려져 전화가 왔으면 먼저 이쪽에서 비상벨이 울리더냐고 묻게 되어 있었다. 그리고 네 집 단위로 비상벨 설치가 되어 있어 세 집에서 동시에 울리더라도 어느 집에서 벨을 눌렀는지 기계에 표시가 되도록 장치가 되어 있었다. 그리고 나머지 세 집에서는 모두 비상벨을 누른 집으로 확인 전화를 하지 않기로 약속되어 있었다. 말을 침착하게 잘하는 정해진 1번 집에서 강도가 든 집에 확인 전화하고 나머지 두 집은 1번 집 전화를 기다린다. 시간이 지나도 전화가 오지 않으면 직접 1번 집으로 방문하여 확인한다. 또 비상벨을 누른 집에서 전화를 받지 않거나 통화 중이면 세 집에서 서로 의논하여 처리한다. 그것은 강도가 전화를 내려놓거나 전화 코드를 빼어놓는 상태에 대비한 것이다.

1번 집의 지휘하에 세 집은 빠르게 분담하여 파출소, 청년회 회장 집, 태권도 사범과 관장 집에 전화를 하게 되어 있었다. 강도가 든 집에서는 되도록 시간을 끌어야 했다.

이 층에서 잠자던 아들 상영은 소변을 보기 위해 부스스 일어났다. 상영은 밤중에 꼭 한 번은 소변을 보는 습관이 있었다. 잠결에 문을 열고 나오려다 정강이 쪽에 무엇이 부딪쳤다.

"……?"

창을 통해 비치는 달빛이 이 층 거실을 어둡지 않게 했다. 문 앞에 소파가 가려져 있었다.

"……?"

순간 상영은 잠이 확 깨었다. 섬뜩한 예감이 뇌리를 때렸다. 이 동네는 도둑과 강도가 자주 드는 부자촌이다. 일순 머리가 쭈뼛하게 곤두섰다. 살그머니 소파를 넘으려고 몸을 낮추는 순간, 무엇이 이마에 강하게 부딪치는 충격에 상영은 기절했다.

이 층에서 망을 보며 거실 소파에 앉은 강도 춘발이가 문 여는 소리에 벌떡 일어나 문 옆에 바짝 붙어 섰다. 이 집 아들이 문을 열고 나오다 문 앞에 막아 놓은 소파를 보더니 이상한 예감이 드는지 멈칫 서서 상황을 살피고 있었다. 한참을 집 안의 동정을 살핀 아들이 살그머니 소파를 넘으려고 했다.

　덩치 큰 이 집 아들이 소파를 넘으려는 순간 춘발은 거실의 진열대에 세워둔 쇠로 만든 트로피를 소리 없이 들어 이마를 강타했다. 춘발은 기절한 이 집 아들의 팔과 발을 테이프로 감기 시작했다. 대단한 몸이다. 90㎏에 가까운 거구다. 손발을 감고 입을 단단히 감아 버렸다. 춘발은 한숨을 쉬었다. 칼로써 맞붙어도 이길 것 같지 않은 놈이었다. 춘발은 잔뜩 긴장하고 지키고 있었다.

2

　이웃 사람들과 파출소의 경찰, 청년회원, 태권도 사범, 관장 등을 포함해서 이미 20여 명이 무기를 들고 집을 포위하고 있었다. 모든 준비가 끝나자 경찰과 청년회장, 관장이 각자 위치를 정하여 신속히 움직였다. 교교히 비치는 만월의 달빛 아래 모두 긴장하고 있었다. 경찰관은 권총과 가스총을 휴대했고 나머지는 각자 쇠파이프, 야구방망이 등을 소지했다. 먼저 가볍고 빠른 청년이 차 위로 올라가 담 너머로 집 안의 동정을 살폈다. 이상이 없음을 확인한 청년은 소리 없이 관상수를 타고 내리더니 사푼사푼 걸어 대문 옆의 쪽문을 조심해서 열었다. 대문 안으로 경찰과 청년들이 소리 없이 들어갔다. 다들 긴장된 모습들이었다. 잔디 위에 커다란 개가 죽어 있는 것이 달빛에 비춰지고 있었다.

　한편 방에서는 은영 엄마가 시간을 최대로 끌면서 금고에 든 돈다발을 천천히 아주 천천히 아까운 듯 끄집어내고 있었다. 그러면서 바깥의 동정에 귀를 집중하여 엿듣고 있었지만 아무런 기척이 없었다. 부인은 자꾸만 불안해지고 초조해졌다.

"아줌마, 더 있을 텐데 빨리 꺼내란 말이야."

"있는 것 다 드리는 거예요."

강도가 눈을 번득이며 위협을 하고 부인을 밀치고 두목이 금고를 뒤졌다. 금고를 뒤졌지만 서류 뭉치만 있고 돈은 더 이상 없었다.

"이것밖에 없어? 이것으로 타협하자고 하면서 있는 것 다 준다고 했어?"

강도가 험악하게 인상을 쓰고 부인과 박 사장을 노려보았다.

"천오백만 원은 넘을 거예요. 부족하면 가지고 있는 패물을 드릴게요."

아내가 금고에 있는 것만 주고 이 피를 말리는 시간을 면했으면 했는데……, 아내가 패물까지 주겠다고 하니 분노한 박 사장은 아내를 무서운 눈길로 노려보았다. 박 사장은 아내가 경찰이 올 시간을 위해 지연작전을 하고 있는 걸 전혀 모르고 있었다.

담 밖에 배치된 사람 외는 모두 집으로 들어가서 집을 에워쌌다. 경찰관, 무술 유단자 등, 몸이 빠른 7, 8명은 현관 쪽으로 재빠르게 다가갔다. 현관문은 잠금 장치가 되어 있지 않았다. 잘 훈련된 특공대처럼 발소리와 몸 소리를 죽이고 거실을 지나 방문 앞에 섰다. 방 안에서 강도와 박 사장의 격앙된 소리가 들렸다.

"이것밖에 없단 말인가? 좋게 말할 때 특별히 숨겨놓은 돈을 먼저 내놓고 패물도 내놓으시지. 우린 전문가야. 다들 금고 외에 큰돈은 다른 은밀한 장소에 숨겨 두고 있더란 말이야. 이것들이 험한 꼴 당해야 정신 차리겠어."

강도가 딸의 옷을 푸욱 찢었다. 잠옷이 찢어지면서 딸의 하얀 젖가슴이 드러났다. 박 사장도 성숙한 딸의 젖가슴을 처음 보았다.

"엄마!"

딸은 비명을 지르며 두 손으로 가슴을 감쌌다. 박 사장은 분노로 치가 떨렸다.

"이놈들, 돈이 그것밖에 없는 걸 어떻게……. 너희 놈들이 찾아보란 말이야!"

박 사장이 분노하고 있었다.

"이 새끼가!"

강도가 박 사장의 배를 발로 강하게 찼다.

"억!"

박 사장은 비명을 토하고 앞으로 고꾸라지며 악을 토했다.

"여보!"

"아버지!"

은영이 엄마와 은영이 동시에 고함을 쳤다.

"이놈들아! 너희들이 찾아봐! 있는 것 다 내어놓았단 말이야. 있는 패물 준다고 했잖아! 그 이상 없는 돈을 어쩌란 말이야."

방문 앞에서 동정을 살피던 경찰이 고개를 끄덕했다. 경찰과 태권도 사범과 청년이 방문을 박차고 방 안으로 한꺼번에 뛰어들었다. 그 뒤를 이어 몽둥이를 든 청년들이 들어갔다. 방 안은 스탠드 불만 켜져 있었다. 두 강도는 무방비 상태에서 갑자기 뛰어든 경찰과 청년, 무술 사범에게 칼을 들어 엉겁결에 대항했지만 경찰관이 먼저 몽둥이로 강도의 손을 무섭게 내려치고는 몸을 날려 방바닥에 강도를 깔아 눕혔으며 동시에 여러 명이 강도 위에 덮쳤다. 강도 한 명은 태권도 사범의 주먹 일격에 얼굴이 피투성이가 되어 쓰러졌다. 불과 수초 정도에 이루어졌다.

방문을 박차는 소리에 이 층의 강도가 자신들이 위험에 처한 것을 알고 창문을 통해 담 밖으로 뛰어내렸으나 밖에서 포위하고 있던 경찰과 청년들에게 무참히 두들겨 맞고 수갑이 채워졌다. 온 집에 환하게 불이 밝혀졌다. 거실에 끌려 나온 강도들을 보고 박 사장도 사람들도 놀랐다. 의외로 그들은 하나같이 체격도 왜소했고 겨우 20살 정도의 젊은이들이었다. 저 어린 나이에 강도짓을 하다니 대담하고 치밀한 것에 박 사장은 놀라지 않을 수 없었다. 사람들은 강도들이 체격도 좋고 인상도 험악하게 생긴 줄 알고 있었는데 그렇지 않았다.

"이놈들아! 뭐 해 처먹을 것이 없어 강도짓을 해!"

결박이 풀린 박 사장은 맨 앞에 머리를 숙이고 있는 두목의 멱살을 잡아 흔들며 주먹으로 연거푸 면상을 갈겼다. 강도는 더 맞지 않으려고 몸을 사렸다. 박 사장의 주먹에 맞은 강도의 얼굴은 피투성이였다. 눈알을 번득이며 한 사람의 생명을 그들의 기분과 감정 하나에 살리고 죽일 수 있었던, 조금 전 저승사자같이 설치며 그렇게도 거칠고 당당하던 모습은 찾아볼 수 없었다. 더 맞지 않으려고 경찰과 청년들의 눈치만 보는 강도들의 비굴한 얼굴이 너무나 초라하고 나약하게 보였다.

"아! 우리 아들이 안 보여요."

부인은 가슴이 철렁했다. '혹시 강도들이 해치지 않았는지, 그러지 않고는 이 소란 통에 잠을 자고 있지는 않을 것이고……'

"여보, 당신이 올라가 봐요. 나 다리가 떨려요."

박 사장이 급히 이 층으로 올라갔다. 그 뒤로 몇 사람이 우르르 따라 올라가느라고 나무 계단에선 한밤중이라 쿵쿵 소리가 유난히 크게 났다.

아들은 손발이 테이프로 칭칭 감겨 있고 입도 테이프로 막혀 있었다.

"어이, 유도 3단, 이거 어찌된 거고? 그 덩치 아깝지 않나?"

박 사장은 아들을 내려다보고 핀잔을 주었다. 청년들이 테이프를 조심스럽게 칼로 잘랐다.

"박 사장님, 아직 젊으시군요. 아들이 현명한 판단을 한 것입니다. 강도에게 힘으로 대항하면 생명이 위험합니다. 강도들은 상황에 따라 사람을 해치는 것을 보통으로 하니까요."

나이 든 경찰이 빙긋이 웃으며 말했다. 아들은 아직도 충격에서 벗어나지 못했는지 일어나면서 이마를 만졌다.

경찰서와 동회에서 이웃끼리 비상벨 설치를 권장한 것이 금전적 손실을 막고 강도를 잡는 개가를 올렸다. 강도 사건이 온 동네에 알려지자 비상벨 설치를 미루고 망설이던 집들도 비상벨을 서둘러 설치했다. 그리고 암호와 암어를 어떻게 할 것인가를 의논하느라고 소원하게 지내던 이웃끼리 모여 친목의 시간도 갖게 되었다. 서로 이웃을 초대하고 즐겁게 지내며 등산도 야외도 함께 가는, 가까운 그야말로 가깝고도 화목한 이웃사촌이 되었다. 그리고 학원폭력근절운동과 더불어 이 사건이 신문과 TV에 보도되면서 전국적으로 학원폭력근절운동과 강도 방지 운동이 확산되고 있었다. 그러나 경찰의 요청으로 비상벨 설치는 언론에 보도되지 않고 몰래 집을 빠져나온 가정부의 신고로 검거된 것으로 보도되었다.

학원폭력근절과 비상벨 설치를 권장한 박정웅 계장은 내무부장관 표창장을 받고 그 어려운 경정으로 승진되었다. 손운식 서장도 내무부장관의 표창장을 받았다. 그리고 참여한 동네 청년과 태권도 관장과 사범과 이웃들은 각 기업체에서 내놓은 푸짐한 상품과 용감한 시민상을 받았다.

이로써 꿈에 인범이 나타난 것이 박 계장의 인생에 행운을 줄 것인지 불행을 줄 것인지 불안했던 예감은 승진의 행운을 가져다주는 쪽으로 실현되었다. 박 계장은 인범이와 좋은 인연으로 살아가야겠다고 생각했다.

조직폭력배 두목과 상면

1

어느 날, 한낮을 뜨겁게 달구던 태양도 열기가 소진된 듯 황혼에 밀려 서산에 빠지고 어둠이 서서히 밀려드는 저녁 무렵이었다. 인범이가 공사 판에서 일을 마치고 올라오고 있는 저만치 앞에 검정색 고급 코란도 지프 차 한 대가 정차돼 있었다. 이곳까진 차가 거의 오지 않는데 그것도 지프 차라 의아했다. 대부분의 지프차는 관용차가 아니면 폭력배들의 차라 인 범의 시선이 이 차에 무심할 수 없었다. 인범은 지나가면서 차를 유심히 보았다. 깨끗이 닦인 차는 윤이 반짝반짝 나고 차 내부의 장식이 조금은 조잡한 감이 있었다. 차 안에는 아무도 없었다. 차 조금 옆에 검정색 바지 에 검은 라운드 셔츠를 입은 사십 대의 건장한 신사가 차를 등지고 서서 왼쪽 손을 바지 주머니에 찔러 넣은 채 담배를 피우며 산야를 구경하고 있었다. 등 뒤로 보이는 신사의 목은 굵고 팔뚝은 소매가 터질 듯 굵은 근 육이 꿈틀거리고 있었다. 상하 검정색 양복을 입고 있어 더욱 강하게 보 였다.

순희가 건달 풍의 사나이 두 명이 어제 한참을 기다리다 언제 오면 고인 범 씨를 만날 수 있느냐고 상세히 묻더라고 했다. 그런데 이상하게 매우 예의를 갖추어 건달에게 어울리지 않는 친절한 태도더라고 했다. 순희가 일찍 올 때도 늦게 올 때도 있다고 하니 고맙다고 하면서 더 묻지 않더라고 했다. 순희가 보았다는 건달들이 지난번 목숨을 걸고 싸웠던 한 패거리의 폭력배들이라고 생각했다. 그런데 그들이 예의를 갖추더라는 말을 듣고 뭔가 이상했다.

돌아서서 담배를 피우고 있는 사나이는 산야의 경치에 도취한 듯 담배 연기를 허공에 내뿜으며 주위를 조망하면서 등 뒤에 사람이 있다는 것에는 조금의 관심을 갖지 않았다. 인범은 약간의 경계를 하면서 집으로 향했다. 사나이는 한적한 들길에서 자기 뒤로 걸어가는 인범이의 기척을 감지했을 것인데 발걸음 소리를 듣지 못했는지 아니면 의식적으로 무심한 체하는지 뒤를 돌아보지 않았다.

저만치 앞쪽에 체격이 좋은 또 다른 청년 두 명이 서 있는 것이 보였다. 한 명은 코란도 옆의 사나이처럼 담배를 피우고 산을 조망하고 있고 한 명은 마을 쪽을 내려다보다 인범이가 올라오는 것을 보고 급히 피우던 담배를 던지고 동료에게 뭐라고 말하고 있었다. 둘은 인범이를 기다리고 있었던 것 같았다.

인범은 경계를 하면서 그들에게 가까이 갔다. 그들도 인범을 자세히 보더니 두 명이 차렷 자세를 취하며 앞을 가로막았다.

"저, 고 선생님이 아니십니까?"

젊은 인범에게 어울리지 않는 존칭을 쓰고 있었다. 막노동자인 인범은 선생이란 존칭이 부담스러웠다.

"누구 찾으시죠? 저는 고인범입니다."

경계의 시선으로 대답하니 두 청년은 인범이에게 허리를 90도로 꺾어 인사를 하였다.

"어제도 기다리다 만나 뵙지 못하고 돌아갔습니다."

"……."

"저 밑에 사장님이 기다리고 있습니다. 같이 가시죠."

청년은 앞장을 서기를 기다렸다. 그런데 이 친구들 습관이 묘했다. 왜 젊은 나에게 인사를 깍듯이 할까? 그들 패거리들이 얼마 전 나를 테러하기 위해 밤중에 기습까지 하지 않았던가? 그런데 오늘은 왜 태도가 돌변했을까?

인범은 박 계장이 폭력배 두목을 찾아 엄중하게 경고한 사실도, 그리고 인범 자신이 경찰 간부의 특별 비호를 받고 있다는 사실도 모르고 있었던 것이다.

"나는 당신들의 사장을 만날 이유가 없습니다. 그렇게 전해 주시오."

인범이가 이 말을 하고 돌아서 가려니 이들은 급히 앞을 가로막고 정중한 태도와 말씨로 사정을 하였다.

"고 선생님, 그래도 나이 많으신 우리 사장님이 여기까지 두 번이나 오셔서 만나 뵙기를 원하시는데, 이러시면 예의가 아니지 않습니까? 사람이 어디 처음부터 아는 사람이 있습니까? 그러지 마시고 자, 같이 가십시다. 부탁드립니다."

이 사람들의 말에 어긋남이 없었다. 나이 많은, 그것도 폭력배의 세계에선 무소불위라는 주먹 왕초가 이렇게 직접 올 때는 이유가 있을 것이다. 나를 폭행하려면 겨우 부하 두 명만 데리고 직접 여기까지 나서지는 않았을 것이라고 유추했다. 내가 모르는 무엇이 있는 것일까? 부딪쳐 보아야겠다고 생각했다.

인범은 앞장을 섰다. 감정이 없는 기계적인 두 부하는 오직 주어진 명령에 따를 뿐이었다. 인범은 주먹세계의 규율에 대해 생각해 보았다. 얼마나 무서운 징벌이 있기에 저렇게 명령에 기계처럼 복종할까? 아니면 명령의 대가로 금전적인 보상을 얼마나 받기에 저토록 명령에 맹종할까? 꼭 폭력 영화에서 나오는 폭력 세계의 한 장면을 보는 것 같았다.

저쪽 코란도 차 옆에서 사장이라는 사나이가 이쪽을 보고 있었다. 인범이가 다가서니 뒤에 오던 건달 두 명이 그들의 사장 앞에 가서 허리를 90도로 꺾었다.

"고 선생님 모시고 왔습니다."

"그래, 수고했다."

사장이라는 사람이 인범이를 조용한 눈으로 바라보며 찬찬히 관찰하고 있었다. 인범도 마주 바라보았다. 딱 벌어진 어깨와 주먹세계에서 온갖 잔악한 풍상을 겪은 얼굴 모습에서 보스다운 기질이 엿보였다.

김승배 폭력배 두목은 인범이를 보고 자기가 상상한 모습과는 다른 면을 보고 의아해 했다. 두목이 생각하기엔 근육 운동으로 다져진 건달 풍의 모습을 상상했는데, 근육질이 아닌 골격이 좋은 한 마리의 적토마 같은 준마를 보는 느낌이었다.

이 청년의 몸이 근육질이 아닌 것은 오히려 진짜 싸움꾼임을 입증할 수 있었다. 근육질은 싸움을 위한 힘을 기르기보다는 과시적인 몸의 위세를 보여 상대를 압도하기 위한 목적에 더 비중을 두고 근육 운동을 꾸준히 중점적으로 할 때 만들어진다. 싸움은 파괴력과 스피드와 지구전에서 승부를 가른다. 격투기 운동은 근육보다 지구력과 스피드, 그리고 파괴력에 역점을 두고 연습을 한다. 권투 선수나 유도 선수, 태권도 선수를 보라. 근육질의 몸은 거의 없다. 싸움은 순발력과 파워와 기술이 승부를 좌우하지 않는가. 그 순발력은 많은 실전을 통해 자연적으로 숙련된다.

보스는 오랜 주먹 생활에서 이런 육체적인 선별 방법을 얻었다. 이 청년은 눈동자가 맑다. 유난히 검은 눈동자는 무언가 좀 모자라는 듯한 순진한 모습을 풍기고 있었고, 시커먼 눈썹과 굳게 다문 두툼한 입술은 과묵한 인상을 주었다. 후리후리한 키에서 쭉 뻗은 다리와 유난히 굵은 팔뚝은 대단한 위력을 발휘할 것 같았다.

"어서 오시오. 나, 김승배란 사람이외다. 박 계장님에게 소개 잘 받았소."

"……?"

"박 계장님을 몰라요?"

"……!"

'아, 박 계장님이 폭력 두목을 만났구나!'

김승배 두목은 커다랗고 두툼한 손을 내밀어 악수를 청했다. 인범은 상대방이 예의를 지키니 예의를 갖추어 대해야겠다고 생각했다. 인범은 공손하게 묵례를 하고 손을 내밀어 두목의 손을 잡았다. 주먹꾼과 주먹꾼의 악수, 유달리 큰 두 손이 서로의 손아귀 힘을 의식하며 잡았다.

두목은 악수를 하면서 청년의 팔뚝을 보았다. 꼭 호랑이 앞발 같은 굵고 튼튼한 팔뚝이 꿈틀거리고 있었다. 그리고 손을 잡는 순간 청년의 손에서 거친 맹수의 날카로운 발톱 같은 감촉을 느꼈다. 운동으로 거칠어졌는지 일로써 거칠어졌는지 손바닥은 곰 발바닥 같았다. 어깨에서 팔을 통해 내려온 힘이 손에 전해졌다. 그리고 악력도 대단했다. 두목도 주먹세계에서 키워진 주먹이라 제법 큰 손인데, 이 청년에게 잡힌 자신의 손이 빈약하다는 것을 실감했다. 과연 무서운 놈이라는 것을 쉽게 느끼고 알 수 있었다. 수도를 얼마나 단련했는지 두툼한 굳은살이 솥뚜껑 같았고, 주먹의 중앙 정권의 뼈가 불쑥 자라나 있었다. 주먹으로 수없는 격파를 하지 않고는 저렇게 정권의 뼈가 불쑥 돋아나지는 않았을 것이다. 저 주먹에 정통으로 맞는다면 그 파괴력은 대단할 것이라고 상상하며 섬뜩한 생각을 했다. 수없는 주먹꾼을 거느렸던 김승배 사장은 악수 하나에서 힘의 압도를 느껴야 하는 가벼운 비애를 느꼈다.

박 계장이 나의 부하 어느 누구라도 이 청년을 이기지 못할 거라는 말이 결코 빈말이 아니라는 것을 김 사장은 청년을 대하면서 인정하지 않을 수 없었고 두려움을 느꼈다. 박 계장은 이 청년의 강함을 알고 있었다. 박 계장은 우리 조폭의 조직으로부터 이 청년을 강력하게 보호하려고 하고 있다. 그것은 패배를 굴욕으로 생각하는 조폭들이 보복을 위해 모든 위력을 총동원하여 수단과 방법을 가리지 않고 상대를 살상하는 폭력배들의 근성을 의식해서일 것이다. 어떤 면에서 이 청년에게 집착하여 직접 찾아와 위해를 가하지 말라고 경고하고 갔는지 모르지만, 이 청년에게 박 계장이 인간적인 친근감을 가지고 있다는 것을 단박에 알 수 있었다. 김승배는 청년이 탐이 났다. 그러나 이 청년은 폭력 세계에서 비행을 저지르는 체질이 아님을 알았다.

두목은 인범이 어릴 때부터 살아가기 위해 유일하게 손발을 밑천으로 하여 오랫동안 노동판에서 아니, 지금도 거친 노동판에서 생활을 하고 있음을 모르고 있었다. 두목은 부드러운 미소로 인범을 대하며 명함을 주었다. 명함은 '고려물산 대표 김승배'라고 적혀 있었다.

"자, 우리 어디 가서 이야기 좀 하세. 나 고 군에게 말 놓아도 되겠지. 양해하게. 아마 내가 나이로 보면 고 군에게 큰형뻘이 될 걸세. 그보다 내가 장가를 일찍 갔으면 고 군 같은 자식도 있을 거야."

"네, 편하게 대하여 주십시오. 그래야 저도 편합니다."

진정으로 하는 말인 것 같았다. 김승배 사장은 준마 같은 청년에게 모처럼 인간다운 정을 느꼈다. 박 계장이 사람을 잘 본 것 같았다.

2

김승배 사장과 인범은 동네의 한 불고기 식당에 마주 앉았다. 김승배가 폭력배 보스답게 화려한 고급 식당이나 고급 술집을 택하지 않은 것은 인범을 만나고 결정한 것이다. 이놈에게는 화려한 술집이 어울리지 않다고 본 것이다. 처음 김승배는 자기 부하를 상하게 한 아니, 불구자까지 만든 놈을 으리으리한 분위기의 요정이나 고급 식당에 데리고 가서 기를 죽이려고 했는데, 인범을 만나고는 생각을 바꾸었다. 이 청년에게는 오히려 부정적 거부감의 역효과를 가져올 것으로 판단한 것이다. 이 청년은 가진 자의 부러움도 주먹세계의 두려움도 갖지 않은 것 같았기 때문이었다.

"고 군, 자네에게 먼저 밝혀둘 것이 있네. 지난번 우리 조직원인 땅벌과 자네와의 싸움은 내가 직접 시킨 것은 아닐세. 다만 내 부하 땅벌이 당했다고 하여 보복을 하겠다고 하는 걸 묵인한 거야. 그래도 내 부하가 했으니 내 잘못이겠지. 그때 자네에게 맞은 땅벌은 이제 다시는 주먹을 쓰지 못할 걸세. 아니, 정상인으로 살아가지 못한다는 의사의 진단이야. 뇌가 심하게 손상되어 고칠 수 없다는 거야."

"······?"

이 소리를 들은 인범은 얼굴이 갑자기 굳어졌다. 그러고는 일순 침통한 표정을 지으며 멀거니 폭력배 보스를 쳐다보았다.

"자, 술 한잔 하지. 박 계장님이 자네를 많이 걱정하고 칭찬하더군."

"사장님, 죄송합니다. 저는 사장님의 부하가 한두 명이 아니고 주먹 실력이 대단해, 제가 살기 위해 최선의 싸움을 했던 것입니다."

"고 군, 무슨 체육관에 다녀?"

"안 다닙니다. 어릴 때 조금 다녔습니다."

"싸움 실력이 보통 아니라던데, 어디서 싸움을 익혔지? 주먹세계엔 몸 담지 않았을 것 같은데. 그리고 고 군은 왜 싸움판에 뛰어들지?"

"······."

"말해 봐, 듣고 싶은데?"

"사장님, 주먹쟁인 왜 이유도 없이 약자를 때립니까?"

"주먹쟁이? 그래 주먹쟁이지. 내 질문은 피하는군. 진짜 주먹쟁인 약자를 때리는 것이 아니고 주먹쟁이끼리 지역과 이권을 쟁취할 때에만 수단 방법을 가리지 않고 상대를 살상하지. 결코 저항하지 않고 주먹으로 도전하지 않으면 상대에게 물리적 싸움을 하지 않는 거야."

"사장님 질문은 다음 기회가 주어지면 말씀드리겠습니다. 오늘은 사장님과 첫 대면이고 저에겐 말 못할 사연이 있습니다. 죄송합니다. 사장님은 왜 주먹꾼이 되셨습니까?"

이 청년의 말은 당연했다. 처음 만나는 사람에게 누가 자기 인생의 아픔과 비밀의 사연을 털어놓겠는가? 질문하는 내가 실례한 것 같다는 생각이 들었다. 심중이 깊은 청년이었다.

"먼저 자네에게 사과하네. 부하의 잘못은 보스가 책임져야지. 땅벌은 우리의 규율을 어긴 거야. 젊었을 때에 실수하지 않은 젊은이가 몇 있겠나. 나도 철없을 때 주먹세계에 발을 잘못 들여놓은 탓으로 오늘의 암흑가에서 떳떳하지 못한 건달이 되어 버렸어. 그 첫발의 잘못이 나의 인생에 몹쓸 병균이 될 줄 모르고, 그 상처를 치유하지 못해 지금까지 발을 빼지 못하고 있다네. 이런 나의 모습을 보고 김 군은 주먹세계에 발을 들여놓지 말게."

김 사장은 공권력 앞에 항상 저자세이고 사회 척결의 표적물인 범법자의 삶에 환멸을 느끼고 살아가고 있다고 말했다. 그리고 암흑세계에서 발을 빼지 못하는 것은 이루어 놓은 아성을 지키지 않을 수 없었기 때문이라고 했다.

김 사장은 이 청년을 만나기 전엔 쓸 만한 놈이면 부하로 끌어 들이려는 목적도 있었는데, 이 청년을 만나 보니 주먹세계에서는 전혀 어울리지 않는다고 생각했다.

김 사장은 맥주를 인범의 잔에 부어주려고 들었다. 인범이가 얼른 술병을 받아 들었다.

"사장님, 먼저 술잔을 받으십시오."

인범은 김승배 사장의 잔에 맥주를 가득 따랐다. 김승배 사장은 잔을 놓고 맥주 컵 하나를 인범의 손에 쥐어 주고 맥주를 부어주었다. 인범은 공손히 잔을 받았다.

인범은 술잔을 받고 인사를 정식으로 드렸다.

"사장님, 저 고인범이라고 합니다."

"그래, 고인범. 높은 곳에서 아래로 내려다보고 있는 사람 호랑이로 기억하겠네."

김승배 사장은 술잔을 입에 가져갔다.

"그게 무슨 말씀입니까?"

김 사장은 맥주를 한 모금 마시고 잔을 내려놓고 말했다.

"그렇지 않은가. 고인범, 높을 고(高), 사람 인(人), 범 호(虎) 자, 호랑이 아닌가. 나는 무식해서 잘 모르지만 그런 것 같아."

"아, 네. 그러나 호랑이라니요."

"자네는 호랑이야, 호랑이가 딱 어울려. 그런데 자네 얼굴이 왜 그래."

인범의 얼굴은 내내 침통했다. 김 사장에게서 자신의 박치기에 땅벌이 실성해 버렸다는 말을 듣고 충격을 받은 것이다. 아무리 목숨을 건 싸움이지만 자기로 인해 한 인간이 죽은 목숨과 같은 정신 불구자가 되었다니 가슴이 아팠다.

"사장님, 땅벌이라는 분에게 제가 어떻게 해야 합니까? 죄송합니다. 본인과 가족들, 그리고 사장님께 뭐라고 사과의 말씀을 드려야 할지……."

"무슨 소리, 이미 싸움을 시작하면 승부가 있기 마련이야. 땅벌에 대해선 우리 회사가 조치를 다 해 놓았다네. 규칙은 어겼지만 가족이 있는데 어쩌겠나?"

김 사장은 인범이가 땅벌이 정신이 실성한 불구자로 살아야 한다는 말을 듣고 죄인처럼 고개를 숙이고 침통한 얼굴로 앉아 있는 모습을 보면서 이 청년이 갑자기 얼굴이 어두운 것은 땅벌로 인해 충격을 받았다는 것을 알 수 있었다. 이놈은 사람 됨됨이가 되었다고 생각했다. 모처럼 대하는 인간 냄새가 나는 놈이구나! 박 계장이 역시 사람을 알아볼 줄 아시는구나! 놈은 우리 조직의 건달에게 이겼다는 자만도 오만도 없다. 오히려 겸손하다. 그리고 자기와 싸워 불구가 된 땅벌로 인해 죄책감에 번민을 하고 있었음을 알 수 있었다.

"고 군, 잊어버리게. 누구의 잘못도 아니야. 우리 모두의 잘못이야. 주먹꾼을 거느린 나의 잘못도 있겠지……. 가족들에게 우리 회사에서 최선을 다한다고 했지만 가족의 아픔에 비교할 수 있겠나……. 그리고 주먹세계에 발을 들여놓으면 언젠가는 비운이 닥칠 수도 있다는 것을 각오해야지. 그것이 주먹꾼의 운명이야."

인범은 주먹꾼의 운명이란 말을 되씹었다. '아 나에게도 언젠가 비운이 닥치겠지.'

인범은 조폭 두목이 책임감을 통감하며 부하에게 금전적 보상을 하였지만 인간적인 고뇌와 번뇌를 하고 있다고 생각했다. 인범은 조폭들을 경멸하고 반감을 갖고 있지만, 김승배 보스의 내면엔 의리와 인간미가 내재되어 있음을 알 수 있었다.

김승배 사장은 자기의 조직에 도전한 놈을 적당히 손봐주겠다는 부두목 급의 말을 듣고 이렇게 심각하게 될 줄 모르고 묵인했던 것이다. 그런데 야전 사령관인 박 계장이 이 사건에 관여하여 직접 나설 줄은 몰랐다. 만약 박 계장이 찾아와 경고하지 않았다면 어떠한 희생의 대가를 치르더라도 해쳤을 것이다. 그런데 지금 마주 앉은 인범이란 이 청년은 넓은 들판에 풀어놓은 한 마리의 야수였다. 이 야수는 아직도 사냥꾼의 총을 맞아

보지 못한 사자처럼 주먹 사회의 조직과 위력을 모르고 겁도 없이 날뛰며 설치고 있다. 백수의 왕인 사자도 그냥은 잡을 수 없어 인간의 두뇌와 무기로만 잡을 수 있듯이 우리 주먹세계의 방대한 조직의 힘으로 이 인범이라는 청년을 병신을 만들든지 죽이든 무참하게 제거할 수 있었다.

그런데 이 청년은 다행히 범죄소탕의 전담 야전 사령관의 비호를 받고 있다. 박 계장의 엄중 경고는 결코 무시도 외면도 해서도 안 된다는 것을 잘 알고 있었다. 특히 박 계장이 경정으로 승진하여 곧 형사과장이 된다는데 박 계장의 경고 아닌 부탁을 무시한다는 것은 공권력에 대한 도전이고, 박 계장의 경고대로 자신들의 생명줄인 사업체를 뿌리째 뽑는 자기 무덤을 파는 결과를 초래할 것이라는 사실을 알기 때문이었다. 그보다는 박정웅이라는 인간적으로 훌륭한 사람의 부탁을 받아들이지 않을 수 없었다. 그래서 놈이 과연 박 계장의 비호를 받을 수 있는 놈인지 확인하고 싶었고, 또 우리 조폭 중 어느 누구도 이길 수 없을 것이라는 박 계장의 말에, 오직 주먹 하나로만 외길로 살아온 김 사장이 만나보고 싶다는 충동과 궁금함을 버리지 못하고 청년을 찾아간 것이다. 과연 이 청년은 온몸이 싸움으로 단련된 아니 온몸이 흉기라고, 자존심이 상하지만 인정하지 않을 수 없었다. 그리고 겸손하고 예의 바른 말과 몸가짐, 맑은 눈동자는 이 청년의 올바른 정신을 대변해 주고 있지 않은가.

김승배 사장은 청년이 박 계장에게 정신과 인간적인 면을 인정받을 수 있는 인간 됨됨이를 갖추고 있다는 것을 알 수 있었다. 김승배 사장은 앞에 앉은 인범이의 조용한 얼굴을 바라보면서 고개를 끄덕이고 있었다.

"사장님, 날치기, 소매치기 계보를 알고 계십니까?"

"…… 그건 왜 묻지?"

"알고 싶습니다. 꼭요."

"왜 자네는 소매치기나 날치기에게 피해본 것은 없을 것 같은데……. 고

군, 독불장군은 언젠가는 파멸을 초래한다는 원칙이 있어. 자네 혼자서 이 나라의 전 범죄인에 도전하는 것은 달걀로 바위를 치는 것과 같은 것이라는 것을 알아야 하네. 괜히 자신의 주먹을 과신하고 공명심과 영웅심을 부려서는 안 돼."

김 사장은 지금까지 청년에게 향하던 좋은 감정과는 달리 범죄인에 도전하려는 청년의 자만에 아니꼬운 생각으로 경멸을 하며 충고를 했다.

인범은 보스의 다소 비아냥거리는 듯한 말을 듣고 마음이 아팠다. '아! 이 주먹 보스도 나의 피맺힌 한을 어찌 알리오!'

"사장님, 아닙니다. 저에게는 말 못할 사정이 있습니다."

"그럼, 자네와 직접적인 원한관계인가?"

"…… 예."

대답을 한 인범이 입이 실룩거리고 동시에 눈 밑을 파르르 떨고 있는 것을 김승배는 놓치지 않았다. '아! 청년은 날치기와 소매치기에 깊은 원한관계가 있구나.'

"음, 알았네. 무슨 아픈 사연이 있군. 그 사연을 말하고 싶을 때 언제든지 찾아오게, 내가 도와줄게. 미안하네, 잠깐이라도 자네를 오해한 것을."

"아닙니다. 저는 저 개인의 일이 아니더라도 정당한 약자를 괴롭히는 범죄인은 좌시하지 않을 것입니다."

인범은 천장을 쳐다보며 한을 토했다.

"……."

김 사장은 이 청년은 여느 청년과는 다르다는 것을 알 수 있었다.

'그래, 이 청년을 도와주자.' 이 청년은 날치기와 소매치기에게 맺힌 한을 안고 살아가고 있음을 간파했다. 그래서 날치기, 소매치기를 증오하고 끝없이 그들을 쫓고 있다는 것을 알 수 있었다. 인범은 폭력배 두목과 늦게까지 술을 나누고 헤어졌다.

인범은 김승배 사장이 암흑가의 범죄 소굴에서 살아가는 폭력 두목이지만 자기 직업에 회의를 갖고 있음을 발견했다.

약간의 술에 취한 인범은 자신의 박치기에 평생을 정신 장애자로 살아야 하는 땅벌을 생각하며 무거운 발걸음으로 들길을 더듬어 집으로 향했다.

공사장에서 결투

1

그렇게 극성을 부리던 더위도 한풀 꺾이고 여름방학의 끝자락도 얼마 남기지 않은 어느 날이었다.

공사판 햇빛 아래에서 막노동자들이 땀을 뻘뻘 흘리며 일을 하고 있었다. 인가에서 조금 떨어진 아파트 공사장은 수십 동의 철근 콘크리트 골조가 까마득한 높이로 올라가고 있고, 수십 명의 노란색 헬멧을 쓴 인부들이 각 층에서 또는 땅에서 땀을 흘리며 감독의 지시에 따라 작업에 열중하고 있었다.

인범도 대단지 아파트 신축 공사장에서 비지땀을 흘리며 흩어진 모래를 모아 무더기를 만들고 있었다.

"고 군, 자네는 왜 결근을 자주 해. 언제 돈 모아 장가 밑천 장만할 거야?"

"……."

"이 사람아, 젊어서 돈 안 벌면 언제 돈 벌어? 돈이 인생의 보호자야. 열심히 벌게. 자네는 놀이나 다니고 할 사람이 아닌 것 같은데, 결근을 왜 그렇게 자주 해? 그렇다고 약골도 아니면서 자넨 수수께끼의 사나이야. 속마음을 터놓지 않으니 도대체 정체를 알 수가 없어."

"……."

"이 사람 벙어린가? 고 군 목소리 한 번 듣기가 왜 그렇게 어려워."

"감독님 그게 아니고요, 못 나오는 사유를 말씀드려야 변명밖에 안 돼 말씀 못 드립니다."

"그래, 변명인 줄 알긴 알고 있구먼."

하재도 감독은 언제나 인범이에게 자상했다. 이 청년은 젊어서 그런지, 힘이 세어 그런지 보통사람의 일을 곱으로 하고 남들이 선뜻 하지 않으려는 어떤 위험한 일이나 힘든 일을 시켜도 싫다고 하지 않고 묵묵히 잘 해내는 성실한 청년이라 감독이 좋아했다.

일제강점기 때 이런 말이 있었다고 했다. 공사판에서 일하는 조선 사람들이 하도 일을 게을리 하여, 일본 감독이 일을 한 만큼 돈을 주기로 하였더니 어떻게나 열심히 일을 하는지, 그것을 보고 조선 사람은 돈내기(능력제)를 하니 죽을까 봐 겁이 나고, 월급제를 하니 장승 될까 봐 걱정이 된다고 하더라고 하면서, 해방이 된 후라도 같은 민족이지만 일을 시키는 한국 사람이 한국 사람의 근면성을 인정하지 않더라고 하였다. 그러나 인범은 감독이 있건 없건 자기 일을 열심히 하는 성실한 일꾼이었다.

"감독님, 고 군이 총각이니까 청춘사업도 해야죠."

"청춘사업은 돈 벌어 가면서 해야지, 직장을 쉬면서까지 하루 종일 아가씨만 따라다니나?"

인범을 두고 농담들을 하여도 인범은 언제나 미소만 짓고 화를 낼 줄 몰랐다. 그리고 남의 말에 관여하지도 않고 비판하지도 않았다. 인범은 대화 중에 자기의 장점을 자랑하며 교만하지 않으니 누가 굳이 인범의 단점을 들추어내려는 사람도 없고, 돋보이려고 하지 않으니 인범의 험구를 들추어내려고 하지도 않았다.

인간 사회에서는 자기 자랑으로 교만하려는 사람과 자신을 돋보이려고 하는 사람에게는 시기와 질투, 질시가 따르기 마련이었다. 이런 말이 있다. 노력으로 계획이 성취되고 교만으로 망친다는 말이…….

인범은 언제나 겸손하고 남의 일을 잘 도와주니 사람들은 인범이를 좋아했다. 그리고 인범은 과묵하여 자신의 마음의 비밀을 말하지 않으니, 인범이가 어떻게 살아왔으며 무엇을 계획하고 살아가고 있는지 몰랐다. 인범은 언제나 남의 말을 듣기를 좋아했다. 남의 말에서 인생의 장단점을 배우는 자세였다. 남이 무슨 소리를 해도 화를 낸다든지 남에게 싫은 소리를 하지 않는 것이 특징이었다.

갑자기 포장이 되어 있지 않은 공사장으로 지프차 두 대가 뽀얀 먼지를 일으키며 급히 들어와 거칠게 급정거를 했다. '찌 이 익' 하는 급정거 소리에 일하던 인부들이 모두 소리 나는 쪽으로 보았다. 거친 정차를 한 만큼 두 차에서 건장하고 인상들이 거칠게 보이는 건달 풍의 이십 대와 삼십 대 초반의 사나이 6명이 내렸다. 그들을 본 감독의 인상이 갑자기 변했다.

'저 건달들이 또 왔네, 며칠 전에도 사무실에서 박 이사에게 공갈을 치고 갔는데…….'

감독은 이들을 못마땅한 눈으로 노려보았다. 이들도 공사 현장을 못마땅한 눈초리로 둘러보고는 사무실로 우르르 올라갔다. 현장 감독이 부리나케 그들의 뒤를 따라 올라갔다.

인범도 하던 일을 멈추고 그들을 자세히 보았다. 인범은 건달들이 이곳에서 공갈 협박을 하여 무언가 부정한 이익을 보려고 한다고 생각했다.

사무실 문을 열고 들어간 건달들은 소파에 몸을 깊이 파묻고 앉자마자 담배를 끄집어내어 피우고 있었다. 금세 담배 연기가 사무실에 가득했다.

사무를 보던 아가씨 2명과 남자 3명이 일손을 놓고 겁먹은 얼굴로 그들을 바라보았다. 한 아가씨가 얼굴을 찡그리며 손으로 담배 연기를 흩트리고 있었다.

"박 이사 어디 갔어?"

"지금 현장에 가 계세요."

담배 연기를 흩트리던 아가씨가 겁먹은 얼굴로 말했다.

"어이 거머리, 현장에 가서 박 이사 찾아와."

"예."

거머리는 허리를 90도 꺾어 인사를 하고 건달 2명을 데리고 나갔다.

마침 현장에 나갔던 박 이사가 문을 열고 들어오고 박 이사를 찾아 나선 건달들이 따라 들어왔다. 박 이사는 귀찮고 마뜩잖은 눈으로 건달들을 바라보며 건달 두목 맞은편에 앉았다.

"박 이사, 공사 잘되어 갑니까? 우리 다른 공사장 갔다 오다 박 이사 얼굴 보려고 잠깐 들렀어요?"

"아 예, 잘되어 갑니다."

"박 이사, 사무실에서 차 한 잔 얻어먹고 갑시다."

최 사장과 건달들이 사무실 안쪽에 있는 박 이사 사무실로 우르르 들어갔다.

"박 양, 차 좀 가져와."

건달 몇 명이 무례하게 탁자 위에 구둣발을 올려놓고 사무실을 휘둘러보고 있었다. 그들의 행동들이 하나같이 오만불손했다.

짧은 베이지색 스커트를 입은 박 양이 찻잔을 들고 와 건달들에게 놓고 있었다. 건달들이 훤히 드러난 박 양의 허벅지에 눈을 박고 끈적끈적한 눈으로 쳐다보고 있었다. 커피를 마시며 최 사장이 먼저 말을 했다.

"박 이사, 창틀을 우리에게 줄 거요. 안 줄 거요? 우리도 좀 먹고 살아야 될 거 아니오. 박 이사에게도 이익 배당금 드릴게."

"곤란합니다. 제 마음대로 못 합니다. 이사회에서 인정하지 않습니다. 그건 입주자의 자유로운 선택입니다."

"그러니까 아파트 측에서 지정업체라고만 말해주면 될 거 아닙니까?"

"하자 처리 문제는 누가 책임질 것입니까?"

"그거야 당연히 우리가 책임져야죠."

"그건 법적 제도적 장치가 못 됩니다. 지정업체라도 최종적으로는 우리 회사가 책임져야 합니다."

"이 친구 깐깐하구먼. 우리가 누구라고 이렇게 푸대접이야."

체격이 우람한 한 건달이 마시던 찻잔을 탁자에 탁 소리가 나도록 거칠게 내려놓았다. 차가 넘쳐 탁자에 떨어졌다. 건달은 소파에서 벌떡 일어나 박 이사 앞으로 걸어 나와 박 이사의 어깨를 툭툭 치며 눈을 부라리며 노려보았다.

"이 친구 험한 꼴 당해 봐야겠어. 당신 말이야, 앞으로 조심하라고. 신상에 안 좋은 일이 생길 거고 공사에도 지장이 생길 거야. 전무하고 이야기 해야겠군. 이 친구 안 통하는구먼, 험한 꼴 당해 봐야겠군. 이봐, 우리 건달을 무시하면 건달의 방법이 있어. 얘들아! 가자. 이 친구 얼굴 잘 보아 둬."

박 이사에게 신체적 위해를 가하겠다는 위협적 암시였다.

건달들이 박 이사 사무실 문을 세차게 닫고 우르르 나갔다. 직원들이 두려운 시선을 하고 나가는 그들을 멀거니 바라보았다. 감독이 폭력배의 뒤를 따라 나갔다. 건달들은 공사 현장을 지나면서 험악한 욕설을 하며 나가고 있었다. 인부들이 건달들의 고함을 듣고 놀라 일손을 멈추고 바라보고 있었지만, 인범은 돌아보지도 않고 삽을 들고 하던 일을 계속하고 있었다.

건달들은 인부들을 노려보며 손에 잡히는 대로 공구나 재료를 던져버리고 발로 차며 지나갔다. 인부들도 감독도 건달들의 행패에 아무 말도 하지 못했다.

"어이 인마! 머저리같이 키 큰 노가다 놈, 잠깐 멈춰!"

한 놈이 뒤도 돌아보지 않고 일을 하고 있는 인범이에게 시비를 걸었다. 다른 인부는 모두 겁을 먹고 일손을 놓고 있는데 유독 인범이만 두려움도 관심도 없다는 듯 일을 하고 있는 것에 감정이 상한 모양이었다.

"야, 이 새끼. 안 들려!"

그래도 인범은 고개를 돌리지 않고 하던 일을 계속하고 있었다.

"어이! 저 친구 이거 아니야?"

건달이 자기 귀를 가리키며 귀머거리가 아닌가라고 물었다. 사실 인부들도 인범이가 겁을 먹고 그런다고 생각하고 있었다. 감독도 저 친구가 덩치만 컸지 젊은 사람이 보기보다는 겁쟁이라고 생각했다.

"이봐! 저놈이 귀머거리야, 귀머거리 아니야?"

인부는 잔뜩 겁먹은 얼굴로 멀거니 폭력배를 쳐다보며 말을 못했다.

"……."

"야, 이 새끼. 너도 벙어리냐?"

건달이 주먹으로 인부의 가슴을 쥐어박았다. 인부는 몹시 고통스러운지 가슴을 안고 얼굴을 찡그렸다.

"아, 이 새끼. 말 못 하겠어?"

"귀머거리 아닌데요."

"귀머거리 아닌데 귀머거리 흉내를 낸다. 그것 참, 재미있다."

우연한 계기로 화풀이 할 대상을 찾았는지 건달들은 가다 말고 험악한 얼굴로 인범을 노려보고 있었다.

"어이 거머리! 저놈이 귀머거리 짓을 계속하는지 안 하는지 시험해 봐."

6명의 건달들이 흥미를 갖고 바라보았다. 그들도 인범이가 고의로 벙어리 짓을 하는 걸로 알고 있었다.

거머리란 놈이 인범이가 일하고 있는 가까이에 갔다. 인범은 아직도 이쪽을 보지 않고 삽으로 모래를 퍼 올려 봉우리를 만들고 있었다. 감독도 인부들도 안쓰럽게 바라보고 있었다.

"야, 인마. 귀머거리 흉내 이제 그만해. 얻어맞지 않으려면 고분고분해야지, 귀머거리 흉내를 내어서야 되나? 이 머저리 같은 새끼야!"

고함을 꽥 질렀다. 그제야 인범은 하던 일을 멈추고 허리를 펴고 일어서서 거머리를 노려보았다. 손에는 삽을 든 채 말을 했다. 조금도 겁먹은 얼굴이 아니었다.

"나보고 하는 소린가? 나에게 볼일이 있나? 나는 당신에게 볼일 없어."

인범은 처음은 자기에게 그러는지 몰랐는데 귀머거리 맞나 아니냐고 할 때 듣고 있었다. 그러나 모른 척 일을 하고 있었던 것이다.

"네놈 말고 또 여기 다른 사람 있어? 이 새끼야."

"네놈 욕하는 데는 능력 인정해 주어야겠군."

인범은 비아냥거리며 놈을 똑바로 마주 노려보았다.

거머리는 예상 밖으로 도전적이고 당당한 태도에 잠시 어리둥절했다. 건달들도 인부들도 감독도 깜짝 놀랐다. 거머리의 시야에 반바지를 입은 놈의 하체가 들어왔다. 막노동 일과 매일 아침 운동으로 단련된 근육질의 튼튼한 허벅지와 날렵한 몸매와 유난히 긴 다리에 압도당했다.

순간 거머리는 '아! 이놈이 보통 놈이 아니구나.' 조금도 두려움 없는 여유 있는 말과 당당한 몸이 보통 놈이 아님을 증명했다. '아! 사람 잘못 건드렸구나!' 놈의 눈초리가 예사 눈초리가 아니었다. 두려운 눈초리가 아닌, 나를 압도하고 무시하는 시선이었다.

"아, 이 새끼. 벙어리 아니구나! 인마 아니면 진작 아니라고 대답해야지 자아식."

거머리는 슬며시 돌아섰다. 놈이 예사로운 놈이 아님을 직감했다. 혼자서는 놈을 손댈 수 없음을 간파한 것이다. 삽을 든 굵은 팔뚝이 시선에 다가왔다. 놈에게 주먹을 날린다면 삽으로 자신을 내려칠 것 같았다. 아니,

그 굵은 팔뚝 끝에 있는 주먹이 자신의 얼굴을 박살낼 것 같은 생각을 하니 몸서리치는 공포가 엄습했다.

인범은 돌아서 가는 건달을 조소를 머금고 바라보았다.

"야, 거머리. 성질 많이 너그러워졌네. 놈에게 사과 말이나 받고 와야지."

"아니야, 됐어. 놈이 미안해하는 표정이야. 손댈 것도 없어."

인부들도 감독도 맘 졸이고 바라볼 뿐이었다. 위쪽 사무실에서도 박 이사와 직원이 걱정스럽게 내려다보고 있었다. 그러나 거머리와 달리 다른 건달들은 그렇게 싱겁게 끝내고 싶지 않은 모양이었다.

"어이, 거머리. 자네 성깔도 한물갔군. 독거미, 네가 사과 받아 와. 너무 곱게 용서하여 주면 우리 체면이 구겨지잖아."

두목 최 사장이 말했다. 최 사장은 박 이사에 대한 울분을 현장 인부인 인범을 제물로 그들의 감정을 발산하고 앞으로 그들이 가할 보복의 시작을 예시할 작정이었다.

최 사장한테서 지명 받은 독거미는 잔뜩 폼을 잡고 인범에게 다가갔다. 인범은 놈들의 하는 행동을 물끄러미 바라보다 싸움이 시작됨을 예감하고 삽을 힘껏 모래 더미에 던졌다. 삽 끝이 정확히 모래 더미 상단에 박혔다. 묘하게도 아무렇게나 던진 삽 끝이 모래 더미 꼭대기에 박히는 것을 건달들과 직원들이 자세히 보았다. 인범이가 삽을 던진 것은 자신이 삽을 들고 있으면 놈들도 흉기를 갖게 된다는 상대성 대응을 알고 있기 때문이었다.

서로 흉기를 들고 싸우면 인명이 살상될 수 있다. 놈들과 싸운다면 무기 없이 싸우는 것이 유리할 것이라고 생각했다.

독거미가 인범이 앞에 다가와 인범이의 오른쪽 어깨를 왼손으로 툭툭 치며 빙긋이 미소를 머금고 인범을 보고 있었다. 그 미소는 인범이를 조롱하는 미소이며 그 눈은 인범이를 위협하는 눈이었다. 인범은 한 치의 허점도

215

없이 놈의 다음 동작을 읽고 있었다. 그러나 먼저 공격을 할 수는 없었다.

놈은 키가 땅딸하고 눈은 가자미눈같이 작았다. 그리고 얼굴이 새까맣다. 상체는 대단한 근육질이었다.

"야, 인마. 벙어리 흉내 낸 것 사과해."

"……."

인범이 미동도 하지 않고 놈을 노려보았다.

"야, 이 새끼. 난 성질이 급하단 말이야. 내 성미에 불붙이지 마!"

"……."

인범은 아무 반응 없이 노려만 보고 있을 따름이었다.

"이게 인내력 시험하나. 야, 이 새끼 사과 못 하겠어?"

놈의 신경질이 담뿍 담긴 격앙된 목소리였다.

"무슨 사과 말이냐? 누가 벙어리 흉내 내었단 말인가?"

"이 새끼, 사과하라면 사과할 것이지 웬 말이 많아."

"네놈 말이 거칠구나! 네놈들이 건달들이야?"

전혀 예기치 않은 도전적 언행에 건달들도 놀랐다.

인부들도 감독도 박 이사도 직원들도 모두 놀랐다. 다만 거머리만이 자신이 두려워한 예견이 적중되고 있음에 신음을 삼키고 있었다. 아니, 예상한 것보다 훨씬 강한 놈의 대담성에 두려움을 느꼈다. 놈이 우리들의 숫자도, 주먹쟁이라는 것도 알고 도전적인 언행을 하는 것으로 보통 평범한 상대가 아니라는 것을 증명했다. 아! 우리가 노가다라고만 생각한 것이 실수였구나! 그러나 이미 때는 늦었다고 생각했다. 그러면서 자신들이 6명이나 되니 놈에게 당하지는 않을 것이라고 생각했다.

하 감독과 인부들은 김 군이 겁도 없이 건달들과 대담하게 맞서니 가슴을 졸이며 안절부절못했다. 하 감독이 급히 인범에게 뛰어가 건달과 인범이 사이를 가로막았다.

"고 군, 자네 왜 이래? 그냥 사과해."

"감독님, 제가 이 친구에게 무슨 사과를 하라고 하십니까?"

"이봐, 당신 똥 감독인지 모르지만 저리 비켜! 이런 놈은 주먹맛을 보아야 정신이 들지, 좋게 대하면 기어오른단 말이야."

독거미가 한 손으로 하 감독을 거칠게 옆으로 밀어내고 인범이에게 바짝 다가서며 무섭게 노려보았다.

"이 새끼가 호되게 맞아야 정신 차리겠어."

독거미의 주먹이 인범이의 면상을 향해 날아갔다. 이미 놈의 공격을 예기한 인범은 피하지도 않고 왼팔로 놈의 팔을 중간에서 걷어 올렸다. 이 대담하고 위험한 방어의 기술은 상대의 동작을 찰나까지 읽고 있지 않으면 안 되는 고수의 기술이었다.

독거미의 팔은 인범의 왼팔 위에 얹히고 인범의 면상을 향했던 주먹이 대각선으로 하늘을 향해 허공을 찌르고 몸은 중심을 잃었다. 인범은 중심을 잃고 기우뚱하는 놈의 팔목을 잡아 억센 손으로 잽싸게 팔의 관절을 꺾었다. 이 기술은 여간 동작이 빠르지 않으면 할 수 없는 무술이었다. 이 무술은 상대가 약하다든지 상처를 주지 않고 굴복시키려고 할 때 즐겨 쓰는 팔 꺾기 유술이었다. 싸움을 잘하려면 빠르기, 기술, 힘의 기본 조건이 갖추어져야 했다.

그러나 이 독거미라는 건달은 정신력도 순발력도 기술도 갖추지 않은 그냥 집단을 이룬 건달의 한 일원일 뿐이었다. 깡패들은 집단에서는 힘을 발휘할 수 있으나 집단에서 이탈하면 힘을 상실한다. 즉 인범이는 맹수에 비유하면 혼자 먹이를 공격하는 호랑이이고, 건달들은 무리를 지어 공격하는 늑대들에 비유할 수 있었다. 인범은 언제나 혼자였다.

독거미는 관절이 꺾여 얼굴이 고통으로 일그러져 있었다. 인범이가 꺾은 관절에 힘을 서서히 가하자 놈은 비명을 토했다.

"아악!"

독거미는 고통으로 얼굴이 심하게 일그러졌다. 인범이 더욱 힘을 주어 관절을 꺾었다.

"아아악!"

독거미는 왼팔로 자신의 오른쪽 어깨를 두드리며 고통을 호소했다.

인부들도 하 감독도 위쪽에서 보고 있던 박 이사와 직원들도 너무 놀랐다. 언제나 말없이 묵묵히 일만 하던 젊은 고 군이 유명한 싸움꾼이라고는 상상도 못 했던 것이다. 그보다 노동판의 막노동꾼으로만 알았던 젊은 인부가 싸움꾼인 줄 몰랐던 건달들은 이제 물러설 수도 없는 상황이 돼 버렸다.

동료가 막노동꾼인, 그것도 한 놈에게 무참히 당하는 것을 보고 흥분한 건달들이 우르르 인범이에게 다가가 에워싸며 핏발 선 눈으로 노려보고 있었다. 건달들은 놈이 자기 동료의 팔을 꺾고 있으니 마구 공격할 수가 없었다.

인범은 비겁하게 놈을 방패막이로 방어만 할 수 없어 한 번 더 놈의 관절을 꺾었다.

"아악!"

놈이 다시 고통으로 비명을 질렀다. 인범은 꺾었던 팔을 놓아 주며 놈을 덤벼들려는 건달들에게 힘껏 밀어 던졌다. 건달들은 움찔 뒤로 물러섰다. 전열을 정비한 놈들은 무섭게 인범을 노려보며 공격 태세를 갖추었다. 조금 전 고양이가 쥐를 어르듯 조롱하던 여유 있는 모습은 어느덧 사라지고 공격을 못 하고 잔뜩 노려만 보고 있었다. 팔을 꺾인 놈은 팔을 움켜쥐고 그 자리에 주저앉아 고통스런 얼굴을 하고 있었다.

4명이 전열을 갖추고 인범이를 에워쌌다. 인범은 천천히 넓은 곳으로 물러섰다.

건달들이 인범을 압박하고 조여들었다. 인범은 아파트를 배수진으로 하고 놈들을 노려보며 싸울 준비를 했다. 놈들도 가까이에서 본 인범의 위압적이고 날렵한 몸매와 축구선수보다 억센 허벅지의 근육, 억센 팔, 자기들의 몸과는 대조적인 몸을 바라보며 두려움이 얼굴에 역력했다. 감히 공격을 못 하고 망설이고 있었다. 잘 먹고 운동 부족으로 뱃살만 찐 자신들의 몸과는 비교할 수 없는, 운동으로 단련된 몸에 압도되어 쉽게 공격을 못 하고 인범이 주위를 맴돌고 있었다.

"건방진 놈, 우리가 누군 줄 알고 반항하는 거야?"

"누군 누구야, 인간 기생충인 건달들이겠지."

"뭐? 이 새끼, 기생충!"

"그래 너희 놈들이 주먹을 밑천으로 남의 공사장에 돌아다니며 협박이나 하며 남의 등이나 처먹는 놈들이 기생충 아니고 뭐야?"

인범은 언제나 이런 건달들과 싸울 땐 놈들의 감정을 박박 긁어주고 싶었다.

"야, 이 새끼. 말 다 뱉었나? 주둥이를 박살내 줄 테다."

인범의 비아냥거리는 폭언은 건달들을 격분시키기에 충분했다. 그 중 성깔이 있고 주먹깨나 있는 것 같은 건달이 한 발 다가섰다. 이를 본 인범은 놈들을 노려보며 호주머니에서 가볍고 질긴 검정색 가죽장갑을 빠른 동작으로 꺼내어 끼었다. 장갑을 끼자 온몸의 근육과 주먹의 탄력이 불끈 솟았다.

싸움을 위해 가죽장갑을 소지하고 있는 것을 본 건달들과 감독과 일꾼들은 깜짝 놀랐다. 뒤에서 어정쩡한 태도로 있던 거머리가 '그래, 내가 본 그대로구나. 역시 놈은 대단한 싸움꾼이구나.' 생각하며 깊은 신음을 삼켰다.

"한또! 놈은 예사 놈이 아니다!"

두목이 주의를 주었다. 피할 수 없는 싸움이었다. 싸움을 시작한 것도 자기들이었다. 물러설 수 없었다. 한또는 웃옷을 벗어 아무렇게나 벽돌 더미 위에 던졌다. 나머지 세 명도 한꺼번에 옷을 벗었다. 한결같이 상체가 근육 아닌 살 뭉치로 꿈틀거리고 있었다. 공사장은 아연 긴장한 분위기로 숨소리마저 없었다. '저놈은 건달세계에서 밥을 먹은 놈이다.'

두목도 잔뜩 긴장을 했다. 놈은 무술의 고수고 폭력 전과자이었을 것이다. 이제 폭력 세계에서 손을 끊고 새사람이 되기 위해 공사판에서 막노동이라도 해서 살아가려는 놈을 우리가 잘못 건드렸다고 두목은 단정했다. 건달들은 묘하게 싸움에 휘말려든 것을 후회했지만 물러서긴 이미 늦었다. 처음 거머리가 적당히 물러설 때 놈에게 이길 수 없음을 예감한 것 같았다. 언제나 사건은 엉뚱하게 사소한 시비에서 시작되어 큰 싸움으로 확대된다.

뺨 한 대 때리고 끝날 수 있는 것을 서로 오고간 거친 말과 작은 주먹싸움이 감정을 증폭시켜 살인이라는 끔찍한 극단적인 결과를 초래하는 것이 싸움의 시작이다. 이제 물러설 수 없는 상황이 되었다.

"이 새끼!"

드디어 한또가 주먹을 불끈 쥐고 인범이를 무섭게 노려보며 다가가 공격 자세를 취했다.

"조심해라."

"놈은 예사 놈이 아니다."

인범의 기세가 만만찮음을 본 놈들은 자기들끼리 서로 주의와 단결을 하고 있었다.

건달들은 인범을 에워싸며 저돌적으로 몰아붙였다. 인범은 먹이를 노리는 맹수처럼 건달들의 몸놀림 하나하나에 눈과 몸을 기민하게 움직였다. 놈들도 인범이의 건장한 골격과 한 치의 허점이 없는 몸놀림에 압도당한 듯 섣불리 공격하지 못하고 인범의 주위에서 빙빙 돌기만 했다. 인범은 언제나 먼저 공격하지 않았다. 그건 상대의 실력을 알고 되받아치기 위함이었다.

싸움을 구경하던 감독도 박 이사도 회사 직원들도 인부들도 숨소리를 죽이고 마른침을 삼키며 구경을 하고 있었다. 아니, 지켜보고 있었다. 모래 바닥을 밟는 사박사박 거리는 소리가 싸움의 긴장감을 더욱 고조시키고 있었다.

공사판의 막노동꾼 한 명과 주먹을 직업으로 한 깡패 무리들과의 묘한 싸움이 시작되었다.

"에잇!"

기합 소리가 나면서 한또의 주먹이 인범에게 날아왔다. 인범이 슬쩍 옆으로 피하면서 한또가 아닌 그 중 어정쩡하게 옆에서 덤벼드는 한 놈에게 비호같이 주먹이 아닌 수도로써 가슴을 강타했다. 자신에게 공격이 올 줄 모르고 있던 놈이 예기치 않은 공격을 받았다.

"억!"

가슴을 강하게 강타당한 놈이 가슴을 움켜 안고 고통스런 얼굴로 비실비실하더니 그대로 덜렁 쓰러졌다. 동료가 인범의 일격에 쓰러지는 것을 본 나머지 건달들이 악에 받쳐 일시에 덤벼들었다.

인범은 공격하지 않고 이리저리 피했다. 한또가 조급한지 이성을 잃고 마구잡이로 씩씩거리며 덤벼들었다.

인범은 피하면서 이 싸움을 어떻게 할까 정리해 보았다. '놈들에게 신체적 위해를 가할까? 피하고 말까?' 망설이다 피할 수 없는 싸움임을 알고 일전을 각오했다. 아니, 일전이 이미 시작되어 있었다.

인범은 그냥 피하기만 하는 것이 아니었다. 지구전에 강한 인범은 피하다 반격하고 때론 공격하다 말고 갑자기 멈추어 서서 놈들을 무섭게 노려보기도 했다. 그러면 놈들은 물러서다 말고 멈칫 섰다. 벌써 놈들은 숨이 찬지 가쁜 숨을 몰아쉬고 씩씩거리고 있었다.

"어이 한또! 놈은 보통 놈이 아니야. 조금 기다려."

하며 밑에서 신경을 곤두세우고 구경하던 두목이 웃옷을 벗어 던지고 올라와서 합세를 했다.

지금까지 공격다운 공격을 못 하고 인범에게 끌려 다니던 건달들이 두목이 합세하자 힘을 얻었는지 활기를 띠고 동작이 기민해지면서 인범을 무섭게 압박해 왔다.

그러나 인범에겐 많은 적일지라도 상대를 언제나 한두 명으로 생각했다. 그것은 인범이 동작이 빠르기 때문에 많은 무리 중에서 골라서 싸우기 때문이었다. 인범이도 이젠 피하기만 하던 자세에서 격돌을 각오하고 어금니를 악물고 건달들을 노려보며 두목과 한또에게 공격 초점을 맞추었다. 거머리는 약간 어정쩡한 자세로 뒤에서 합세했다.

인범은 두목의 가세에 위축되지 않고 오히려 적개심이 불타 주먹을 불끈 쥐었다. 몸은 격렬한 투지로 피가 끓었다. 하체의 근육이 꿈틀거리고 발걸음이 가벼워졌다. 눈은 적을 후벼 팔 듯이 노려보며 놈들의 동작을 읽고 있었다.

"얏!"

두목이 맨 앞에서 공격해 왔다. 지금까지 피하기만 하던 인범이 두목 앞에 바짝 다가서서 얼굴을 내밀었다. 두목은 사정권에 들어온 인범의 면상을 향해 필살의 주먹을 날렸다. 기다렸다는 듯 인범의 왼팔이 무섭게 찔러 오는 두목의 팔을 걷어 올렸다. 인범의 면상을 향해 날아오던 두목의 팔이 인범의 왼팔에 얹혀 대각선으로 허공을 찌르며 중심을 잃었다. 그 순간 인범의 오른쪽 수도가 정확히 급소인 목 밑 울대를 가격함과 동시에 돌아서면서 뒤에서 공격해 오는 놈을 감각으로 왼손 주먹으로 강타했다. 감각에 의한 공격으로 뒤돌아볼 찰나의 여유도 없었다.

인범의 주먹이 뒤에서 덮치려는 놈의 왼쪽 얼굴에 정확히 명중했다.

"퍽!"

"억!"

이상한 단말마의 비명을 토하며 두목과 뒤에서 공격해 오던 놈이 동시에 앞으로 폭 꼬꾸라졌다. 일순간에 두 명이 쓰러졌다. 오른쪽 수도를 날린 동작으로 몸 중심을 잡지 못한 상태에서 예기치 않은 왼손 주먹이 나온다는 것은 신체의 동작에서는 할 수 없는 공격법이었다. 한또와 한 놈은 한꺼번에 두목과 동료가 쓰러지자 너무나 의외의 결과에 공포와 두려움이 가득한 눈으로 바라보았다. 그 눈은 이미 전의를 상실한 눈이었다.

이 싸움을 눈 하나 꼼짝하지 않고 입안에 고인 침을 꿀꺽 삼키며 긴장감으로 지켜보던 인부들과 하 감독도 박 이사와 직원도 인범의 전광석화 같은 동작과, 평범한 싸움에서 보지 못했던 싸움 기술에 혀를 내둘렀다. 영화에서만 보던 각본에 짜진 결투의 생생한 장면을 망연자실한 눈으로 멍하니 바라보고 있었다. 평생에 이런 기막힌 싸움을 본 기억이 또 있었던가?

한또와 건달은 싸울 용기를 잃고 몇 걸음 자신들도 모르게 물러서 인범의 다음 행동을 두려운 눈으로 바보처럼 입을 벌린 채 멍하니 바라보고 있었다. 인범은 더 이상 공격하지 않고 그 자리에서 두 놈을 노려보며 숨을 몰아쉬었다. 단번에 두목과 동료가 쓰러진 것을 본 나머지 건달은 싸울 의욕을 잃고 멍하니 인범을 공포의 눈으로 바라볼 뿐이었다. 인범은 건달들이 싸울 의욕을 잃고 있는 것을 보고 물러나 언덕배기에 앉았다. 그리고 놈들을 지켜보고 있었다. 두 놈은 쓰러진 동료와 두목을 일으켜 세웠다.

두목은 아직 깨어나지 못하고 있었다. 한또와 건달들이 한참 동안 두목의 몸과 얼굴을 가볍게 때리고 흔들어 깨워 놓았지만 두목은 겨우 눈만 뜨고 목을 움직이지 못했다. 목이 한쪽으로 틀어져 자세가 이상한 모양으로 삐딱하게 되어 있어 정상이 아니었다.

이것을 보고 있던 인범은 일어나 두목 앞으로 천천히 걸어가 한또를 멀거니 내려다보았다. 한또도 인범을 두려운 시선으로 멍하니 쳐다보았다. 인범은 천천히 몸을 숙여 한또 곁에 앉았다.

"이분의 몸을 이렇게 잡아 주시오."

인범은 두목의 몸을 조금 올려 잡게 하고 두목의 머리를 두 손으로 잡고 갑자기 한쪽으로 머리를 확 비틀었다.

"아얏!"

두목은 가벼운 비명을 질렀다. 목은 본래의 위치로 돌아와 있었다.

두목의 목은 인범의 급소 가격의 충격으로 일시 목뼈가 요추에서 탈골되어 염좌 현상을 일으켰던 것이다.

"이제 괜찮을 거요."

인범은 거구인 두목을 가볍게 안아 일으켰다. 두목은 어색하게 인범을 쳐다보며 방금 잠에서 깬 흐릿한 눈으로 목을 이리저리 움직이며 이상이 없는지 확인하고 있었다.

옆의 폭력배들도 인부들도 하 감독도 박 이사도 모든 과정을 지켜보고 있었다. 서로 살기를 띠고 대적하여 싸우던 적의 몸을 보살피고 일으켜주는 묘한 싸움을…… 협박과 위협으로 이권에 개입하려다 뜻대로 되지 않자 건달들이 아파트 측을 위협하느라고 막노동하는 인범을 제물로 삼아 그들의 힘을 과시하고 아파트 측을 압박하려는 수단으로 일용잡부인 인범을 폭행하려다 오히려 참담한 패배의 수모를 당했다.

그렇게 기세 좋게 날뛰던 폭력배들은 시합에서 지고 퇴장하는 선수들같이 입을 굳게 다물고 축 처진 어깨로 차에 올라 타 공사장을 떠났다.

모두들 떠나는 장례차를 지켜보듯 무거운 분위기가 되어 한동안 할 말을 잊었다. 인범도 한참이나 그 자리에 서서 건달들이 떠난 쪽을 바라보다 감독에게 목례를 하고 삽을 들고 모래 일을 다시 하기 시작했다. 다른 인부들과 직원들도 각기 자기 할 일을 찾아 제자리에 가고 있었다. 인범이로 인해 건달들을 통쾌하게 이겼지만 무언가 모를 걱정이 감독의 뇌리를 짓눌렀다.

2

저 폭력배들이 그냥 있지 않으리라. 다음에 수많은 깡패를 동원했을 땐 오늘과 같은 상황은 아닐 것이다. 건달들을 동원하여 쇠파이프, 각목, 흉기가 난무하는 싸움을 벌여 저 고 군을 무참하게 살상하리라. 사무실 소파에 깊이 몸을 파묻고 앞으로 닥쳐 올 먹구름 같은 전운에 감독도 박 이사도 고민을 하고 있었다. 그리고 이 공사장을 난장판을 만들리라! 오늘은 고 군이 운이 좋아 상처 없이 폭력배를 이길 수 있었지만, 고 군 몸 일부가 아니, 온몸이 박살이 날 것이다.

예상 외로 싸움을 통쾌하게 이겼으면서도 공사장의 분위기는 초상집처럼 무거웠다.

인범은 언제나 처절한 싸움을 한 후엔 이긴 기쁨과 자만심보다 왠지 모르게 공허하고 허탈했다. 오늘 폭력배와의 싸움은 피했어야 했는가? 때론 명분 없고 가치 없는 싸움은 외면할 수도 있지 않은가? 져주는 것이 이긴다고 했는데, 그러나 약자에게 주먹을 휘두르는 그들을 용서할 수 없었고 굴복하는 것이 싫었던 것이다. 그러나 나로 인해 이 공사장에 피해가 온다면, 인범의 마음은 무거워졌다.

'아, 또 하나의 일을 저질렀구나! 내가 이 공사판을 떠난다면 놈들은 조용해 줄지……? 아닐 것이다. 놈들은 나를 찾아오라고 더 심한 행패를 부릴 것이다. 놈들은 아무 이유도 없이 공사장의 공구와 건축자재들을 마구 집어던지는 야료를 부리지 않았는가. 그래, 내 몸이 부서지는 한이 있더라도 이 공사판에서 그들을 막자.' 인범은 한일자로 굳게 다문 입술을 깨물며 비장한 각오를 했다.

공사장 주위의 산자락은 산야다. 이 산야의 일부를 불도저로 깎아 대지로 조성을 하여 아파트 단지가 들어서고 있었다. 지금은 황량하고 을씨년스러운 철근 콘크리트의 구조물로 우뚝 선 것이 흉물스럽게 보이지만, 공사가 완공되고 관상수를 포함한 각종 정원수를 식재하고 화원으로 조경이 마무리되면 훌륭한 주거 환경의 고급 아파트 단지가 될 것이다.

한편 차 안에서 건달들이 뒷좌석에 앉은 두목을 염려스러운 얼굴로 돌아보며 말을 했다.

"목이 괜찮습니까?"

"음, 괜찮아. 오늘 우리가 사람을 잘못 알아본 것 같아. 너희들도 봤지? 놈은 대단한 싸움꾼이야. 놈은 씨움을 대비해서 싸움할 때만 사용하는 가죽장갑을 아예 소지하고 있잖아. 오늘 우리가 놈에게 시비를 하지 않았다면 놈은 우리들에게 전혀 관여하지 않았을 거야. 오늘 그놈의 싸움을 보니 일제시대의 주먹의 전설을 남긴 희대의 주먹꾼 김두한, 시라소니도 저놈에겐 이기지 못할 거야. 놈이 조직에서 빠져나와 새사람으로 살아가려는 것을 우리가 건드린 것이야. 놈이 대단한 싸움꾼이면서 우리와 싸우지 않으려고 자기 일만 하고 있었잖아. 놈이 우리가 건달인 줄 알면서, 그것도 우리가 한두 명이 아닌데도 조금도 겁 없이 대담하게 대항하잖아. 한번 알아봐. 놈은 반드시 조직에 속했던 놈일 거야."

"형님, 그럼 놈을 그냥 두잔 말입니까?"

"한번 알아보고 결정하자."

3

다음 날, 한또와 거머리가 서초동에 들러 인범이에 대해서 알아 본 이야기를 두목에게 보고하고 있었다.

"형님, 우리가 서초동에 가서 놈의 인상을 말하고, 놈이 조직에 있었던 적이 있었느냐고 물었더니, 키와 나이와 인상을 묻더니 고인범이란 놈이구나 하며 그놈 건드리지 말라고 합디다. 그놈은 조직에 속한 놈이 아니지만 무서운 싸움꾼이랍니다. 그러면서 혹시 그놈 해칠 생각 말라고 하면서 이름이 고인범이라고 놈을 잘 알고 있었습니다. 놈을 해치우려다 불구가 된 서초동 땅벌 형님이 바로 그놈에게 당했다고 해요. 그리고 그놈 뒤를 봐 주는 경찰 간부가 있답니다. 그 간부가 서초동 고려물산 김승배 사장에게 그 청년을 해치지 말라고 경고했다고 합디다. 만약 해친다면 조폭들의 뿌리를 뽑아 버리겠다고……. 그래서 그놈에게 피해를 당하고도 보복을 못 하고 있다고 해요."

"그래."

두목은 신음을 토했다.

"놈에게 보복할 계획을 취소해."

두목은 놈이 쓰러진 자신의 비틀어진 목을 제자리로 돌려주는 인간다운 면에 보복할 기분이 더더구나 없어졌다. 그날 놈이 비틀어진 목을 제자리로 돌려놓지 않았다면 나도 땅벌처럼 불구가 되었을 것이라고 생각하니 섬뜩한 생각이 들었다. '무서운 놈이구나.' 그렇다면 놈에게 보복을 하지 말아야 하고 보복을 하지 않아도 체면이 설 것이라고 생각했다.

한편 박 이사와 하 감독은 놈들의 보복이 두려워 전전긍긍하고 있었다. 사무실에 앉아 있으면 놈들이 느닷없이 문을 박차고 들어올 것 같았다. 그래서 차만 들어오면 깜짝깜짝 놀랐다. 그리고 사무실을 나서면 입구 쪽으로 자신도 모르게 고개를 돌리곤 했다.

인범은 각오를 단단히 했다. 놈들이 많은 무리를 대동하고 올 것이다. 놈들과의 일전을 목숨을 걸고 최선을 다하여 싸울 각오를 단단히 했다. 며칠이 지나고 일주일이 또 지나고도 나타나지도 아무런 기미가 보이지 않았다.

박 이사도 하 감독도 의아하게 생각하면서 차츰 잊어가고 있었다.

골목 깡패의 수난

1

한여름 내내 지붕이나 거리의 아스팔트마저 녹일 듯 작열하며 이글거리던 태양의 열기도 한풀 꺾이고 아침저녁 서늘한 바람이 겨드랑이에 스며들었다. 긴 여름방학도 끝나고 8월도 이제 끝자락의 숫자가 얼마 남지 않았다.

그동안 학교와 경찰, 동민들의 협조로 학교 안팎에서 학원폭력이 일어나지 않았다. 학생들이 깡패들에 대한 공포에서 차츰 벗어나고 운동부와 체육관에서도 거리 순찰이 뜸해지고 있을 즈음이었다. 동네골목에서 깡패 두 명이 고등학생 두 명을 잡아놓고 돈을 빼앗고 있었다.

이상한 머리 모양과 옷차림의 깡패는 이 동네깡패가 아닌지? 대담하게 주먹을 사용하여 돈을 뺏고 있었다.

"야 인마, 몇 학년이야?"

두 학생은 순순히 응하지 않고 반항적인 태도로 어정쩡한 자세로 서 있었다.

"2학년이오. 우리가 뭐 잘못했다고 이래요?"

학생들은 학원폭력 퇴치 운동이 있은 후 전과는 몰라보게 대담해지고 반항적이었다.

이젠 어느 곳에서나 동민이나 학생들이 이러한 상황일 때 단결하여 도와주고 있었기 때문이었다.

"이 새끼 말이 많아! 학생증 내놔 봐."

"왜요, 학생증은?"

"이 새끼, 내라면 내놓을 것이지 웬 말이 많아."

깡패가 한 학생의 가슴을 쥐어박고 멱살을 잡아 흔들었다. 학생은 가슴이 아픈지 찡그리며 깡패들을 노려보았다.

"이 새끼, 째려보긴 어딜 째려봐!"

겁을 먹은 한 학생은 학생증을 내어놓았다. 그러나 한 학생은 학생증을 주려고 하지 않았다.

"인마, 빨리 내라니까?"

옆의 깡패가 한 학생에게 빼앗은 학생증을 읽어보고 호주머니에 집어넣었다. 깡패들이 학생증을 가져가서 무얼 사 먹기도 했다. 음식점에서는 학생증을 담보로 하고 음식을 주었다. 본인 것이 아니더라도 본인이 찾아간다고 하면 묵인해 주었다.

"너 인마, 가진 것 다 내놔 봐."

한 학생은 순순히 지갑을 내어놓았다. 깡패는 지갑을 받아 돈을 세어보았다. 만 원짜리 한 장과 천 원짜리 두 장이 들어 있었다. 놈은 천 원만 남겨두고 나머지는 자기 호주머니에 집어넣었다.

"야 인마, 학생증 정말 안 내놓을 거야? 그럼 우선 돈부터 내놔 봐!"

"돈 없어요. 왜 그래요?"

"이 새낀 안 되겠어."

"어디 호주머니 뒤져보자."

한 깡패가 달려들어 학생의 멱살을 잡고 한 깡패는 호주머니를 뒤졌다. 지나가는 학생들이 골목에서 깡패들과 옥신각신 싸우는 소리에 가다 말고 구경을 하고 있었다. 이를 본 한 깡패가 무서운 눈으로 째려보며 고함을 질렀다.

"야, 이 새끼들. 꺼져!"

깡패는 눈에 흰자위를 부라리며 험악한 인상을 하고 고함을 질렀다. 학생들은 찔끔하며 깡패의 시선에서 물러섰다. 그러나 학생들은 가지 않고 서로 얼굴을 쳐다보았다.

"우리 학생이 맞고 돈 빼앗기고 있잖아. 우리 깡패들과 싸워서 우리 학교 학생들을 구하자."

"그래, 놈은 두 명이야. 깡패에게 당하고 있는 학생이 두 명, 우리가 네 명. 아, 저기 우리 학교 학생 세 명이 더 온다. 그럼 우린 아홉 명이다. 우리 싸우자. 가만있어, 빈 병 가져올게. 철수야, 영수야! 따라와."

부리나케 가게에 들어갔다.

"저, 아저씨, 빈 맥주병이나 콜라병 몇 개만 빌려 주세요."

"뭣하게?"

가게 아저씨가 물었다.

"저 골목에서 깡패들이 우리 학교 학생들을 때리고 있어요."

"뭐, 깡패! 어느 놈이 겁도 없이 이 동네에서 깡패짓을 해? 필요한 만큼 가져가. 여보, 가게 봐, 그리고 파출소에 신고해. 깡패들이 학생들을 폭행한다고 빨리, 자 학생 어디야? 가자. 그리고 학생들 가방 모두 여기 둬. 너희들이 단결하면 얼마든지 이길 수 있어."

40대 초반의 아저씨는 준비해 둔 야구방망이를 들고 나가다 앞집 세탁소 문을 급히 열고 큰 소리로 외쳤다.

"어이, 심 통장. 빨리 와. 깡패 잡으러 가자."

그 소리에 세탁소 아저씨도 하던 일을 두고 나왔다. 지난번 학교에서 이런 상황일 때 모두 나서자는 결의를 실천하는 것이다.

학생들은 손에 빈 병들을 들고 있고 한 학생이 앞장을 섰다. 아저씨는 가다 말고 학생들을 돌아보았다.

"학생, 학생들은 단결해야 한다. 깡패들이 두렵다고 슬그머니 뒤로 빠지는 소극적인 비겁자가 된다면 비열한 행위고, 결코 단결의 힘을 발휘하지 못한다는 것을 알아야 한다."

아저씨가 일단 다짐을 하고는 앞장을 섰다. 학생들과 아저씨는 지난번 운동장에서 결의대회 때 이러한 상황일 때, 단결하여 깡패를 소탕하자고 분노하고 흥분했던 열기를 상기했다.

한 깡패가 한 학생의 멱살을 잡고 한 깡패는 호주머니를 뒤져 안주머니에서 만 원을 끄집어내어 자기 주머니에 집어넣었다.

"그 돈은 안 된단 말이야. 오늘 책을 사야 한단 말이야!"

돈을 빼앗긴 학생은 돈을 빼앗아 간 깡패의 옷을 잡고 달려들었다.

"이 새끼, 이 옷 놓지 못해."

깡패의 주먹이 학생의 면상을 후려쳤다. 옆의 깡패는 발길로 옆구리를 찼다. 학생의 얼굴이 금세 부어오르고 잇몸에서 피가 터져 나왔다.

"이 깡패 놈들, 죽여 버리겠다."

몽둥이를 든 두 아저씨를 선두로 분노한 학생들이 손에 빈 병을 들고 살기 띤 험악한 얼굴들을 하고 무섭게 노려보며 다가서고 있었다. 깡패들은 놀랐다. 이때다. 돈 빼앗기고 주먹과 발길질을 당한 악에 찬 학생이 무섭게 깡패에게 덤벼들었다.

"이 날강도 놈의 새끼들."

한 깡패에게 달려들었다. 한 깡패가 품에서 칼을 빼어 들었다.

"이 새끼들, 죽기 전에 비켜."

한 명이 날카로운 칼날을 마구 휘둘렀다. 전면에 선 아저씨와 학생이 칼을 보고 움찔 놀라 물러섰다. 뒤에 있던 학생들이 일제히 빈 병을 치켜들고 앞으로 나섰다.

"야! 이 깡패 놈들, 찔러 봐. 너희들은 어디서 온 깡패야. 이 동네에선 깡패짓은 못 해."

"야, 이 새끼들!"

아저씨가 몽둥이를 들고 대드니 빈 병을 든 한 학생이 칼을 든 깡패의 가슴을 향하여 빈 병을 힘껏 던졌다. 깡패가 무의식중에 잽싸게 피하니 빈 병이 옆에 있는 깡패의 가슴에 정통으로 맞았다.

"억!"

빈 병을 맞은 깡패가 비명을 지르며 주저앉았다. 이때를 놓칠세라 칼을 든 깡패가 칼을 휘두르며 달아났다. 주저앉은 놈도 잽싸게 일어나 따랐다. 깡패에게 돈을 빼앗기고 깡패의 주먹에 얻어맞은 학생이 피를 흘리며 악착같이 앞서 달아나는 깡패의 뒤를 쫓았다. 학생들이 놓칠세라 어지럽게 달려가며 고함을 질렀다.

"저놈들 잡아라."

길가는 사람들이 화들짝 놀라 길을 비켰다. 맞은편에서 신고를 받고 경찰이 바쁘게 현장으로 오다 달아나는 깡패를 보았다. 방망이를 손에 든 세 명의 경찰이 앞을 막아섰다. 달아나는 깡패는 앞뒤로 적을 만나 순간 당황하다 그대로 돌진했다.

경찰은 맨 앞에 칼을 든 깡패의 손목을 방망이로 사정없이 후려쳤다. 뒤에 쫓아온 매 맞은 학생이 깡패 위에 덮쳐 주먹으로 깡패의 얼굴을 마구 때렸다.

뒤이어 쫓아온 학생들도 가세하여 주먹으로 때리고 발로 짓밟고 걷어차고 했다. 경찰이 기를 쓰고 뜯어말렸다. 두 깡패의 얼굴은 피투성이였다. 학생들이 용맹스럽게 덤벼든 것은 그동안 깡패들에 대해 원한 같은 적개심이 잠재해 있었기 때문이었다. 학생들은 분이 덜 풀렸는지 아직도 깡패들을 노려보며 씩씩거리고 있었다. 학생들에게 맞아 얼굴이 피투성이가 된 깡패들의 손목엔 수갑이 채워졌다.

"야, 인마! 네놈들은 공갈 협박에 폭행까지 하고 강도짓까지 했어. 칼을 가지고 달려들었으니 살인미수죄에 해당된다는 것을 알고나 있어?"

깡패들은 경찰관이 어마어마한 죄라는 말에 넋을 잃고 경찰관의 얼굴을 멍하니 쳐다보았다. 학생들은 경찰 간부의 말을 상기하였다. 뭉치면 강하다. 강하면 용기가 생긴다. 용기가 생기면 비굴해지지도 겁쟁이도 되지 않는다는 경찰 간부의 말씀을 따라 단결한 결과는 당당한 승리였다. 단결의 위력과 강력함을 체험했다. 그렇게 두렵고 공포의 대상이던 깡패들도 단결의 강자 앞에서는 고양이 앞의 쥐에 불과했다.

학생들은 단결하면 적은 수의 깡패와 비행학생도 얼마든지 퇴치할 수 있다는 자신감을 얻었다.

서울공화국

1

삭풍이 몰아치는 겨울이 어느새 지나가고 4월의 완연한 봄기운이 온 산야를 포근히 감싸고 있고 연둣빛 나뭇잎 사이로 꽃망울이 툭툭 터져 나오고 있는 화창한 토요일, 인범은 집을 나섰다.

서울거리는 인간들과 자동차로 복잡했다. 인구 천만 명이 넘는 세계에서도 몇 번째의 대도시, 대한민국의 인구 중 서울에만 천만 명 이상이 밀집한 서울거리. 이름 하여 서울공화국이라고 사람들이 빗대어 불렀다.

제 나름대로의 삶을 위해 바쁘게 움직이는 인간 군상들, 가뜩이나 좁은 땅덩어리, 한낮의 토요일의 서울거리는 사람들로 초만원이었다. 유명 백화점이나 재래식 시장이나 사람이 모일 수 있는 곳이면 인파로 가득했다. 편중되는 서울의 경제가 전국에서 유입되는 인구 팽창으로 지상의 교통망으로써는 더 이상 원활하게 순환될 수 없었다. 무한한 인간의 지능은 과학의 발달을 촉진시켜 중장비를 생산했다. 세계 선진국에 뒤지지 않는 우리나라의 토목 기술은 중장비를 이용해 지상에 이어 땅속 수십 미터를 파고 그 속에 거대한 지하철을 건설하여 지하 교통망을 구축하였다. 1990년대에 들어서면서 대한민국은 점차 선진 세계의 대열로 들어서고 있었다.

인범은 여느 때처럼 지하철에 몸을 실었다. 꼭 무슨 목적지가 있는 것은 아니었다. 그냥 생각에 따라 불현듯 나서보는 것이 인범의 일과가 되어 버렸다. 그러나 오늘은 예감이 이상했다. 무언가 사건이 벌어질 것 같은 막연한 예감이 가슴을 짓눌렀다.

환승역 신촌 지하철역은 사람들로 복잡하기만 했다. 밀리고 밀고 꾸역꾸역 타고 내리는 승객들은 짜증으로 얼굴들이 일그러져 있었다. 발 디딜 틈조차 없는 초만원인 전철 속에 유달리 키가 큰 인범의 이마가 다른 사람 머리 위에 돋보였다. 인범의 눈은 얼른 보면 조용한 것 같으면서도 커다랗게 뜬 맑은 동공은 예리하게 빛났다. 그 예리한 눈이 천천히 아주 천천히 어두운 밤 침입자를 찾는 강력한 서치라이트처럼 시야에 들어오는 모든 물체 아니, 사람들의 일거일동을 주시하고 있었다. 몸은 마음대로 움직일 수 없는 지하철 속이지만 그의 예리한 안광은 모든 사람의 표정 하나 시선 하나라도 놓치지 않고 훑고 있었다. 특히 우범자같이 보이는 범죄형 인상의 젊은 사람들에게 초점을 맞추었다. 전철이 중심을 잃고 흔들릴 때마다 사람들은 이리저리 짐짝같이 비스듬히 쓰러져 중심 잡기가 어려웠다. 그때마다 사람들은 중심을 잡으려고 몸을 뻗대었다.

조용하면서도 바쁘게 움직이는 인범의 눈이 입구 쪽에서 나이가 비슷한 또래의 이십 대의 두 젊은이와 삼십 대 중반쯤 되는 사나이가 서로 눈으로 밀담을 나누며 시선을 어느 한 곳에 고정시키고 있는 것을 보았다.

그들 세 사람은 하나같이 인상들이 험악했다. 특히 눈빛이 범죄형이었다. 그들에게서 범죄의 냄새가 나고 뭔가 곧 일어날 것 같았다. 범죄가 시작되고 있음을 감지할 수 있었다. 인범의 예감은 적중했고 관찰이 정확했다. 그들은 전문 소매치기들이며 날치기들이었다. 그들의 사냥 목표가 그들 바로 옆에 있는 것도 직감할 수 있었다.

인범은 그들 중 삼십 대의 사나이의 얼굴을 자세히 관찰해 보았다. 인범의 뇌리에 깊이 각인된, 왼쪽 얼굴 턱 쪽에 흉터가 있고 유달리 턱이 뾰족

한, 아버지를 죽인 그 얼굴은 아니었다. 아니, 나이가 맞지 않았다.

인범은 큰 키를 이용해 그들 주위 사람들 하나하나를 관찰해 보았다. 몇 사람의 젊은 직장인과 나이가 든 남녀 몇 사람과 학생들 중에 지하철을 이용하기엔 어울리지 않는 귀티가 나는 중년 부인이 눈에 띄었다. 그 부인은 비좁은 전철 속이 견디기가 힘든 듯 일그러진 얼굴로 더움을 견디지 못해 이마에는 땀방울이 송골송골 맺혀 있고 약간 상기된 얼굴을 하고 있었다. 땀이 얼굴로 흐르면서 화장한 곳에 얼룩이 지고 있었다. 그 주위를 에워싼 세 사나이의 시선이 부인을 감시하고 있는 것이 확인되었다.

부인은 두툼한 핸드백을 가슴 위에 올려 한 손에 꼭 쥐고 한 손은 손잡이를 잡고 있어 소매치기들은 노출된 핸드백을 소매치기하기가 곤란한지 망설이고 있었다. 그 중 나이가 많은 소매치기가 부하들에게 눈짓으로 뭔가 지시를 하고 있었다. 인범은 놈들이 그 부인의 핸드백을 노리고 있음을 직감하고 천천히, 천천히 조금씩 입구 쪽으로 이동했다. 소매치기들이 그 부인의 핸드백 속에 든 돈이나 귀중품을 노리고 있다고 판단했다.

그들은 다른 곳에서부터 부인을 미행해 오고 있음이 확실했다. 소매치기들이 차 속에서 소매치기를 할지 복잡한 곳에서 날치기를 할지 알 수 없었다.

인범의 눈은 소매치기들의 행동 하나라도 놓치지 않고 있었다. 저 부인이 내리는 곳에 저 소매치기들도 내릴 것이다. 그리고 곧 범죄가 시작될 것이다. 인범은 내릴 준비를 하는 체하고 소매치기들이 있는 쪽으로 사람을 밀치고 입구 쪽으로 접근하기 시작했다. 긴장한 인범이나 소매치기들과는 달리 부인은 비좁고 흔들리는 전철에 견디기 힘든 듯 인상을 찌푸리고 손잡이에만 의존해 있었다. 그 부인은 복잡한 전철에 익숙하지 않은 것 같았다.

신촌역에 도착할 즈음 부인은 내릴 준비를 하고 있었다. 역시 사나이들도 움직이고 있었다. 인범은 긴장했다. 인범은 힘으로 사람들을 떠밀고 빠르게 입구 쪽으로 이동했다. 그리고 전철이 정지할 때쯤 세 사람 바로 옆까지 왔다. 인범은 부인의 옆으로 접근했다. 부인 바로 옆에 세 사나이들이 에워싸고 있었다. 부인이 내리면 소매치기도 내릴 것으로 확신했다.

한 사나이가 힐긋 인범을 쏘아보았다. 인범은 얼른 그의 시선을 피했다. 전철이 정지하자 사람들이 우르르 차 속을 빠져나갔다. 역시 세 사나이들도 내려 부인의 뒤에 바짝 붙어 따랐다. 부인이 표를 넣고 나올 때 한 사나이는 옆쪽에서 표를 잽싸게 넣고 부인을 앞질렀다.

신촌역은 환승역이라 다른 역보다 넓고, 토요일 학교와 직장인들의 퇴근시간이라 사람들이 많이 붐볐다. 인범은 그들을 조금 앞서 가면서 그들의 범죄가 시작되기를 기다렸다. 소매치기들은 대담하게 날치기로 작전을 바꾸고 있었다.

그들이 앞이나 옆으로 가는 것은, 놈들이 날치기를 하고 앞으로 뛰어 달아나고 두 사람은 그의 동료를 가로막는 자나 뒤따르는 자를 제지하기 위한 것이다.

지상 출구가 가까워지고 인파가 더욱 많아지는 넓은 곳으로 왔을 때 세 사람의 행동이 기민해지기 시작했다. 부인이 걸어가는 주위에서 두 소매치기들이 웃고 웃으면서 장난을 치기 시작했다. 한 소매치기가 달아나면서 부인의 뒤로 피하고 한 소매치기가 달아나는 동료를 잡으려 하면서 부인과 부딪칠 듯 부산하게 장난을 치고 있었다. 부인은 이들에게 부딪치지 않으려고 피하느라 정신이 없었다.

한 소매치기가 넘어질 듯 부인에게 접근하자 부인은 소매치기를 피하려다 중심을 잃고 휘청거렸다. 자연 핸드백이 허공에 떴다. 이때를 놓치지 않고 한 놈이 잽싸게 핸드백을 낚아챘다.

"앗!"

부인은 넘어지면서 소리를 쳤다.

"내 가방! 저 날치기 잡아줘요!"

부인은 여성 특유의 금속성 소프라노로 고함을 치며 날치기들을 따랐다. 그러자 두 놈은 핸드백을 낚아챈 동료보다 먼저 앞지르면서 소리를 질렀다.

"저놈 잡아라! 소매치기다."

소매치기들이 앞으로 뛰어가며 손가락으로 다른 방향의 인파 쪽을 가리키며 군중의 시선을 흩트렸다. 이 모든 것이 순간적으로 일어났다. 일순간 사람들은 "아앗!" 하며 "날치기다! 저 앞에 달아난다!"고 고함은 치지만 누구 한 사람 날치기를 잡으려고 뛰는 사람은 없었다.

인범은 앞선 두 놈은 그냥 두고 가방을 낚아챈 놈을 막아서며 비호처럼 놈의 복부를 걷어챘다. 놈은 핸드백을 떨어뜨리며 앞으로 꼬꾸라졌다. 놈은 넘어지면서 자기를 공격한 사람이 누구인지 고통으로 일그러진 눈으로 쳐다보았다. 키가 큰 인범을 보고 놈이 안주머니에서 면도칼을 빼려고 할 순간이었다. 그러나 품속의 면도칼을 뺄 여유를 주지 않은 인범의 거친 발길이 넘어진 놈의 턱을 강타했다.

"퍽!"

구두에 부딪치는 둔탁한 소리가 났다.

"억!"

놈의 비명이 교차되면서 놈의 입에서 붉은 피와 부러진 이빨이 함께 쏟아져 나왔다.

그 참혹한 광경을 보는 군중들은 자신들도 모르게 비명을 질렀다.

"아악!"

소리를 지르며 사람들이 흩어졌다. 인범과 소매치기만 남기고 어느 순간에 둥그런 원을 그리며 군중들이 인범과 소매치기들을 에워쌌다. 순간적으로 일어나고 순간적으로 비명을 지르며 군중들이 흩어지면서 피하거나 방관자로서 구경꾼으로 변했다.

앞에 가던 두 놈이 자기들 사업을 방해하는 자를 발견할 사이도 손쓸 사이도 없는 짧은 순간이었다. 소매치기 두 놈은 급히 돌아서면서 예리한 면도칼을 빼들고 인범에게 살기를 띠고 무섭게 덤벼들었다.

인범은 이미 예상한 듯 다시 한 번 확인 사살을 하듯 옆에 쓰러져 있는 놈의 턱에 필살의 발길질을 날렸다. 놈은 급소를 맞았는지 그대로 조용히 쓰러졌다. 동료가 무참하게 당하는 것을 목격한 두 놈은 면도칼을 오른손에 쥐고 인범에게 휘둘렀다.

"이 새끼! 넌 누구냐? 왜 우리 사업을 방해해?"

"흥, 사업?"

흥분한 두 놈은 예리한 면도칼로 인범의 얼굴을 그었다.

그러나 인범은 어느 사이 칼날을 피해 벌써 두 걸음 물러서 있었다.

"이 새끼!"

조금 전 인범의 빠른 몸놀림을 본 그들이라 놈들은 위협을 할 뿐 쉽게 접근하지 못했다. 인범도 말없이 소매치기 둘을 노려보고만 있었다. 두 놈은 오래 있으면 있을수록 자기들이 불리함을 알고 있었다.

두려움과 공포 속에서도 사람들은 움직일 줄 모르고 사태의 추이를 지켜보고 있었다. 구경꾼들은 면도칼을 든 두 소매치기들을 노려보며 대치하고 있는 인범을 경이로운 눈으로 바라보고 있었다.

부인은 어느새 쓰러진 소매치기의 손에서 자기 핸드백을 날름 낚아 가슴에 안고 자기를 구해준 젊은이와 소매치기들을 공포에 질린 눈으로 입을 헤벌린 채 바라보며 자리를 뜨지 않고 있었다. 부인의 얼굴은 잔뜩 긴장해 있었고 몸은 떨고 있었다. 조급한 소매치기들은 인범을 위협하면서도 공격을 하지 못하고 있었다.

"이 새끼! 봉사되기 전에 우리 일에 방해하지 마."

소매치기는 쓰러진 동료 쪽으로 가까이 다가가며 인범에게서 시선을 떼지 않았다.

"야, 제비! 정신 차려. 빨리 뜨자."

한 놈이 인범을 막아서고 한 놈은 동료를 일으켜 세웠다. 급소를 맞은 놈은 아직도 정신을 차리지 못하고 멍하니 동료를 쳐다보더니 동료의 팔을 잡고 겨우 일어났다. 일어선 놈은 무서운 눈으로 인범이를 노려보며 이를 갈았다. 놈의 입에서 아직도 피가 흘러나오고 있었다.

"저 새끼가."

인범은 12년 전 돈 보따리를 가슴에 안고 아버지가 날치기에게 무참하게 맞아 피투성이가 되어 죽어간 기억하기조차 싫은 처참한 그때가 망막에 떠올랐다. 그때를 회상하니 분노가 온몸 털구멍까지 솟아올라 인범은 무섭게 살기 띤 시선으로 소매치기들을 노려보았다. 넘어진 동료가 일어서자 두 놈이 인범이를 막아서며 말했다.

"야, 뜨자."

놈들이 둥그렇게 둘러싼 군중들을 향해 고함을 질렀다.

"야, 이 새끼들! 뭘 봐, 길 비켜!"

격앙된 소리를 지르며 험악한 얼굴로 군중들에게 다가서 면도칼을 휘두르며 위협을 했다. 섬뜩하리만치 예리한 면도날에 겁을 먹은 군중들은 한꺼번에 우르르 몇 걸음 물러섰다.

"앗!"

비명을 지르며 흩어지고 일부는 넘어졌다.

"안 돼, 네놈들은 못 가! 쓰레기 같은 놈들."

인범은 달아나려는 소매치기들의 앞을 막아서며 무섭게 노려보았다.

"이 새끼가."

소매치기 셋이 일시에 인범에게 맞섰다.

"이봐, 빨리 저놈을 해치우고 뜨자."

두 놈이 인범이에게 덤벼들었다. 무섭게 빠른 솜씨로 칼을 휘두르면서 공격했다. 인범은 이리저리 피했다. 놈들은 셋이고 흉기를 들었다. 그러나 인범이의 발길에 심하게 차인 놈은 몸을 제대로 움직이지 못했다.

빈손이며 한 사람뿐인 인범이가 누가 보아도 불리하게 보였다. 그러나 안타까워하면서도 누구 한 사람 인범을 도와주려 나서지 않았다. 싸움판 주위에 청년들과 학생들이 많이 있는데도……. 소매치기를 무서워하면서도 구경꾼들은 그대로 남아 있었다. 여자들은 무서운지 떨어져 있었지만 젊은 학생과 청년들, 그리고 대부분의 남자들은 가까이 빙 둘러서 있었다.

인범의 발에 입이 박살나 쓰러진 놈이 말하려고 입을 벌리니 이빨이 빠진 입안은 피가 흥건히 고여 있어 마치 흡혈귀처럼 보였다.

"여보세요! 누구든 저분을 도와주세요!"

떨리는 여자의 목소리가 소매치기와 인범이의 거친 숨소리 외에는 살벌한 공기로 조용해진 정적을 깨뜨렸다. 아까 가방을 들치기 당한 그 부인이었다. 그러나 아무도 나서는 사람이 없었다. 채 몇 분도 안 된 시간이었지만 그사이 몇 겹으로 구경꾼들이 둘러싸고 있었다. 조급해진 두 놈은 본격적으로 덤볐다.

"이봐, 빨리 해치우자."

다치지 않은 두 놈의 몸놀림이 갑자기 기민해졌다. 휘두르는 면도칼과 몸놀림엔 한 치의 허점이 없었다. 대단한 칼잡이들이었다. 인범은 그 이상 물러설 수 없어 둘을 상대로 공격을 시작했다. 맨주먹이었다. 놈들의 허점을 노렸지만 쉬운 상대가 아니었다. 시간에 쫓기는 것은 놈들이었다. 두 놈이 날카로운 면도칼을 허공에 휘두르며 인범을 압박하면서 위협했다. 그러면서 한 걸음 한 걸음 뒤로 물러서고 있었다. 두 놈이 얼마나 빠르게 면도칼을 휘두르는지 면도칼을 휘두를 때마다 미세한 바람 소리가 들렸다.

그때 옆의 한 놈이 잽싸게 덤벼들었다. 팔만 뻗으면 면도칼이 인범의 얼굴을 파고들 거리였다. 인범은 면도칼을 내려치려는 놈에게 비호같이 덤벼들어 먼저 발길질을 놈의 턱을 향해 날렸다.

인범의 발길질이 정확히 놈의 턱을 강타했다.

"억!"

놈은 얼굴을 감싸며 주저앉았다. 입에서 붉은 피가 터져 나왔다. 놈들은 인범을 당할 수 없음을 알았는지 달아나려고 막 발길을 돌리려는 순간 인범의 수도가 달아나려는 놈의 팔을 쳤다.

"앗!"

비명을 지르며 칼을 떨어뜨린 놈은 얼떨결에 돌아서면서 두 팔로 인범의 몸을 무섭게 붙잡았다. 인범은 생각지도 않은 반격에 순간적으로 몸을 잡힌 것이다. 너무 밀착하여 손도 발길도 소용이 없었다.

"아!"

인범은 실수를 후회하며 놈의 팔을 몸에서 떼려고 했다. 그때다. 처음 인범의 발에 차여 쓰러졌던 놈의 면도칼이 인범의 등을 사정없이 그었다.

"아악!"

군중들의 입에서 비명이 여기저기서 터져 나왔다.

인범은 따끔한 통증을 느꼈다. 놈의 칼 공격에 무서운 반격의 분노가 불끈 솟구쳤다. 놈의 얼굴이 바로 인범의 코앞에 있었다.

'아, 그렇다! 헤딩의 기회다.' 인범의 이마가 놈의 면상에 무섭게 부딪쳤다.

"퍽!"

수박 깨어지는 기분 나쁜 소리가 나면서 인범의 멱살을 찰거머리같이 잡고 악착같이 덤비던 놈의 팔이 힘없이 스르르 빠지면서 짚둥우리가 넘어지듯 땅바닥에 쓰러졌다. 그와 동시에 놈의 팔에서 풀려난 인범은 자신의 등을 찌른 놈을 덮쳤다. 인범의 등을 칼로 찌르고 재차 공격의 자세를 취하려던 놈은 인범의 빠른 반격을 막지 못했다. 놈이 칼을 위에서 내리칠 순간 노출된 빈 가슴에 인범의 주먹이 놈의 가슴 바로 밑 급소인 명치에 명중했다.

"억!"

놈도 꼬꾸라졌다. 구경꾼들이 와 하며 박수를 쳤다. 불과 1, 2분 사이에 벌어진 싸움이었다. 군중들은 순간적으로 스포츠를 구경하는 착각을 한 것이다. 그만큼 온 신경과 눈이 싸움에 몰입되어 있었다.

그와 동시에 입구에서 호각 소리가 요란하게 울리며 경찰들이 우르르 계단을 내려오고 있었다. 인범은 경찰들이 달려오고 있는 것을 보자 슬금슬금 뒷걸음을 치더니 빠르게 등을 돌려 걸음을 옮겼다. 싸움을 구경하던 한 중년 부인이 인범의 등에서 피가 흘러 옷에 젖고 있는 것을 보고 비명을 질렀다.

"아, 피다! 저 젊은이 등에 피가 묻어 나오고 있다."

"아, 맞다. 피가 흐른다. 상처가 깊은 것 같다."

"칼에 찔렸다."

이곳저곳 군중들 속에서 사람들이 큰 소리로 외쳤다.

"저 피, 아이 끔찍해!"

사람들의 웅성거리는 소리가 들리고 여자들 몇 명의 신음에 가까운 비명이 터져 나왔다. 핸드백을 찾은 부인이 군중 속으로 사라지는 인범을 보고 소리를 질렀다.

"이봐요 젊은이, 그냥 가면 안 돼요. 등에 피가 많이 나요."

부인이 소리치며 인범이에게 빠르게 다가갔지만 인범은 군중 속으로 파묻혔다. 인범이의 모습을 본 군중들은 격렬하게 싸우던 싸움꾼답지 않은 조용한 얼굴을 보고 호감을 느꼈다. 사람들이 길을 비켜주었다. 인범은 지하철 레일에 사뿐히 뛰어내려 반대편 승강장으로 가서 두 손을 짚어 기계체조를 하듯 사뿐히 뛰어올랐다. 사람의 가슴까지 오는 높이다. 보통사람으로서는 도저히 뛰어오를 수 없는 높이였다. 저만치에서 전철이 들어오고 있었다.

그사이 경찰은 쓰러진 세 명에게 다가갔다.

"때린 패는 어디 갔소?"

경찰들이 편싸움한 쪽을 찾았다.

"편싸움이 아닙니다. 저놈들은 날치기입니다."

가까이에 있는 젊은 몇 사람이 한꺼번에 소리쳤다.

"뭐? 이놈들이 날치기!"

경찰들이 의아해했다. 경찰은 지하철에서 나온 사람들에게 지금 지하철역 안에서 싸움이 벌어졌다는 신고를 받고 온 것이다.

"그래, 맞아요. 이 사람들이 저의 가방을 날치기하였어요. 그래서 한 용감한 청년이 이 사람 셋과 싸워 핸드백을 찾을 수 있었어요."

부인은 핸드백을 보여 주었다.

"그 사람들이 어디 있어요?"

"그 사람들이 아니에요. 혼자서 이 세 사람을 잡았어요."

"아니, 혼자서요? 그런데 왜 갔어요?"

"몰라요. 그냥 달아나듯 저쪽으로 가 버렸어요. 이 사람들이 그분의 등을 면도칼로 찔렀어요."

"면도칼로……?"

경찰 반장은 납득이 가지 않는 듯 갈피를 잡지 못했다. 그러면서 부하들에게 지시했다.

"이봐! 이놈들 모두 수갑 채워."

달아날 기회를 놓쳐버린 날치기는 아무 말 없이 경찰이 하는 대로 가만히 있었다. 이들 날치기는 소매치기를 할 수 있으면 소매치기를 하고 못하면 대담하게 날치기를 했다. 그래서 이놈들은 날치기도 되고 소매치기도 되었다.

"아주머니 죄송합니다만 같이 좀 가 주셔야 하겠습니다."

경찰들은 날치기 셋을 일으켜 세웠지만 이마가 터진 한 놈은 아직도 정신이 없었다.

"학생들도 현장을 봤잖아요. 저와 같이 경찰에 가 주세요."

부인은 학생들을 쳐다보며 말했다. 그러나 학생인 듯한 젊은 사람 몇이 따라나서려고 하지 않았다. 부인은 또 다른 사람에게 가 달라고 사정했다. 그러나 모두 슬금슬금 제 갈 길을 가면서 이야기를 나누었다.

"야, 서부 활극 잘 봤다. 이런 신나는 싸움 난생처음인데, 그 청년 대단한 싸움꾼이네."

"대단한 태권도 고단자인 것 같아."

또 한 명이 장단을 맞추고 있었다.

"아니야, 박치기를 전광석화같이 하는 걸 보면 전문 싸움꾼이야. 태권도하는 분은 박치기 기술이 익숙해 있지 않기 때문에 급할 때 무의식중에 박치기가 쉽게 나오지 않아."

"경찰을 피하는 걸 보니 그들끼리 지역 다툼의 조직 날치기들인 것 같아."

젊은이들은 저 나름대로 유추하고 있었다.

파출소에서 부인은 경찰관에게서 주소와 성명 등 인적사항에 대해서 질문을 받고 있었다.

"피해본 것 없어요?"

"저놈들이 제 가방을 날치기하여 달아나는 것을 그 청년이 소매치기와 싸워서 찾게 하여 주었습니다."

"아주머니, 그 청년이 소매치기를 잡아주고도 왜 달아나 버렸는지요? 혹시 그 젊은이도 날치기가 아닐까요? 서로 패가 다른 날치기끼리 세력 다툼이 아니겠어요?"

형사의 말을 들은 부인은 고개를 갸웃거리며 말을 했다.

"글쎄요, 전혀 그런 것 같지 않았어요. 그 청년도 날치기라면 같이 면도칼이나 무기가 있을 것인데, 맨손으로 싸우던데요."

"……."

부인의 말에 형사는 말을 못 하고 역시 고개를 갸웃거렸다.

"아주머니, 다음에 연락드릴 테니 수고스럽지만 꼭 좀 나와주십시오. 저런 나쁜 놈들은 감옥에 처넣어야 하거든요. 아주머니, 수고하셨어요. 안녕히 가십시오."

부인은 파출소 문을 나서면서 수갑이 채워져 있는 소매치기를 째려보는 것을 잊지 않았다.

길거리에는 바쁘게 움직이는 사람들로 부산했다. 부인은 조금 전 지하철 안에서 벌어졌던 소매치기와 청년의 싸움을 생각하니 소름이 끼쳤다. 택시 잡기가 어려워 지하철을 탄 것이 사건의 불씨가 되었다. 그런데 그놈들이 내 핸드백에 돈이 든 줄 어떻게 알았을까? 그러면서 그 젊은이가 자꾸만 머리에 떠올랐다. 키가 크고 조용하면서도 날카로운 눈매, 모양으로 봐서는 도저히 싸움꾼이나 소매치기 같지 않는데……. 꼭 다문 두툼한 입술, 짙은 눈썹, 그 빠른 몸놀림, 젊은이의 생각이 머리에서 떠나지 않았다.

부인은 핸드백 줄을 손목에 단단히 감아쥐며 집으로 향했다.

2

 고급주택 아파트 입구엔 싱그러운 개나리꽃이 탐스럽게 활짝 피어 있었다. 도심이었지만 상가를 벗어난 아파트 주위엔 인적이 한산한 편이었다.

 인범은 어느 아파트촌 주위 한적하고 그늘지고 외진 곳에 주저앉아 조금 전의 싸움을 정리해 보았다. 아, 실수! 만약 등 뒤에서 기습한 놈의 무기가 치명상을 주는 무기였다면……, 생명이 부서질 방심에 아찔한 생각이 들며 몸서리를 쳤다.

 아, 또 한 번 정의의 편에서 불의를 물리쳤다. 날치기들에게서 부인의 가방을 찾게 해준 것은 잘한 것이라고 자위해 보았다. 그러면서 인범은 자신의 생각이 옳은지 자문해 보며, 아버지를 죽인 그 턱이 뾰족한 놈을 상기했다. 언젠가는 만날 수 있을 것이다.

 인범은 이 나라의 위정자들이 하지 못하는 것을 나 혼자만이라도 헤야 한다고 생각했다. 범죄의 집단과 싸우는 것도 그 중 하나였다. 돈 많이 벌고 남보다 물질적으로 풍요하게 사는 것이 정녕 사람이 살아가는 목적이라면 인범은 결코 그런 삶을 바라고 싶지 않았다.

 등의 통증에 신경이 쓰였다. 많이 찔렸을까? 출혈만 멎는다면 자연치유가 될 것인데, 곪지를 않아야 할 텐데……. 인범은 쭈그리고 앉아 오늘 싸움을 정리하고 있었다. 그러면서도 인범은 주위의 여건에 민감한 반응을 감지하고 있었다. 자기방어를 위해 언제나 하는 경계였다. 인범은 언제나 적의 감시나 미행에서 방심할 수 없었다. 10여 년 전 신문배달 보급소 소장님이 미행을 조심해야 한다고 주의를 주지 않았던가. 그리고 얼마 전 조폭들과 싸움에서 보복을 하기 위해 집에까지 조폭들이 미행을 하지 않았던가. 인범은 언제나 미행에 민감했다. 무언가 조금 떨어진 곳에서 자기를 노려보는 시선이 있다는 예감이 들었다. 누구일까? 적일까? 그러나 적의

의 시선은 아닌 것 같았다.

인범은 자신을 노리는 시선에 무관심할 수 없어 실눈으로 주위를 살폈다. 인범은 자기를 주시하고 있는 시선이 바로 지하철의 그 부인임을 알았다. 알은 체 할 필요가 없다고 생각했다. 오늘 싸움의 인연을 연장하고 싶지 않아 모른 체 시선을 맑은 하늘에 두었다.

"여보세요, 젊은이! 지하철에서 나의 가방을 찾아준 청년 맞죠? 어머! 저, 등 좀 봐, 옷이 온통 피에 젖어있어요. 그냥 두면 안 돼요. 병원에 가요. 지혈시켜야 해요."

부인은 어느새 가까이 다가와 인범의 팔을 잡고 일으켰다.

"괜찮습니다. 조금 있으면 지혈이 될 겁니다."

멋쩍은 표정으로 인범은 일어서며 미소를 지었다.

이 젊은이는 소매치기나 날치기는 아니구나! 부인은 젊은이의 맑은 눈동자와 순진한 미소가 증명하듯 젊은이의 얼굴 어느 모습에서나 불량스러운 면을 찾아볼 수 없었다.

"저를 구해주려고 다친 젊은이를 어찌 그냥 지나칠 수 있겠어요. 난 한참 긴가민가했는데 젊은이가 맞군요. 젊은이 얼른 병원으로 가요. 그냥 두면 출혈이 계속될 거예요. 그러면 위험해요. 병원에 가서 지혈시켜야 해요. 무엇보다도 그냥 두면 곪고 흉터가 심할 거예요. 자, 일어나요."

부인은 억지로 인범의 팔을 잡고 이끌었고 인범도 상처 부위가 걱정이 되어 병원에 가고 싶었지만 봉합수술을 하면 치료비가 많을 것 같아 걱정이 되어 망설이고 있었던 것이다. 찔린 곳이 욱신욱신했다. 상처가 덧나면 어쩌나 걱정스러워 부인이 이끄는 대로 따라갔다. 부인은 인범을 데리고 이곳저곳을 헤매다 어느 정형외과 병원 현관에 들어섰다.

"젊은이 왜 달아나요? 좋은 일 했는데……."

인범은 부인의 질문에 아무 말도 하지 않고 병원 복도에 놓인 걸상에 앉았다. 조금은 수다스러운 부인은 몇 가지를 더 물었지만 미소만 짓고 대답을 피했다. 부인은 대답을 피하는 인범에게 더 묻지를 않았다.

"상처가 깊은데 왜 바로 병원에 오지 않았어요? 다행히 출혈이 멎고 있네. 상처 부위를 보니 예리한 칼날에 의한 것 같은데요?"

간호사가 상처 부위를 소독하고 있는 옆에서 의사가 말을 하며 이상한 듯 부인과 인범을 번갈아 바라보았다.

"예, 이 젊은이가 날치기들이 저의 핸드백을 날치기하여 달아나는 것을 보고 날치기와 싸우다 날치기의 면도칼에 찔렸어요. 이 젊은이가 날치기 세 명을 한꺼번에 때려눕혔어요. 그것도 면도칼을 든 세 놈을 맨손으로……. 어떻게나 무섭게 싸우던지 지금도 가슴이 떨려요."

"그래요. 날치기들하고요? 어디에서 그랬어요?"

의사는 흥미롭다는 듯 부인의 다음 말을 기다렸다.

"신촌 지하철 광장에서요. 이분은 대단히 빨라요. 세 놈을 순식간에 해치우는데 가슴이 후련했어요."

"부인, 그만하시지요."

듣기가 민망한 인범이의 꽉 다문 입에서 무겁고 강하게 말을 했다. 그냥 두면 자신의 앞에서 과장된 말까지 나올 것 같았기 때문이었다.

"아, 예……."

부인은 민망한 듯 슬며시 말꼬리를 잘랐다. 신기한 듯 인범의 아래위를 유심히 살피고 있었다. 깨끗하지 못한 얼굴에다 남루하지는 않지만 청바지를 얼마나 오래 입었는지 땟국이 절어 있었다. 노동자도 아닌 것 같고 그리고 학생이나 회사원도 아닌 것 같았다. 의사는 인범에게 웃옷을 벗고 수술대 위에 올라가게 하고 봉합 준비를 시켰다. 이 상처 외에도 몸엔 무엇에 다쳤는지 흉터도 여러 개 있고 살결도 깨끗하지 않았다. 꼭 밀림 속에 살아온 거친 짐승의 거죽 같았다.

"정 간호사, 마취 준비해요."

"저…… 선생님, 마취 안 하고 기우면 안 됩니까?"

"아니, 마취도 하지 않고 봉합하라고요? 상처가 길고 깊어요. 열 바늘 이상 기워야 합니다. 견디기 힘들 텐데요."

"아니, 괜찮습니다. 그냥 기워 주십시오."

젊은이의 거절할 수 없는 단호한 요구였다. 의사도 간호사도 부인도 의아해 서로 얼굴을 쳐다보았다.

"왜 스스로 참기 힘든 고통을 받으려고 그래요?"

"견디어 보겠습니다."

청년은 마취주사 없이 깁기를 결심한 것 같았다.

"아니? 젊은이, 왜 일부러 고통을 받으려고 그래요? 어머! 여기 말고도 흉터가 또 있네요."

부인의 안타까운 말이었다. 의아한 눈으로 인범을 바라보던 의사가 무겁게 입을 열었다.

"좋습니다. 무슨 이유인지 모르지만 본인이 원한다면 해 봅시다. 그런데 무슨 흉터가 이렇게 많습니까?"

"……."

인범은 묻는 말에 대꾸를 않고 말없이 엎디었다. 등엔 피가 흐르다 말고 검붉게 엉겨붙어 굳어있고, 혁대가 있는 곳엔 피가 말라붙어 덩어리져 있었다. 피를 닦아낸 맨살엔 칼날이 깊게 벤 사이에서 아직도 피가 조금씩 나오고 있었다. 간호사는 그 자리에 소독을 했다.

바늘로 조심스럽게 기워나가는 의사의 이마엔 송골송골 땀방울이 돋아나고 있었다. 그것은 보통사람의 살과 달리 근육 덩어리로 뭉쳐져 있어 바늘이 잘 들어가지 않기 때문에 힘들고 또 마취를 하지 않아 환자에게 고통

251

을 줄이려고 신경을 써서 기워나가다 보니 의사가 환자보다 더 힘들었다. 바늘을 맨살에 찌르고 기다란 실이 살갗에 닿아 당길 때 의사도 간호사도 눈살을 찌푸리고 있었다. 그런데도 이 젊은이는 미련스럽게도 참고 있는 것이다.

부인은 자기 때문에 젊은이가 당하는 고통을 차마 볼 수가 없어 수술실 밖으로 나왔다. 저 젊은이의 윗도리와 바지, 그리고 내의를 갈아입혀야 할 텐데……. 부인은 집으로 전화를 했다.

"영란아, 너 지금 나올 수 있니?"

"엄마, 왜 안 오세요? 엄마 기다리고 있는데 빨리 안 오고 뭘 하세요? 그곳이 어디세요?"

"우리 집에서 그리 멀지 않아. 그보다 오빠 방에 가서, 요즈음 잘 입지 않는 오빠 티셔츠하고 바지하고 러닝 가지고 여기 현대아파트 입구 고려정형외과에 가지고 오너라. 상세한 것은 오면 이야기할게."

"아니, 왜 오빠 옷을 가지고 오라고 해요. 오빠가 다쳤어요?"

"아니야, 아무것도 아니야. 어떤 젊은이가 엄마 도우려다 날치기에게 다쳤어. 빨리 와."

인범은 마취를 하지 않은 맨살에 바늘이 살을 파고들고 실이 살갗을 마찰하며 스칠 때 고통으로 이빨을 악물었다. '그래, 참자. 이 정도의 고통을 이기지 못한다면 뼛속까지 사무친 피맺힌 아버지의 원수를 어떻게 이길 수 있단 말인가.' 인범은 자신을 채찍질하며 이를 악물었다. 그래도 바늘이 살을 스칠 때 너무나 아팠다. 신경을 다른 곳에 쓰자고 생각하고 오늘 날치기와의 싸움을 하나하나 떠올려 회상하며 방심한 아니, 실수한 것을 정리해 보았다. 그래서 인범은 생살을 깁는 고통을 감내하며 참아야 했고 참을 결심을 했던 것이다. 아버지, 어머니 돌아가시고 배고픔과 굴욕과 폭언에도 이를 악물고 참아온 내가 아닌가. 방심으로 실수한 것을 고통으로 대가를 치러야 한다. 다시는 오늘과 같은 실수를 되풀이하지 않아야 한다. 앞으로도 싸움에 최선을 다하지 못하고 실수를 한다면 이보다 더한 상처도 입을 것이다. 아니, 생명마저 없어질 것이다. 그러면 아버지의 복수도 못할 것이다.

나의 몸은 정의를 위해 지켜야 한다. 몸을 잘 보존하여 약자가 범죄인에 유린당하는 것을 내가 대신해주어야 한다. 이 사회에서 불의를 저지르는 모든 폭력배는 모두가 나의 적이다. 나의 몸은 싸워서 또는 병들어서 못쓰게 될 때까지 불의에 도전하고 격퇴할 무기이어야 한다. 이까짓 육체적 아픔은 앞으로 닥쳐올 심적·육체적 고통을 감수해야 하는 인고인 것이다.

의사도 간호사도 아프다는 말 한 마디 않고 몸 하나 꿈틀거리지 않는 청년을 참 독한 사람이라고 생각했다. 오히려 보는 사람이 전율했다. 마취를 하지 않고 생살을 기울 환자가 이 청년 외에 또 있을까? 그런데 이 청년은 마취주사까지 거부하고 생살을 깁게 하는 것은 고통의 한계에 도전하는 극한 형벌을 견딜 훈련이 아닌가 싶었다. 그리고 등 여러 곳에 난 상처의 흔적으로 평범한 삶을 살아온 것 같지 않다고 생각했다. 야수의 가죽에 생긴 생채기는 거친 싸움과 거친 산속에서 살았던 것을 증명하듯 이 청년도 싸움으로 생긴 섬뜩한 등의 상처라고 생각했다.

무언가 사연이 많고 특수한 사람인 것으로 짐작되었다. 부인도 이 젊은이가 평범한 사람이 아니라는 생각이 들었다. 경찰의 말대로 이 청년은 싸움꾼 아니면 날치기들과 원한관계가 있는 것이 아닐까. 그렇지 않고는 남의 사건에 그것도 혼자서 흉기를 든 소매치기 무리에 뛰어들지 않을 것이다. 부인은 청년이 무서웠다. 그러나 조용한 눈동자, 수줍은 듯 미소를 짓는 것을 보면 아니라는 생각이 들기도 했다. '이건 내 느낌이야. 그런데 왜 경찰이 왔을 때 달아났을까?'

"봉합 끝났어요. 잘 참아주었어요. 그러나 젊은이가 객기 부리는 바람에 우리가 더 힘들었습니다."

"죄송합니다. 선생님."

"젊은이, 안 아파요? 아이 지독해라."

의사가 이마의 땀을 닦으며 수술실을 나갔다. 부인도 치료비를 계산하러 사무실에 들어갔다. 두 간호사가 봉합한 부위에 빨간 머큐로크롬을 바르고 있었다.

인범은 부인에게 미안했지만 가지고 온 돈도 없고, 부인이 억지로 병원에 가자고 하여 치료비를 부인이 부담할 것이라고 생각했다. 치료실에 눈에 부실 듯 화려한 벽돌색과 감색과 혼합된 화사한 색상의 초미니 원피스를 입은 키가 크고 얼굴이 흰 아가씨가 사람을 찾는 듯 두리번거리다 인범을 강렬하게 쳐다보았다. 인범은 뜨악한 시선으로 멀거니 마주 보다 시선을 창 쪽으로 돌렸다. 아가씨는 쇼핑백을 들고 있었다.

"영란이 왔니?"

부인이 사무실에서 나오고 있었다.

"엄마, 어느 분이 다쳤어?"

아가씬 무춤하게 서 있는 인범을 다시 대담하게 빤히 쳐다보았다.

"저 청년이야. 저 청년이 엄마 도와주려다 소매치기의 칼에 찔렸어. 옷부터 이리 다오."

"엄마, 오빠 옷 저분에게 안 맞아. 키와 덩치가 차이가 나는데."

"그래? 그렇게 차이가 나? 못 입을 정도는 아닌 것 같은데."

"엄마는 자기 자식이 억세게 큰 줄 아나 봐. 저분 보통 체격이 아니야. 얼른 보면 별것 아닌 것 같이 보이는데 어깨도 넓고 뼈대도 보통 아니야. 엄마 내 말 못 믿겠으면 시험 삼아 입혀 봐."

"그래? 맞을 것 같은데, 젊은이 이리 잠깐 들어와요."

부인은 빈 병실에 인범을 데리고 들어갔다.

"이 옷 입어봐요. 사이즈가 맞을지…… . 우리 아들 옷이에요."

"아닙니다, 아주머니. 집에 가면 저의 옷 있습니다. 신경 쓰지 마십시오."

"그래도 옷에 피가 많이 묻었는데, 그 옷을 입고 어떻게 길을 가고 차를 탈 수 있겠어요. 남 보기도 흉하지 않겠어요? 바지는 안 입더라도 티셔츠만이라도 입어봐요."

인범은 간곡히 권하는 부인의 권유를 무시할 수 없어 녹색 티셔츠를 받아 엉거주춤 서 있었다. 부인의 딸이 옆에서 유심히 보고 있기 때문이다. 부인이 먼저 눈치를 채고 딸을 쳐다보았다. 딸 영란은 쳐다보는 엄마를 이상한 듯 마주 쳐다보며 밖으로 나갈 생각을 않았다.

"영란아, 잠깐 나가 있어. 이 청년이 옷을 갈아입어야 하잖아."

"옷 입으세요."

"그래도 남자가 옷을 입는데 여자가 있으면 실례되잖아."

"엄마는 여자 아니에요?"

"영란아, 무슨 말을 그렇게 해. 총각이 처녀 앞에 맨살을 보일 수 있어?"

"처녀 앞에서 웃옷을 못 벗어요? 이봐요, 총각 씨. 진짜 저 때문에 웃옷 못 갈아입으세요? 총각 아저씨, 수영장에 웃옷 입고 수영해요? 목욕탕에 옷 입고 목욕하겠네, 저 처녀라고 생각하지 말고 옷 갈아입으세요."

"……."

"얘는 못 하는 소리가 없네. 그래요. 그냥 갈아입어요. 얘는 말버릇이 없어요."

인범은 부인과 딸을 번갈아 쳐다보며 망설이다 결심을 한 듯 돌아서서 피가 묻은 낡은 셔츠를 벗었다. 봉합한 위에 거즈를 길게 덮은 곳에 반창고가 붙어있었다.

운동으로 다져지고 선천적인 당당한 상체가 드러났다. 잘 발달된 굵은 팔뚝과 넓은 어깨, 우람한 근육, 옷을 입어서 노출되지 않았던 상체 군데 군데에 난 상처들은 철기시대 야인들이 생명을 건 칼싸움에서 난 보통 나약한 남자에게서는 쉽게 볼 수 없는 야성적인 전사의 상처 같았다. 어쩌다 저런 상처가 났을까, 보는 사람들에게 의아심을 갖게 했다.

영란은 눈부시게 펼쳐진 남성의 조각상을 보는 것 같았다. 그 흔한 TV에서 보았던 미스터코리아의 인위적 육체미가 아니었다. 영란은 청년의 하의를 벗겨보았다. 그리고 벗긴 김에 대담하게 가려진 팬티마저 벗기는 용기에 또 하나의 빛나는 수컷의 알몸이 영란의 상상의 시야에 현란하게 꿈틀거리고 있었다.

인범은 부인의 딸이 가져온 녹색의 티셔츠를 입기 시작했다. 그러나 옷은 소매에 팔을 넣고 어깨를 내려오면서 옷이 작아 입기가 거북하고 몸에 꽉 죄었다. 상처 진 곳에 통증이 났다. 그래도 인범은 미련스럽게 억지로 당겨 입고 있었다. 터질 듯 팽팽한 티셔츠 위로 근육이 옷을 밀치고 불거져 누가 보아도 우스꽝스럽고 제 옷이 아님을 알 수 있었다. 이 모습을 보고 영란이 구시렁거렸다. '어유, 저 미련곰탱이 같은 촌놈. 꼭 생긴 그대로야.'

"이봐요, 안 되겠어요. 벗어요. 옷이 줄었나? 우리 큰아들도 덩치가 큰데."

"엄마, 옷이 준 것이 아니고 오빠 덩치가 이 곰탱이 청년보다 작아서 그래요."

"얘는 누구보고 곰탱이래."

부인은 딸에게 눈을 흘기며 인범이에게 민망해했다. 그러나 당사자인 인범은 아무렇지도 않은 듯 표정없이 머쓱하게 서 있었다.

"곰탱이가 아니면 몸에 맞지도 않는 옷을 억지로 입으려고 해. 이봐요! 곰탱이 총각 아니, 아저씨 총각, 옷이나 벗어요."

영란은 인범이 등 뒤로 가서 어린애 옷을 벗기듯 벗겨주었다.

"어쩌나! 갈아입을 옷이 없어."

"괜찮습니다. 치료해 주셔서 고맙습니다."

인범은 빈 병실을 나서서 원장실에 들어갔다.

"선생님, 수고하셨습니다. 가겠습니다."

"아니, 젊은이 약을 가져가시오. 그리고 매일 치료하러 와야 합니다. 치료하지 않으면 곪을 수가 있으니까요."

"그럼, 우리 영란이 차를 타고 가세요. 그렇게 피 묻은 옷을 입고 어떻게 버스를 타겠어요. 얼마 안 되지만 젊은이 옷이나 사 입어요."

"아닙니다. 치료시켜 주신 것만도 고마운데 이러시면 안 됩니다. 집에 가면 옷이 있습니다."

인범은 돈을 든 부인의 손을 밀치며 받지 않았다.

"젊은이, 나는 젊은이 때문에 많은 돈을 되찾지 않았어요. 내 성의 무시하면 되나요."

부인은 돈을 들고 어정쩡한 자세로 머쓱하게 서 있었다.

"아주머니, 제가 대가를 받으려고 도와드린 것 아닙니다. 범죄를 저지르는 범죄인은 우리 모두 힘을 합쳐 물리쳐야 합니다."

부인은 청년이 진심으로 사양하고 있다는 걸 알았다. 받지 않을 것 같았다. 부인은 핸드백을 열고 돈을 도로 넣었다. '이 젊은이는 경찰이 말하는 날치기가 아니다.' 지금까지의 태도나 말씨에서 느꼈다.

영란이는 키만 머쓱하게 크고 별 볼품없는 청년에게 엄마가 온갖 배려를 하는 걸 보고, 이 청년이 엄마의 가방을 날치기에게서 찾아주다 날치기에게 칼을 맞았다는 것 외에는 청년에 대해 알지 못했다. 그러면서 돈을 거절하는 걸 보고 이상한 청년이라고 생각했다. 차츰 청년에게 호기심이 생기고 관심이 가기 시작했다. 이 청년의 정체가 궁금했다. 그래, 이 물건을 관찰해 보아야겠다고 생각했다.

미남은 아니지만 남성다운 얼굴이었다. 꽉 다문 두툼한 입술, 유난히 짙은 눈썹에 표정없는 얼굴, 그러면서 눈은 맑으면서 무엇에 쫓기는 듯, 그리고 무엇을 살피는 듯한 예리한 눈초리였다. 어수룩해 보이고 키가 큰 것이 청년의 특징이었다. 지금까지 청년은 영란이에게 눈길 한 번 주지 않았다.

"예, 그럼 신세지겠습니다. 저의 집 근처까지 부탁합니다."

"예, 그렇게 해 주세요. 얘, 영란아, 이 젊은이 가는 곳까지 태워주렴. 그리고 우리 집 전화번호 적어드리는 것 잊지 말고. 젊은이 타세요."

인범은 어색한 얼굴로 차에 가까이 다가가 새빨간 차를 보더니 앞좌석에 타야 할지 뒷좌석에 타야 할지 망설였다.

"잠깐만요."

인범은 다시 병원으로 들어가 신문지를 가지고 나와 앞좌석과 뒷좌석을 번갈아 보았다. 영란은 청년이 망설이는 것을 알았다.

"앞에 타세요."

인범은 차 문을 열고 가지고 온 신문지를 자리와 등받이에 놓았다. 행여 시트에 피가 묻지 않도록 하기 위해서였다.

"보기보다 용의주도하시군요."

"……."

"집이 어디예요?"

"검단산 밑입니다. 가래성당 근처에서 내려주면 됩니다."

"제가 그쪽 길은 잘 몰라요. 가면서 가르쳐주세요."

영란은 안전띠를 하고 고개를 돌려 청년을 보았다. 청년은 앞쪽에 시선을 둔 채 가만히 앉아있었다.

'이 사내, 자가용을 안 타 봤구나.'

영란은 안전띠를 풀고는 의식적으로 상체를 청년의 가슴에 밀착시키며 안전띠를 잡으려고 손을 내밀었다. 영란의 풍만한 젖가슴이 인범의 가슴에 밀착하고 영란의 머리가 인범의 얼굴 앞에까지 다가왔다. 처녀의 뭉클한 젖가슴이 인범의 가슴에 닿는 순간 인범은 묘한 감촉에 멈칫했다. 너무나 부드럽고 풍만한 젖가슴이었다. 그리고 새콤한 생머리와 엷은 화장품 냄새가 물씬 코에 스며들어 정신이 아득했다. 순희에게서 맡아본 그 머리 체취였다. 인범은 움찔하며 처녀의 가슴을 오른손으로 떼밀며 고개를 뒤로 젖혔다. 그러면서 이 아가씨의 젖가슴이 인범이에게 안기는 순희의 젖가슴에 비해 월등하게 크다고 생각했다.

영란은 청년의 힘에 눌려 더 이상 안전띠 쪽으로 손을 내밀 수 없었다.

"이봐요, 왜 그렇게 놀라요. 안전띠를 해야죠."

"아, 예……. 제가 하겠습니다."

인범은 얼른 안전띠를 당겨 걸었다. 한국에 와서는 자가용을 타본 적이 없어 안전띠를 생각지 못한 것이다. 영란은 피식 웃으며 차를 출발시켰다.

차는 봄날 토요일 오후의 따사로운 햇살을 받으며, 번잡한 도로를 꾸역꾸역 밀려가는 차들의 긴 행렬에 붙어 따라가고 있었다. 덩치 큰 도로의 난폭자 버스들과 대형 트럭들이 차선을 이리저리 바꾸며 승용차를 밀어붙이며 난폭운전을 하고 있었다. 그때마다 작은 승용차 운전자들은 깜짝깜짝 놀라며 버스와 트럭들을 피해 곡예운전을 하고 있었다. 영란은 잔뜩 긴장을 하고 버스의 꽁무니를 따라갔다. 열린 창문으로 앞서가는 버스의 배기통에서 내뿜는 시커먼 매연이 쏟아져 들어오고, 역겨운 냄새가 물씬 코에 스며들었다. 영란은 얼른 창문을 닫았다.

한강의 맑은 물이 화창한 날씨에 잔잔한 물결로 일렁거리고 있었다. 영란은 앞차에만 시선을 둔 채 생각에 잠겼다. 이 청년, 이상한 촌놈이다. 옆의 청년을 힐끗 보았다. 아무런 표정없는 시선과 굳게 다문 입은 아무리 있어도 말 한마디 할 것 같지 않았다.

"여보세요. 청년 씨, 칼 맞은 데가 아직 아파요?"

영란은 이렇게 묻고 나니 질문이 쑥스러워졌다.

청년은 들었는지 못 들었는지 대답이 없었다. 무시당한 것 같아 영란은 조금 감정이 상했다.

"내 말 안 들려요?"

조금 짜증 섞인 말이다.

"예? 저에게 하는 말입니까?"

"아니, 그럼 총각 아저씨 말고 여기 누구 또 있어요?"

"뭐라고 했는데요?"

"다친 데가 아직 아프냐고요?"

"견딜 만합니다."

"우리 어머니 어디서 도와주었어요?"

"신촌 지하철역입니다."

"그때 상황을 이야기해 주세요."

"……."

"말하기 싫어요."

"어머니에게 물어보십시오."

인범은 짤막하게 답하고 시선을 한강 쪽으로 던졌다. 봄이 되어 그런지 한강둑에 아지랑이가 모락모락 피고 있었고 그 주위에 낚시꾼들이 띄엄띄엄 강둑에 앉아 한가롭게 낚시를 하고 있는 것이 보였다. 10여 년 전 인철이, 인순이와 아버지, 어머니의 유골을 뿌린 강가 같았다. 아! 인범은 가벼운 신음을 뱉었다. 불현듯 아버지, 어머니가 떠올랐다. 그때 외떨어진 강둑에 낡고 늙은 판잣집 한 채가 쓸쓸히 무너져 갔었는데 보이지 않았다. 아! 그때 쓸쓸히 무너져가던 낡고 늙은 판잣집이 그동안 없어졌구나. 그래 저곳에 아버지, 어머니의 유골을 뿌렸지. 눈썰미가 있는 인범은 그곳이 아버지, 어머니의 유골을 뿌린 곳임을 확인했다. 아, 너무 오래 잊고 살았구나! 너무 오래 가보지 않았구나!

인범은 어릴 때 살기가 힘들고 외로울 때 아버지, 어머니 유골을 뿌린 이곳을 무덤으로 생각하고 찾아와 일렁이는 강물을 하염없이 바라보며 서러움과 외로움을 달래며 강가에 오랫동안 앉아 있다 오곤 했는데 너무 오래 찾아뵙지를 못했구나! '어머니, 아버지 미안해요.'

인범은 가만히 어머니 아버지를 불러보았다. 눈물이 울컥 솟구치며 눈시울이 뜨거워졌다. 인범은 아가씨가 보기 전에 얼른 눈물을 훔쳤다.

영란이가 운전을 하다 힐끗 인범이가 눈물을 훔치는 것을 보았다.

"아니, 왜 눈이 붉어요, 울었어요? 칼에 찔린 자리가 많이 아파요?"

"……."

"이름이 뭐예요? 저는 고영란이라고 합니다."

영란은 엄마가 태워주라고 해서 마지못해 태워주면서 이 무뚝뚝한 청년을 무시했는데, 이 청년은 오히려 나를 무시하고 나에겐 전혀 관심이 없는 것 같았다.

"저는 고인범이라고 합니다."

"종씨군요. 고 씨가 흔하지 않은 성인데 성만 들으면 우릴 남매간이라고 하겠네요."

영란은 상한 감정이 약간 풀렸다.

"뭐라고 불러요? 미스터 고라고 불러요, 고인범 씨라고 불러요?"

"……."

인범은 아무 대꾸도 않고 겹겹이 꼬리를 물고 달리는 수없이 많은 차들을 응시하고 있었다.

"내 말 안 들려요?"

"아무렇게나 부르십시오."

"이름과 성 어느 쪽이 듣기 좋아요."

"모르겠는데요."

인범은 말하기가 민망해서 아예 눈을 감아버렸다. 아가씨의 초미니스커트 아래 꿈틀거리는 하얀 허벅지가 시야에 어른거렸다. 아슬아슬한 노출이었다. 그래서 아예 눈을 감아버렸다. 에리샤가 갑자기 떠올랐다. 에리샤도 저렇게 다리가 미끈하고 초미니를 입었지. 불현듯 에리샤가 보고 싶었다.

"잠이 오세요? 눈을 감게."

"아, 예."

"자지 마세요. 옆 사람이 자면 저도 잠이 와요. 사고 나도 좋아요?"

"아, 예."

"옛? 사고 나도 좋다고요. 웃기는 총각 아저씨네. 나는 아까운 청춘에 죽기 싫어요. 이야기하기 싫어요? 듣기 싫어요?"

"이야기하십시오. 저는 듣는 것이 좋습니다."

"꼭 무시하는 것 같네요."

"……"

"이봐요, 총각 아저씨!"

참 피곤한 아가씨다. 인범은 아예 입을 닫았다.

"……"

'이 얼간이 촌놈이 여자 불감증인가 무관심증인가? 대할수록 묘했다. 처음에는 싸움꾼으로 보였는데, 자세히 보니 얼간이고 촌놈인데, 또 대해 보니 노동자로 보이더니 이제는 쉽게 대하지 못할 무언가 꼭 집어 표현 못할 고아한 기품 같은 아니, 위엄 같은 게 이 청년에게서 풍기고 있었다. 이 머저리와 대화를 이끌기가 어려웠다. 상대를 하여주지 않기 때문이었다.

영란은 문득 대학 영어A 교과서에 실린 대화의 10가지 비결이 떠올랐다. 상대가 말이 없고 말하기를 싫어하면 그 사람의 취미 등을 알아 집중 질문하면 자신도 모르게 끌려오고, 그 대화를 진지하게 경청하면 자신도 모르게 열변을 토한다는 것을 시험해 보아야겠다고 생각했다. 싸움에 대해 물을까도 생각했지만 대답하지 않을 것 같았다. 영란은 청년의 외형을 보아 등산을 좋아할 것 같았다.

'그래, 한번 찍어 보자. 아니면 다른 질문을 하고.'

"이봐요, 총각 아저씨, 등산 좋아하죠?"

영란은 정면을 주시하다 힐끗 인범의 옆얼굴을 보았다. 등산 말이 나오자 인범은 영란이 쪽으로 고개를 돌려 반응을 보였다.

"……."

'그래, 이 얼간이 등산을 좋아하는군.'

"전 지리산에 한 번도 못 가봤어요. 지리산은 높이가 얼마나 되죠? 정상까지는 며칠이나 걸리죠? 겨울 등반이 어려워요, 여름이 어려워요?"

영란은 한꺼번에 몇 가지의 질문을 쏟아내었다.

"……."

질문을 받은 인범은 영란의 옆얼굴을 바라보았다. 오뚝한 코, 얇은 입술, 화장기 없는 얼굴, 긴 생머리였다. 화장기에 비해 지나칠 만큼 노출을 한 옷차림이었다.

"안 들려요?"

"한꺼번에 여러 가지 물은 것 같아, 뭐라고 했는데요?"

사실 인범은 영란의 말을 귀담아듣지 않았다. 지리산의 높이가 얼마나 높으냐고 물은 것 같았다.

"우선 지리산의 높이가 얼마나 돼요?"

"높이요? 1,915m입니다."

"정확히 아시네요. 그럼 천왕봉까지 가려면 며칠 걸리죠?"

"그건 가기 나름입니다. 출발하는 곳이 어디냐에 따라 코스가 다르고 천천히 가느냐 속보로 가느냐에 따라 소요되는 시간도 다릅니다. 그리고 거리는 멀어도 쉬운 코스가 있고 가까워도 난코스가 있습니다."

'이 촌놈 봐, 이야기 잘하네.'

영란은 등산에 대한 질문을 잘했다고 생각했다. 그러면서 대학 영어 교과서의 대화의 성공 비결이 틀리지 않다는 것을 알았다. 과묵한 사람도 자기가 좋아하는 취미나 전문분야에 대한 질문에는 기꺼이 답을 한다는 것을 알았다.

"그럼 겨울 등산이 어려워요, 여름 등산이 어려워요? 춥지도 덥지도 않은 봄가을이 제일 적당하겠네요?"

"예, 그럴 것입니다. 그러나 겨울은 겨울대로 여름은 여름대로 등산의 묘미가 있습니다. 겨울은 설경을 구경하며 산을 오르는 멋은 정말 좋습니다. 그 대신 위험합니다. 조난하면 죽을 수도 있습니다. 여름은 짙은 숲과 계곡의 계류가 흐르는 물소리가 청량하고 즐겁습니다. 그리고 조난하여도 먹을 것이 있고 텐트를 가져가면 위험하지는 않습니다. 다만 너무 무더운 날씨라 산을 오르기가 힘듭니다."

인범은 자신도 모르게 등산에 대해 열변을 토하고 있었다. 그러다 보니 이젠 영란이가 말을 듣고 인범이가 말을 하는 쪽이 되었다.

차가 도심을 벗어나니 차들이 한가했다. 멀지 않은 곳에 야산이 보이고 주택들도 보였다.

순간 갑자기 옆에서 차가 끼어들었다.

"앗!"

영란이가 핸들을 오른쪽으로 꺾으며 급브레이크를 밟았다. 찍 하는 소리가 났다. 뒤에서 따라오던 차도 급브레이크를 밟으며 경적 소리를 요란하게 울리며 영란이 차의 꽁무니에 부딪힐 듯 멈추어 섰다. 아슬아슬한 순간이었다. 놀란 영란이가 핸들을 두 손으로 감싸며 머리를 박고 엎디었다. 도심을 벗어나 차들이 한산해 속력을 내는데 뒤에서 따라오던 차가 차선을 바꾸며 갑자기 끼어들었기 때문이었다.

뒤차의 운전자가 내리더니 머리를 박고 핸들을 잡고 있는 영란이에게 다가와 욕설을 퍼부었다.

"야, ×할 계집애야! 운전 똑똑히 해! 급정거하면 어떻게 해!"

영란이가 머리를 들고 소리를 지른 뒤차의 운전자를 쳐다보았다. 그리고 옆에 앉은 인범이를 보았다. 인범은 영란이와 청년을 번갈아 보며 아무 말을 하지 않았다. 영란은 날치기들을 물리친 싸움을 잘하는 청년이 자신의 편을 들어줄 줄 알았다. 그러나 날치기들에게서 어머니의 가방을 찾아준 청년은 겁을 먹었는지 꿀 먹은 벙어리처럼 아무 말도 못하고 영란과 청년만 바라볼 따름이었다. '이 사내 정말 날치기들에게서 어머니의 가방을 찾아준 싸움 잘하는 용감한 그 청년이 맞나.' 의심이 갔다.

인범이도 사내를 보았다. 잔뜩 인상을 쓰고 있는 험상궂은 사내의 얼굴이 더욱 험상궂었다. 삼십 대로 보이는 사내는 건달 같았다. 뒤이어 따라 내린 또 한 사내가 영란을 노려보며 욕설을 하기 시작했다.

"야, 이 계집애, 운전이 서툴면 차를 왜 끌고 나와."

아직 여름도 이른데 벌써 반소매를 입은 사내들의 목과 팔뚝이 굵은 근육질이었다.

"이봐요, 왜 고함을 지르고 욕을 해요? 갑자기 끼어든 차를 어떻게 해요."

잠시 어안이 벙벙했던 영란이의 앙칼진 소리가 두 사내를 향해 내뱉었다.

"이 계집애가 어디서 잘했다고 되레 큰소리야, 혼 좀 나야겠어."

뒤에서 따라오던 차들이 클랙슨을 울리고 있었다.

두 사내는 뒤차에 대고 고함을 질렀다.

"이봐, 클랙슨 울리지 마!"

건달 풍의 사내가 고함을 지르고 클랙슨을 누른 뒤차들의 운전자를 향해 인상을 잔뜩 쓰고 노려보고 있었다. 뒤차의 운전자들이 건달 풍의 험악한 인상에 겁을 먹고 클랙슨을 멈추고 조용히 보고 있었다.

"야! 이 계집애 차 옆으로 빼!"

두 사내는 영란이가 맞서는 것을 보고 시비를 가려야겠다는 듯 차를 옆으로 빼라고 길가로 손짓을 했다.

영란은 차를 길가에 대었다. 영란은 호락호락하지 않은 자신의 성격도 성격이지만 날치기들과 싸워 어머니의 가방을 찾아준 유달리 몸이 건장한 사내가 있어 든든했기 때문이었다. 뒤차 운전자도 차를 길에 대려고 차에 탔다. 한 사내는 영란의 차를 따라왔다. 인범은 영란이라는 여자가 두 건달에게 지지 않고 맞서는 것을 아무 말도 하지 않고 보고 있었다. 하긴 처녀가 잘못한 것은 아니었다. 갑자기 끼어드니 어쩔 수 없었던 것이다. 그러나 뒤차의 운전자가 놀란 것은 사실이었다. 그렇다고 내려서 욕을 하는 것은 지나치다고 생각했다.

"야, 이 계집애, 뭐 잘했다고 큰소리야!"

"이봐요! 왜 욕을 해요? 누가 잘못했는데, 당신들이 안전거리를 지키지 않았어요."

"안전거리 좋아하네. 이 계집애야, 이 복잡한 도로에서 안전거리를 제대로 지키는 사람이 몇이 있어? 네가 우리처럼 다른 차가 끼어들지 못하게 거리를 띄우지 않아야 될 것 아니냐."

"누구 보고 너라고 해. 그리고 뭐 계집애?"

"그래. 넌 계집애가 아니고 머슴애야?"

"야, 이 새끼야, 네놈의 눈엔 내가 계집애로밖에 안 보이니?"

"어? 이 계집애가 누구보고 이 새끼래."

드디어 영란이와 두 사내가 고함을 지르면서 싸움으로 치닫고 있었다. 지나가는 차들이 창문을 열고 서행을 하며 싸움을 구경하고 있었다. 두 사내는 영란이와 말다툼을 하면서 힐긋힐긋 인범을 쳐다보았다. 애인인지 동행인지 아무 말 하지 않고 앉아만 있는 인범이가 자기들에게 겁을 먹고 있다고 생각했다. 차라리 조수석에 앉아있는 사내가 나선다면 사내에게 분풀이를 할 것인데, 도대체 남자는 꿀 먹은 벙어리처럼 눈만 멀뚱하게 뜨고 구경만 하고 있어 이해가 되지 않았다.

답답한 것은 두 사내가 아니었다. 영란은 그 좋은 체격에 날치기들에게서 어머니의 가방을 찾아준 청년이 두 건달 풍의 사내에게 겁을 먹고 약한 여자를 도와주지 않고 있는 것이 못마땅했다. 영란은 과연 이 사내가 날치기들에게서 어머니의 가방을 찾아준 대단한 청년인지 의심이 갔다.

영란은 두 사내와 대거리를 하고 있었다. 인범은 더 이상 방치할 수 없다고 생각했다. 두 사내를 적당히 달래 싸움을 말리려고 차 문을 열고 내렸다. 여자를 구타할 수 없어 화를 풀지 못하고 있던 두 건달은 사내가 한마디라도 시비조의 말이 나오면 분풀이를 해야겠다고 벼르고 무서운 눈으로 노려보았다. 그런데 앉아있을 땐 몰랐는데 내려서 자기들 앞으로 미소를 머금고 다가오는 사내를 보자 선뜻 대들지 못하고 멍하니 보고 있었다. 사내의 당당한 몸과 우뚝한 키에 압도를 느꼈다. 유달리 큰 키, 날렵한 몸매, 떡 벌어진 어깨의 사내가 호락호락하게 보이지 않았다.

"죄송합니다. 놀라게 해서, 서로가 안전운전을 못 한 것 같습니다. 화를 푸십시오."

건달 풍의 두 사내는 화풀이를 할 사내가 의외로 만만찮은 상대라 윽박지르지 못하고 계속 멍하니 인범의 키와 몸을 바라볼 따름이었다. 두 건달 중 한 건달이 인범의 몸을 찬찬히 훑어보았다. 망치 같은 커다란 주먹이 눈에 들어왔다. '이놈은 보통 놈이 아니구나.' 그보다 놈은 조금도 자신들에게 겁을 먹었다든지 위축되어 있지 않았다. 체격과 주먹 그리고 조금도 자신들에게 겁을 먹지 않은 당당한 말과 태도에 슬그머니 위축되었다.

"당신이 그렇게 나오니 우리가 참겠소. 당신 깔치 성깔이 보통이 아닐 것 같으니 쉬운 상대는 아닌 것 같소. 길 좀 들여야 할 것 같소."

두 사내는 킬킬거리면서 자기들 차를 타고 떠났다.

"총각 씨, 겁쟁이군요."

"……."

"총각 씨, 정말 날치기들에게서 우리 어머니 가방을 빼앗아준 것 맞아요?"

"……."

인범은 아무런 대꾸도 하지 않았다. 아가씨가 자기를 믿고 두 건달 풍에게 강하게 대어든 것을 알 수 있었다. 그러나 인범은 명분 없는 싸움에 말려들고 싶지 않았다. 아가씨가 힐난했지만 인범은 침묵과 묵시로 대했다. 영란도 더 이상 따지지 않고 화제를 바꾸었다. 사내를 더 알고 싶었다.

"전화번호 좀 알려주세요."

영란은 어머니가 우리 집 전화번호를 알려주라고 했지만 이 인범이란 곰탱이가 전화번호를 알려고 하지 않을 것 같았다. 그래서 곰탱이의 전화를 알려달라고 했다.

수첩을 꺼내려고 조수석에 있는 박스를 열려고 인범이 쪽으로 몸을 기울이며 말했다.

"전화 없습니다."

"전화가 없다니요. 요즈음 서울에 살면서 전화 없는 사람도 있어요?"

"……."

"빨리 말해요."

영란은 사내 쪽으로 몸을 기울이고 조수석의 박스를 열려고 긴 팔을 뻗었다. 그 순간 차가 방향을 잃고 휘청했다. 급히 인범이가 왼손으로 핸들을 잡고 방향을 바로잡았나. 영란도 급히 몸을 바로 하고 핸들을 잡았다.

'어? 이 사내 운전을 할 줄 아네.' 영란은 사내가 정확히 핸들을 정위치에 놓는 것을 보고 운전을 한다는 것을 알았다. 묘한 사내였다.

"운전 바로 하십시오. 위험합니다."

"이봐요, 조수석 박스에 수첩이 들어있어요. 좀 꺼내어 주세요."

인범은 말없이 수첩을 끄집어내어 아가씨에게 내밀었다. 수첩에 볼펜이 끼어 있었다.

"이봐요. 총각 씨, 전화번호 적어줘요."

"전화 없습니다."

"정말 전화 없어요?"

"예, 없습니다."

인범은 아가씨가 자기 마음대로 생각하는 것에 대꾸하고 싶지 않았다.

인범이가 가래성당 가까이 오자 모래가 쌓여 있는 벽돌공장이 보이는 쪽을 가리키며 말을 했다.

"저 벽돌공장 보이는 곳에 세워주십시오."

"집이 저 근처예요?"

"아닙니다. 집은 산 밑에 있습니다."

인범은 안전띠를 풀었다.

"집까지 차가 들어가지 않아요?"

"길은 있지만 비포장이고 길도 안 좋습니다. 여기서 내리면 됩니다. 태워주어서 고맙습니다."

"이 차 튼튼해요. 비포장도로라도 갈 수 있어요."

영란은 부득부득 고집을 부렸다. 청년의 집을 알고 싶었다. 수수께끼 같은 사내의 신분을 벗겨보고 싶었다. 지금 헤어지면 다시는 만나지 못할 것 같았다. 전화번호도 알려주지 않으니 더욱 따라가 어떻게 사는지 알고 싶었다.

영란은 청년과 같이 내리기 위해 차를 벽돌공장 낮은 담벼락에 바짝 붙여 세웠다. 주위는 한산하여 차를 세워두어도 괜찮을 것 같았다. 공장 안엔 찍어 놓은 벽돌을 건조시키느라고 땅바닥에 수없이 많은 벽돌들이 가지런히 널려 있었다.

"이봐요! 총각 씨, 길이 얼마나 안 좋은데 차가 못 들어가요?"

"군용차는 들어갈 수 있지만 이런 승용차는 어렵습니다. 그보다 저는 여기서 걸어가는 것이 편합니다."

"그럼 전화번호 알려주세요."

"전화가 없다고 하지 않았습니까?"

"정말 없어요? 가르쳐 주기 싫어서 없다고 하는 것 아녜요?"

"······."

"······ 그럼 같이 걸어가요. 집을 알고 싶어요."

"······."

영란은 이 얼간이에게 관심이 갔다. 대할수록 기이했다. 이 사내를 따라가 사내의 삶을 들여다보고 싶었다. 어떤 삶을 살기에 위험한 날치기들과 싸우면서 남을 도와줄까? 그보다 주택지와는 외떨어진 산 밑에 산다니 의아했다.

인범은 피 묻은 신문지를 들고 내리고 있었다. 영란은 사내를 따라 차에서 얼른 내렸다. 사내가 자신을 무시하고 외면할수록 야성적인 이 사내에게 관심이 갔고 집착이 되었다. 오늘 이 기회에 사내의 근거지만이라도 알아야겠다고 생각했다. 뭇 남자들이 자기 앞에 무릎을 꿇지 않는 사내가 없었는데, 유독 이 머저리 같은 촌놈이 자신의 자존심을 박박 긁어놓고 있는 것이 아닌가. 엄청 자존심과 감정이 상했다. 그래, 네가 어디까지 버티는가 보자. 내가 너를 꼭 꺾어버릴 테니······. 촌놈, 어디 두고 봐. 그리고 이 촌놈이 진짜 싸움을 잘하는지 언젠가는 확인해야겠다고 생각했다. 조금 전 두 건달들에게 자신을 대신해서 사과 비슷한 것을 하는 것에 밸이 꼬이고 꼬였다. 이 촌놈의 참모습을 보아야겠다고 생각했다.

"어서 가요."

"저의 집에 왜 가려고 합니까?"

"이유가 있어 가는데 왜 못 오게 해요. 그보다 사람 집에 사람이 가는데 왜 못 오게 해요?"

"…… 그 이유가 무엇입니까?"

"이유는, 제가 가보고 싶어 가는 거예요. 우린 남녀잖아요. 아니, 우린 왕창 젊은 남녀잖아요."

"왕창 젊은 남녀 그게 이유입니까?"

"그래요, 그게 이유예요. 남녀끼리의 시작은 특별한 이유가 없어요. 그건 내 감정이니까."

"……."

인범은 기가 찼다. 이유가 아닌 이유를 이유라고 고집을 부리는 처음 보는 아가씨가 부득부득 집까지 따라가겠다니 난처했다. 아무런 연고도 없는 오늘 처음 만난 아가씨가 아닌가. 그러나 억지로 떼어버릴 수도 없었다. 왜 처음 보는 남자의 집에 가려고 하느냐고 시비를 걸 수도 없었다. 사람 집에 사람이 가는데 왜 그러냐는 말엔 할 말이 없었다. 그게 여자와 남자 아니, 젊은 남녀가 이유라고 한다. 남녀? 인범은 왕창 젊은 남녀를 되뇌어 보았다. 어쩜 이유가 될지 모른다고 생각하면서 에리샤가 떠올랐다. 그게 이유라니 더 이상 못 따라오게 할 수 없었다. 혼자 가면 따라올 것 같았다. 뛰면 아가씨를 떼어놓을 수 있겠지만 잘못한 것도 없는데 어떻게 달아날 수 있겠는가. 살다 보니 이런 대담하고 적극적인 여자도 있다는 것을 알았다. 인범은 묵묵히 산으로 가는 오르막길을 걸었다. 봉합한 등이 욱신욱신 아팠다. 그 뒤를 영란이가 바짝 따라붙었다.

인범은 순희를 대하고 여자가 생각날 때 떠오르는 얼굴이 있었다. 인범의 가슴에 아련히 연정을 품고 있는 어린 소녀의 환상이 순희의 모습에 중첩되었다. 소녀의 환상은 미란이었다. 여자를 생각하는 의식 속에 언제나 먼저 떠오르는 미란이의 청순한 환영이 되살아나고, 오랜 세월을 두고 누적되어 기억 속에 머물고 있었다. 그러다 여자의 체취가 그리워지면 느닷없이 기억의 의식 속에 영글지 않았던 미란이의 환영이 나타났다. 어린 시절 억수로 비가 내리는 폭풍우가 몰아치는 동굴 속에서 두려움인지 공포인지 자꾸만 인범의 좁은 가슴을 파고들던 미란이가 생각났다. 가냘픈 몸이 뜨겁게 타오르며, '나 무서워. 꼭 안아줘, 인범아.' 하던 그때의 미란이가 의식 속에 떠오름은 왜일까. 얼마 전에 길에서 만났던 미란이가 전화해 달라던 말이 문득 떠올랐다.

인범은 어릴 때의 미란이가 다시금 떠올랐다. 그때 미란이도 이렇게 억지로 떼를 쓰며 동굴에 따라왔었지. 미란이도 내가 사는 토굴을 보고 싶어 따라가겠다는 것이 이유였을까? 남녀엔 묘한 이유가 있다고 생각했다. 그러면서 미란이 아버지에게 죽도록 얻어맞은 그때를 생각하고 얼굴이 어두워졌다. 미란이가 갑자기 보고 싶었다. '왜 오늘 순희와 에리샤와 미란이가 생각나지?' 이상했다. 이 처녀가 미란이와 에리샤를 생각나게 했다. 불현듯 미란이가 보고 싶었다.

인범이가 동굴 생활을 마감하고 판잣집을 지은 후 미란이가 여중학생일 때 어쩌다 한 번씩 찾아오곤 했었다. 그리고 고등학생이 되어서도 이따금 찾아왔다. 아마 인범이가 찾아오는 것을 반겨주었더라면 자주 왔을지도 몰랐다. 인범은 미란이가 찾아오면 언제나 반겨주지 않았다. 오늘따라 그때 미란이를 반겨주지 못한 것이 미안한 생각이 들었다. 간혹 길거리에서 미란이를 만나도 서름하게 대했다. 그때마다 미란이는 인범이에게 전화해 달라고 하였지만 인범은 거의 전화를 하지 않았다. 아마 미란이 아버지가 전화를 받을지 모른다는 두려움도 잠재해 있었을 것이다. 인범은 순희 집의 전화를 이용해 미란이에겐 연락을 쉽게 할 수 있었다. 그런데도 매번 외면하는 것은 인범이었다. 어쩌다 인범이가 전화를 하면 미란이 어머니는 인범이의 전화를 친절히 받아주며 놀러 오라고 하였다. 미란이 어머니는 남편처럼 인범이를 불량하게 보지 않고 착한 아이라고 믿고 있는 것이었다. 성인이 된 인범은 어쩌다 미란이 집 앞을 지나가면 그냥 지나치지 않고 어릴 때 신문배달을 하면서 쳐다보던 그때를 회상하며 화사한 커튼이 쳐진 이 층 창문을 하염없이 바라보기도 했다.

미란이가 동굴에 왔을 때, 나는 네가 좋다. 이다음에 커서 너에게 시집 가고 싶다고 한 말을 생각하고 피식 웃었다. 인범은 성장하면서 언뜻언뜻 너에게 시집가고 싶다는 미란의 소녀 때의 고백이 묘하게 가슴을 울렁이게 했다. 지금도 같은 생각인지……. 인범은 자신도 모르게 실소를 지었다. '거지와 공주'를 가만히 뇌어 보았다.

영란은 새로운 전경에 넋을 잃고 주위를 두리번거리다 혼자 미소를 짓는 인범이를 보았다.

"왜 웃어요. 내가 억지로 따라가니 기가 차서 웃죠?"

"……."

인범은 미소를 거뒀다.

"인범 씨 말해봐요? 여하간 인범 씨가 웃으니 보기가 좋아요."

"아무것도 아닙니다. 그쪽 때문에 웃은 것은 아닙니다."

인범은 조금 전의 미소는 사라지고 무거운 얼굴로 걷고 있었다.

"어! 금세 벌레 씹은 얼굴로 변했네."

인범은 아가씨의 말에 자신도 모르게 웃음이 피식 났다.

"어, 또 웃네."

인범은 또다시 근엄한 얼굴을 했다.

영란은 사내를 따라 걸었다. 도심을 조금만 벗어나니 이런 곳이 있었구나! 사내는 말 한 마디 하지 않고 동행인이 아닌 것같이 혼자 들길도 산길도 아닌 길을 걷고 있었다.

"이봐요! 좀 천천히 걸어요."

"…… 아가씨 그냥 돌아가십시오."

인범은 가다 말고 뒤를 힐긋 돌아보고 돌아가라는 말을 하고 조금 전보다 천천히 걸었다.

"아가씨, 아가씨 하지 마세요. 고영란이라고 이름을 가르쳐 주었잖아요. 이름은 부르라고 지은 거예요."

"……."

인범은 달리 말을 할 수 없었다. 인범은 여자를 씨라고 부르는 것에 익숙하지 않았고 어색했다. 묵묵히 길을 걸었다.

청년의 말대로 비포장이며 길이 울퉁불퉁한, 겨우 차 한 대가 지나갈 정도로 좁았다. 집 한 채 보이지 않았다.

"멀어요?"

"20분 정도 걸어가야 합니다. 돌아가십시오."

"묘한 말을 하네. 돌아가라고 하면서 20분 정도 걸린다는 말은 왜 하는 거예요? 그리고 여기까지 왔는데 왜 자꾸 돌아가라고 그래요? 무슨 죄 짓고 숨어 살아요?"

"……?"

인범은 어이가 없었다. 이 아가씨가 나를 범죄자로 생각하는군. 내가 날치기와 싸운 자니 범법자로 오인 받을 수가 있겠구나! 인범은 따라오지 말라는 말을 더 하지 않고 묵묵히 걸었다. 가보고 싶은 것이 이유라는 억지같은 이유를 당당하게 말하는 아가씨의 말을 되씹으며 인범은 뒤를 힐긋 돌아보았다. 영란이의 긴 생머리가 바람에 출렁거리고 있었다. 영란이는 자신의 얼굴을 가리는 흐트러진 머리를 가늘고 긴 하얀 손으로 걷어 올리고 있었다. 인범은 영란이의 그 모습이 퍽 아름답다고 생각했다. 꼭 에리샤 같았다. 에리샤는 금발이지만 이 아가씨 머리는 흑발이었다.

영란은 조금 전 무슨 죄 짓고 숨어 사느냐고 한 말을 씻어버리기라도 하듯, 청년의 옆으로 걸어가 팔을 끼었다. 인범이가 깜짝 놀라 영란이의 팔을 떼었다.

"왜 그래요? 팔 좀 잡고 가요. 걷기가 힘들어요."

영란은 인범의 팔을 다시 잡았다. 아! 그때 미란이도 이렇게 팔을 꼈지. 여자들은 다 그런가, 또다시 미란이가 생각났다.

"불편합니다."

인범은 다시 팔을 떼어 내었다.

"전, 제가 좋으면 팔을 껴요."

"……."

모든 것이 일방적이었다. 인범은 말없이 영란의 손을 떼어내었다. 그냥 팔을 낀 채로 두는 것은 어색하고 자존심이 허락지 않았다. 그보다 인범은 일방적인 영란의 짓궂은 행동에 반감이 생겼다. 개 아저씨를 만날까도 걱정이 되었다. 그보다도 순희가 볼까 더 겁이 났다. 내가 순희를 좋아하는지 자문해 보았다.

'촌놈, 어디 두고 보자. 너도 남자가 아니냐? 언제까지 나를 아니, 나의 젊은 몸에 무관심할 수 있는지 두고 보자. 언젠간 넌, 나를 품에 안고 몸부림칠 때가 있을 것이다. 그래 내가 널 꼭 꺾어주마.' 영란은 입술을 지그시 깨물었다. 그리고 눈앞에 펼쳐진 산야를 구경했다. 아, 도심에서 조금만 벗어나니 이렇게 아름다운 자연이 있구나! 그런데 집 한 채 없는 산야에 이 촌놈의 집은 어디 있는지…….

영란의 이마에 땀이 송골송골 맺혔다. 인범은 성큼성큼 걸어가고 있었다.

"좀 천천히 가요. 걷기가 힘들어요."

인범은 힐끔 아가씨를 보곤 말없이 걷고 있었다. 누가 보아도 연인이라고는 할 수 없는 남녀의 어색한 동행이었다.

인범은 날치기들에게서 핸드백을 찾아준 중년 부인의 딸, 오늘 처음 보는 고영란이란 처녀가 억지로 집에 따라오는 것에 부담을 갖고 걸어가고 있었다. 인범이가 길을 가다 멈추어 섰다. 인범은 이곳을 지나가게 되면 습관처럼 발걸음을 멈추었다. 인범이 옆에 영란이가 고개를 갸웃거리며 물었다.

"뭘 보고 있어요? 바위가 참 크네요."

'…… 바위가 아니야. 난 저 바위 옆 언덕배기를 파 토굴에서 살았어. 넌 부모 슬하에 살았기 때문에 내가 저곳에 토굴을 파고 살았다면 믿어지지 않을 거야.'

인범은 눈길을 거두고 다시 걸었다.

바위가 있는 오른쪽을 꺾어 돌아가니 졸졸 흐르는 청아한 물소리가 늘리기 시작하더니 시야에 계곡이 드러났다.

"아, 목가적인 아름다운 산야예요."

영란은 아이처럼 뛰어가 계곡의 물을 구경하고 있었다. 길을 따라 뻗어 있는 계곡엔 많은 물이 흐르고 있었다. 바위를 타고 흐르는 물이 맑고 깨끗했다. 영란은 처음 보는 산야의 경치를 구경하느라고 이리저리 고개를 돌리고 있었다. 조금 전 걷기가 힘들다는 말이 거짓말 같았다.

인범은 등이 욱신욱신 아팠다. 자신도 모르게 얼굴을 찡그렸다. 찡그린 얼굴에 순희가 떠올랐다. 토요일이라 집에 와 있을 것이다. 순희는 착하다. 토요일이라 친구들과 어울려 놀만도 한데 바로 집으로 돌아온다. 주말이라도 친구들과 어울려 놀다 오는 때가 없었다. 언젠가 인범이가 넌 왜 놀려도 다니지 않느냐고 물으니, 오빠 우린 가난하잖아요 하더니 친구들과 노는 것보다 오빠하고 같이 있으면 더 좋다고 변죽을 울리며 말갛게 웃는 것이었다. 순희가 자신을 아련히 좋아하고 있다는 것을 알고 있었다.

인범은 '나는?' 이라고 다시 자문해 보았다. 좋아하지 않는다고 말할 수 없었다. 그렇다면 사랑하느냐고 자문해 보았다. 이웃집 동생으로 좋아하지만 사랑한다고 단정할 수는 없었다. 인범이가 간첩을 신고한 보상금으로 순희의 집 옆에 판잣집을 지어 살면서, 서로가 가난하고 외톨이라 남매처럼 산으로 들로 뛰놀며 성장하였고 사춘기가 지나면서 사랑으로 잔잔히 승화되었다. 그러나 인범은 오직 아버지, 어머니의 원수를 갚는 것이 목적이었다. 사랑은 인범에겐 사치스러운 것이다. 범죄인들과 싸우다 언제 죽을지, 언제 육신이 부서질지 알 수 없는 미래이기 때문에 젊은 나이지만 여인과 사랑으로 엉키고 싶지 않았다. 그러나 순희가 자신을 이성으로 좋아하고 있다는 것은 알 수 있었다. 다만 그걸 인범은 모른 척하고 있을 뿐이다. 그런데 내가 느닷없이 이 말괄량이를 집으로 데리고 간다면 순희에게 상처를 줄 것이다.

이 아가씨가 순희에게 무슨 말을 할지 모른다. 만약 순희가 남자를 집으로 데리고 왔다면 나는 어떨까. 자문해 보았다. 분명 유쾌하지는 않을 것 같았다. 나는 왜 과감하게 이 말괄량이를 떼치지 못하고 집으로 데리고 함께 간단 말인가. 그것도 초미니를 입은 이 아가씨를 순희는 오해할 것이다. 아, 나는 여자를 좋아하는 어쩔 수 없는 속물이란 말인가. 순희에게 미안했다. 지금이라도 돌려보낼까 생각해 보았지만 순순히 돌아갈 아가씨가 아닐 것 같았다. 순희에게도 이 아가씨에게도 오해만 일으킬 것이다. 인범은 벌레를 씹은 얼굴로 걷고 있었다. 옆에서 걷고 있던 영란이가 흘끔흘끔 인범의 얼굴을 바라보다 쿡쿡거리고 웃었다.

"왜 그런 우거지상을 하고 있어요?"

"……."

인범은 힐긋 영란을 바라보고 말없이 걸었다. 어쩔 수 없이 영란도 묵묵히 걸었다. 이 사내가 왜 나를 굳이 거절할까? 젊은 혈기에 상납하려는 나의 몸을 유희할 만한데도……. 그래, 언제까지 나의 유혹에 버틸 수 있을지…….

야트막한 둔덕을 넘자 숲이 우거진 산이 보였다. 꽤 골이 깊은 산인 것 같았다. 숲이 끝나는 산자락에 키가 큰 소나무 여남은 그루가 있는 아래에 산막 같은 두 채의 판잣집이 고즈넉이 엎디어 있는 것이 시야에 들어왔다. 그 전경은 낡은 풍경화 같았다. 도심에서 외떨어진 곳이다. 그 집 두 채 중 한 집이 청년의 집일 것이라고 생각했다. 영란은 인범을 힐끔 쳐다보았다. 인범은 여전히 길섶을 따라 묵묵히 걷고 있었다. 언덕배기와 길섶, 그리고 논배미에는 고향에서 많이 본 민들레, 제비꽃, 붓꽃, 앵초, 할미꽃, 양지꽃 그리고 이름 모를 들꽃이 지천으로 피어 있었다. 도심에서만 생활하는 영란은 모든 것이 신기하고 낯설고 아름다웠다. 교통이 불편하고 초라한 이런 오지에 어떻게 사람이 살 수 있을까? 영란은 다시 앞서가는 인범의 뒷모습을 보았다. 산막은 멧돼지 같은 야성적인 인범이가 살기에 어울리는 집 같았다. 그러면서 한편 찢어지게 가난한 청년이 불쌍하게 보였다. 전화가 없다는 말이 거짓말이 아닌 것 같았다. '참으로 찢어지게 가난하구나.' 가족이 있을까 궁금했다.

영란은 저만치 앞서가는 인범이의 걸음을 따라잡기 위해 숨이 차도록 걸었다. 이마와 등에 땀이 배었다. 인범은 가다 말고 영란이의 가뿐 숨소리를 듣고 잠시 서서 영란이가 힘겹게 걸어오는 것을 물끄러미 바라보았다.

"같이 가요, 너무 힘들어요."

영란은 얼굴을 찡그리며 다시 낡은 풍경화 같은 산막을 바라보았다. 아까는 거리가 멀어서 보이지 않았는데 다가가니 한 처녀가 느티나무 아래에 있는 낡은 의자에 앉아 이쪽을 보고 있는 것이 보였다.

인범이는 둔덕을 넘어서면서 언제나 자신을 기다리며 의자에 앉아있는 느티나무 아래로 시선이 갔다. 순희가 앉아 이쪽을 바라보다 벌떡 일어나는 것이 보였다.

영란은 팔을 끼듯 인범의 곁에 가까이 다가갔다. 인범은 의식적으로 영란의 곁에서 한 발자국 떨어졌다.

"저 집이에요?"

"……."

인범은 말없이 고개를 끄덕이며 확인해 주었다.

집 가까이 다가가자 느티나무 한 그루가 보였다. 느티나무가 좋아 느티나무 옆에 판잣집을 지은 것 같았다. 영란이가 처음 느티나무를 발견했을 땐 한 아가씨가 앉아있었는데 언제 일어났는지 아가씨가 서서 이쪽을 계속 보고 있었다. 가까이 다가가자 처녀가 무엇에 놀란 듯 입을 벌린 채 영란이와 청년을 번갈아 멍하니 바라보고 있었다. 미인은 아니지만 여자가 보기에도 귀엽게 생긴 얼굴이었다. 키는 160cm가 조금 넘는 가냘픈 처녀였다. 몸에 착 달라붙은 녹색의 반소매 티셔츠를 입고 있었다. 야윈 몸에 비해 유방이 두드러지게 불쑥 솟아있었다. 그건 몸에 착 달라붙은 셔츠를 입어 그런 것 같았다.

황갈색의 개 한 마리가 꼬리를 살래살래 흔들며 다가왔다. 개를 무서워하는 영란은 놀라 인범이 뒤로 물러났다. 개가 영란의 곁에 다가가 주위를 빙빙 돌며 냄새를 맡고 있었다. 겁을 먹은 영란은 몸을 도사리며 인범의 팔에 매달렸다.

"이 개가 왜 이래, 인범 씨, 개가 무서워요."

인범은 영란의 팔을 떼어내며 센에게 눈길을 돌렸다.

"센, 저리 가."

인범이가 미소를 머금고 순희 가까이 다가갔다.

"순희야, 일찍 왔구나!"

"……."

인범이가 미소를 띠며 말했다. 순희는 인범이가 이 산골까지 처녀를 데리고 온 사실이 믿기지 않는 듯 그 표정이 묘했다. 아니, 하얗게 질려 있었다. 영란이를 뚫어지게 보고 있었다. 어쩌다 미란이라는 처녀가 찾아오더니, 오늘은 키가 큰 기막히게 멋쟁이 아가씨를 데리고 온 것에 순희는 무엇에 홀린 듯 멍하니 바라볼 따름이었다. 키가 큰 영란이가 긴 생머리와 젖가슴을 출렁이며 성큼성큼 순희에게 다가갔다.

"안녕하세요. 저 고영란이라고 해요."

영란은 순희에게 손을 내밀어 악수를 청했다.

"……."

순희가 어색하게 손을 내밀며 시선은 인범을 보며 누구냐고 묻고 있었다.

인범은 아무 말도 하지 않았다. 뭐라고 소개할 수 없는 관계였기 때문이었다. 뭐라고 설명할 수도 없었다. 아무 사이도 아니라고 오늘 처음 보는 여자라고 할 수도 없었다.

"어느 집이 인범 씨 집이에요?"

인범이 말없이 위쪽 집으로 걸음을 옮기었다.

영란이가 따랐다. 영란은 또 한 마리의 개가 어슬렁거리고 다가오는 것을 보고 겁을 먹었다. 그 개는 조금 전 개보다 더 큰 개였다. 울프가 꼬리를 흔들며 인범이에게 다가왔다.

순희는 그 자리에 서서 무엇에 홀린 듯 멍한 자세로 바라보다 인범의 등에 피가 말라붙어 있는 것을 보고 또 놀랐다. 아가씨와 같이 오지 않았다면 인범의 옷을 벗기고 법석을 떨었을 것이지만, 아가씨의 출현에 너무 놀라 묻지를 못했다. 순희는 얼굴을 찡그리고 인범의 등에서 걱정이 가득한 시선을 뗄 줄 몰랐다.

인범은 영란이를 세워두고 집 뒤쪽으로 가서 부엌문을 열고 방으로 들어가 피가 묻은 상의를 갈아입었다. 그리고는 부엌을 통해 방으로 들어가 짐승의 집 같은 집을 볼 테면 보라는 듯 방문과 부엌문을 활짝 열어놓고 나왔다. 인범은 손님인 영란에게 한 마디의 말도 건네지 않았다.

'그래, 이 아가씨야! 나의 삶을 그렇게 들여다보고 싶었단 말인가? 이게 나의 집이야. 이 집은 나에겐 그래도 대궐이야. 내가 어릴 땐 토굴에 살았고 동굴에서 짐승처럼 살았단 말이야.'

영란은 집 주위를 돌며 열 평이 조금 넘는 방 하나, 부엌 하나, 그리고 방 뒤쪽 창고뿐인 인범이의 집을 신기한 듯 구경하고 있었다. 마루가 없는 묘한 집, 그러나 방은 깨끗이 정리되어 있었다. 보기보다 깔끔하게 청소된 방을 보고 다소 의아했다. 그러나 순희가 방 청소를 한 것을 영란은 몰랐다. 초라한 판잣집이지만 피노키오 집처럼 페인트칠도 되어 있었고 집 주위에 화초도 심어져 있었다. 판잣집 앞엔 텃밭도 있었다. 텃밭엔 싱싱한 채소가 탐스럽게 자라고 있었다. 그리고 닭들이 한가롭게 모이를 쪼아 먹고 있는 것이 평화스럽게 보였다. 무뚝뚝한 곰처럼 보이는 이 사내가 제법 섬세하게 집을 꾸며 놓았다고 생각했다.

인범은 영란이가 집을 둘러보는 동안 소나무 밑에 있는 언제나 앉는 걸상에 앉았다. 등이 자꾸만 아파왔다. 욱신욱신 아렸다. 기분이 개운치 않았다.

순희는 입을 굳게 다물고 인범이와 아가씨의 모든 것을 지켜보고 있었다.

영란은 청년의 삶을 보고 왠지 우울했다. 보지 않은 것만 못했다. 장난삼아 거의 억지로 청년의 집까지 따라온 것을 후회했다. 아니, 미안했다. 어느 누가 자신의 굴곡지고 고달픈 삶을 보이기를 좋아할까? 사내의 마음도 고려하지 않고 억지를 부린 것에 일말의 미안한 생각이 들었다. 도심에서 외떨어진 곳에 겨우 비바람을 피할 수 있는 판잣집에 사내가 살고 있다는 것에 마음이 아팠다. 차라리 오지 않았어야 마음이 편했을 것 같았다. 전화가 없다는 말이 거짓이 아님을 알 수 있었다.

"인범 씨, 갈게요."

인범은 영란을 따라 나왔다. 순희는 미동도 하지 않고 느티나무 아래에 서서 인범이와 영란을 계속 지켜보고 있었다.

"순희야, 이 손님 큰길까지 배웅해드려. 미안해. 울프, 센 따라가."

"미스터 고, 병원 치료는 매일 받아야 해요. 치료를 매일 받지 않으면 곪는다고 원장님의 말 들었죠?"

"……."

영란은 갈 때와는 달리 우울했다. 산길을 내려오면서 묘한 생각에 젖었다. 일부러 사람을 피해 외딴곳에 사는 청년의 가난한 삶을 보고 서글펐다. 사람이 어떻게 그런 삶을 살아가는 것인지 의아했다. 사진에서 보았던, 40여 년 전 1950년도 6·25전쟁 때 피난민들의 판잣집이었다. 그야말로 몸 하나 누이고 비바람 막아주는 움막 같은 판잣집에 사람이 생활할 수 있다는 현실이 서글펐다. 아무리 좁아도 거실이 있고 초라한 침대라도 있는 최소한의 문화 공간은 갖추어야 하지 않을까. 방 하나에 부엌이 전부인 주택 아닌 주택, 작은 마루 한 쪽도 없었다.

그러나 작은 방이지만 잘 정돈된 방이었다. 먼지 하나 없는 깨끗이 닦은 방 벽에 걸려있는 옷걸이에 잘 정돈하여 걸어놓은 옷, 그리고 냄비와 간단한 그릇밖에 없는 부엌 세간이지만 역시 잘 정돈돼 있었다. 영란은 사내의 깔끔하고 섬세한 성격을 볼 수 있었다. 영란은 생각과는 다른 사내의 모습을 본 것이 의외였다. 그러나 영란이가 어찌 알리오. 순희가 정리해 놓은 것을……. 영란은 수심이 가득한 얼굴로 말없이 자신을 배웅하려고 걷고 있는 순희라는 처녀에게 인범이의 삶을 물었다. 인범이란 청년이 가족도 없이 혼자 사는 것을 직접 보고 순희라는 처녀에게서 들은 말로 확인할 수 있었다. 그리고 청년이 공사판에서 막노동을 하는 것도, 날치기들과는 전혀 관계가 없는 것도 알았다. 날치기들에게서 어머니의 가방을 찾아주기 위해 위험을 무릅쓰고 청년이 왜 싸웠는지 알 수 없었다.

처녀에게 청년이 애인이냐고 물었더니 부정도 긍정도 하지 않는 걸 보아 분명 청년을 사랑하고 있음을 확인할 수 있었다. 처녀가 자기를 경계하고 있음도 알았다. 처녀가 청년을 무척 사랑하고 있다는 것을 알았다. 청년도 처녀를 사랑하는지는 알 수 없었다. 처녀만의 짝사랑인지…….

순희는 센과 울프를 앞세우고 묵묵히 산길을 걸어 내려오면서 영란이가 묻는 말 이외는 아무 말도 하지 않았고 묻지도 않았다.

영란은 산 아래 내려와 헤어지면서 다시 한 번 물었다.

"고인범 씨 애인이죠?"

"……."

"애인 맞죠?"

"……."

영란은 다그쳐 물었다. 순희라는 처녀는 영란의 물음에는 답을 하지 않고 눈만 슴벅이고 있었다.

거의 산 아래로 내려왔다. 이젠 혼자서라도 갈 수 있을 것 같았다.

"아가씨, 이젠 혼자 갈 수 있을 것 같아요. 고마워요."

순희는 영란의 얼굴을 말없이 바라보다 돌아서 걸었다. 애인이냐고 묻는 말엔 부정도 긍정도 하지 않은 것은 긍정을 뜻한다는 것이다. 멧돼지 같은 인범이 청년에겐 이 처녀가 어울린다고 생각했다. 충직한 하인처럼 두 마리의 개가 처녀의 앞에서 걸어가고 있었다. 영란은 돌아서 가는 처녀의 뒷모습을 보고 있었다. 처녀가 가다 말고 돌아섰다. 그리고 자신 앞으로 걸어왔다.

"저기요, 오빠와 언제부터 알고 지내세요?"

오빠를 언제부터 어떻게 아느냐고 물으면서 그 목소리가 떨고 있었다.

"…… 그게 그렇게 궁금해요? 오늘 처음 알았어요. 우리 엄마가 날치기들에게 가방을 날치기 당했거든요. 인범 씨가 알지도 못하는 저의 어머니의 가방을 도로 뺏어주었어요. 그게 전부예요."

"넷! 오늘 처음요?"

"네, 처음이에요. 미스터 고 등을 보세요. 날치기들의 칼에 찔렸어요."

"넷? 칼에 찔렸다고요!"

"그래요, 오늘 봉합을 했는데, 치료를 잘해야 할 거예요."

순희는 오늘 처음 알고 오빠를 따라온다는 것이 이해가 되지 않았지만 더 물을 수가 없었다. 다만 살이 떨리도록 우려했던 것이 사라지는 순간 순희의 얼굴은 안도의 빛이 돌았다. 그러나 터질 듯 발랄한 몸을 노출시킨 영란이라는 아가씨의 몸과 도전적인 성격을 대하면서 무언가 모를 불안이 뇌리를 휘감았다.

"안녕히 가세요."

인범은 순희가 돌아올 길 쪽을 바라보며 소나무 밑 걸상에 앉아 순희를 생각하고 있었다. 영란이를 데리고 온 것이 순희에게 미안했다. 순희는 자신을 남자로 대하지만 인범은 순희를 이웃의 동생으로 대하였다.

인범은 여자를 생각할 때 언제나 떠오르는 얼굴이 있었다. 미란이었다. 채 성글지 않은 여자의 몸을 동굴에서 마구 부딪쳐 왔지 않는가. 그리고 폭우가 쏟아지는 날 미란이에게 러닝셔츠를 벗으라고 하였을 때 아무 말 없이 러닝셔츠를 벗었던 미란이가 불현듯 보고 싶었다. 얼마 전에 길거리에서 우연히 만났을 때 그 발랄하고 밝았던 얼굴에 짙은 그늘이 묻어있어 무슨 걱정이 있느냐고 물으니 이제 우리 집은 망했다고 말하던 절망적인 얼굴과 말이 마음에 걸렸다. 인범은 왠지 미란이에게 전화를 하고 싶었다.

인범은 길을 바라보았다. 순희는 아직 보이지 않았다.

언젠가 미란이가 아버지의 사업에 문제가 있다고 말을 얼버무렸던 기억이 났다. 그 말을 하는 미란이의 얼굴에 그늘이 져 있었고 표정이 퍽 슬퍼보였다. 인범이가 자기 아버지에게 무참하게 맞은 후부터 아버지에 대한 말을 하지 않았던 미란이었다.

인범은 이따금 미란이와 길거리에서 우연히 만날 때가 있었지만 헤어질 땐 언제 만나자는 기약은 하지 않았다. 항상 아쉬워하는 미란이가 슬픈 얼굴로 '인범아, 우리 언제 만나지?' 하여도 미소만 짓고 말없이 돌아서는 인범이었다.

인범은 걸상에서 벌떡 일어나 미란이에게 전화를 하기 위해 순희의 집으로 갔다. 건축 일을 하는 정 씨 아저씨에겐 전화가 꼭 있어야 했다. 그래서 외떨어진 이곳까지 전화를 가설했다. 그러나 인범은 순희 집의 전화를 거의 사용하지 않았다. 아저씬 언제나 순희를 통해서 인범에게 전할 말을 전했다.

"인범아, 어서 와. 순희, 네 집에 안 갔니?"

마루에 앉아있던 순희의 어머니가 바느질을 하다 문을 열고 들어온 인범이를 맞았다. 예전에 비해 건강한 모습이었다.

"예, 제가 어디 좀 보냈습니다. 아주머니 전화 좀 쓰겠습니다."

"어디? 응 그래, 전화해."

인범은 정 목수 아저씨 집에서 미란이에게 전화를 했다. 전화를 받은 미란이의 목소리는 공포의 목소리였고 울고 있었다. 전화기에서 남자의 고함이 터져 나왔다.

"미란아, 왜 그래?"

다급하게 물었다.

"인범아, 사체업자들이 아버지를 감금하고 있어. 인범아, 어떡해 어떡해."

인범은 미란이 아버지가 사채업자에게 심하게 당하고 있다는 것을 직감
했다. '어떡해, 어떡해'를 되풀이하는 미란의 절규는 도와달라는 간청이
절절했다. 외면할 수 없었다. 인범은 급히 방으로 돌아와 허리띠와 신발
끈을 단단히 조여 매고는 표창을 꽂은 넓은 허리띠를 혁대 위에 찼다. 그
위에 등산복을 입었다. 양 주머니에 돌멩이 몇 개도 넣고 배낭을 짊어지며
어금니를 악물고 집을 나섰다. 저만치에서 순희가 고개를 푹 숙이고 울프
와 센을 앞세우고 걸어오고 있는 것이 보였다. 인범이가 가까이 가도 순희
는 무엇을 골똘히 생각하는지 땅만 보고 걸어오고 있었다. 센이 인범이를
보고 꼬리를 살래살래 흔들며 반갑게 다가왔다.

"순희야, 손님 어디까지 데려다 주었어?"

그제야 순희가 오랜 상념에서 깨어나 고개를 들고 다가오는 인범을 맞
았다.

"큰길가까지 바래다 드렸어요. 그런데 오빠 어디 급히 가요? 오늘 등을
다쳤다면서 어디 가세요?"

순희는 급히 가는 인범을 의아한 얼굴로 바라보며 말했다.

"나, 급히 다녀올 데가 있어."

"울프, 센, 따라와."

순희가 쫓기듯 멀어져가는 인범의 뒷모습을 여전히 걱정스런 얼굴로 한
참이나 바라보고 있었다.

결전장을 가듯 비장한 각오를 하고 걸어가는 인범이의 시야에 '여보, 아
무 잘못도 없는 어린아이를 왜 때려요? 당신은 저주받을 거예요.' 절규하
던 미란이 어머니의 얼굴도, 자신을 무참하게 때리던 악귀 같은 미란이 아
버지도, 어머니 옆에서 '인범아, 미안해. 미안해.' 하며 눈물을 마구 쏟던
미란이의 얼굴도 교차되며 명멸했다. 그래 가자. 그 착한 미란이 어머니와
미란이를 도와주자. 그러면서도 미란이 아버지의 얼굴이 떠오르자 인범은

고개를 저었다. 아니다. 나는 미란이 아버지를 도와주는 것이 아니다. 착한 미란이 어머니와 미란이를 도와주는 것이다. 사채업자는 폭력배들을 거느리고 있을 것이다. '아! 또 싸움을 해야 하나!'

오늘 봉합한 등의 상처가 걱정이 되었지만 미란이의 절규에 망설일 수 없었다. 인범은 산길을 달리듯 걸었다. 울프도 센도 주인의 빠른 발걸음을 따랐다.

〈4권에서 계속〉

野草(야초) ❸
학원폭력